われは熊楠

岩井圭也
Keiya Iwai

文藝春秋

われは熊楠

装幀｜中川真吾

カバー装画｜池田学
Mother Tree／2009
紙にペン、インク／20×15cm
個人蔵／©IKEDA Manabu
Courtesy of Mizuma Art Gallery

第一章　緑樹《りょくじゅ》

和歌浦《わかのうら》には爽やかな風が吹いていた。

梅雨の名残を一掃するような快晴であった。片男波《かたおなみ》の砂浜には漁網が広げられ、その横で壮年の漁師が煙管《きせる》を使っている。和歌川河口に浮かぶ妹背山《いもせやま》には夕刻の日差しが降りそそぎ、多宝塔《たほうとう》を眩《まばゆ》く照らしていた。

妹背山から二町（約二百十八メートル）ほどの距離に、不老橋《ふろうばし》という橋が架かっている。紀州徳《きしゅうとく》川家《がわけ》の御成道《おなりみち》として、三十数年前に建造されたものであった。弓なりに反った石橋で、勾欄《こうらん》には湯浅《ゆあさ》の名工の手によって見事な雲が彫られている。

その雲に、南方熊楠《みなかたくまぐす》はまたがっていた。

齢《よわい》十五。絣《かすり》の浴衣は腰の辺りにまとわりついているだけで、もろ肌が露わになっていた。肩や腕の筋肉は盛り上がり、普段からよく身体を使っているのが一目でわかる。坊主頭には大粒の汗が浮かんでいた。

中学は無断欠席している。こんな晴天の下、校舎に閉じこもってくだらぬ授業を聞いているなどもったいない――というのが、当人の言い分である。

熊楠は金盥《かなだらい》にぐいっと顔を近づけ、こぼれ落ちそうなほど目を剝《む》いていた。一匹の蟹が、視線の先でうごめいている。一寸ほどの身体を海水に浸した手亡蟹《てんぼがに》は、不釣り合いに大きな右手の鋏《はさみ》をひょこひょこと動かしている。甲羅や足は黒いが、一際大きな鋏だけは白い。この蟹はつい先刻、不老橋のたもとで捕まえたばかりだった。

やがて金盥から顔を離した熊楠は、腕組みをして「むう」と唸る。

――こいつは何しょるんじゃ。

蟹は右へ左へちょこまかと動きながら、たびたび鋏を振り上げていた。仲間への合図だろうか。あるいは、威嚇《いかく》しているのか。実際のところはわからぬが、わからぬなりに熊楠は対話を試みる。

「腹減ったか」

呼びかけに応じるように、蟹は右手をひょいと上げた。うわは、と笑い声が漏れる。

――面白《おもしゃ》いやっちゃ。

胸にかゆみをおぼえ、無造作に爪を立てて掻く。肌は潮風でべたついていた。このところ、毎日のように和歌浦や加太《かだ》の海岸へ出かけているせいで、頭の天辺《てっぺん》から臍《へそ》のあたりまですっかり日に焼けている。

熊楠の頭のなかでは、いくつもの声が同時に湧いていた。

——ぼやぼやしてんと、早うに採集の続きせんならん。

——阿呆《あっぽけ》。まだ蟹と話しとんじゃ。

——潮の塩梅《あんばい》で水位が高《たこ》うなっとる。よう降りん。

「もうええ、もうええ！」

熊楠は、好き勝手なことを宣《のたま》う脳内の声々を一喝した。棒手振《ぼてふ》りの男が仰天して振り返ったが、そんなことは意に介さぬ。こめかみの辺にぎゅっと力を入れ、血を集める。そうすると、声は少しだけ小さくなった。

「やかましわ。ちっと黙っとき」

ぶつくさと文句を言いながら、熊楠は蟹の観察を再開した。

一八八二（明治十五）年、初夏のことであった。

○

頭のなかで複数の声が喚《わめ》きだすのは、いつものことだった。別の人格というのではない。声の主はいずれも熊楠自身であり、声々の間に主従の別はない。

記憶にある限り、最初にはっきりとこの声を経験したのは十余年前、幼児のころだった。それまでも、同じような現象がなかったわけではない。ただ、言語能力が追いついていなかった。そのため熊楠の脳内には、常に青紫や深紅や薄緑の想念がもやもやと漂っていた。

当時、熊楠は四歳だった。今の南方家が住んでいる寄合町《よりあいまち》三番地の屋敷に転居する前で、歩いて二分ほどの距離にある橋丁《はしちょう》に住まいを構えていた。南方家の家業は両替商兼金物屋だが、隣家は蠟燭《ろうそく》やらジョウロやらを売っている荒物屋であった。

その日、叔母に手を引かれて散歩していた熊楠は、隣家の軒先に紐で縛られた反古《ほご》のようなものを見つけた。よく見れば、その反古には五弁の花の絵が描かれ、文字らしきものも記されている。厚みから、紙束が書物の類であることはわかった。

己の内から湧き起こる明瞭な声を聞いたのは、その時だった。色のついた煙のようなものから、ぱっと言葉が生まれた。

——あれ、欲《ほ》しなぁ。

いったん言葉になると、他の煙も次から次へと言葉へ変わっていった。

——捨《ほか》てられるんやから、貰《もろ》たらええ。

——しょうない。そがなもんどうする。

——どうするかは貰てから考えたらええ。

突如、頭のなかで話しはじめた声の群れに、熊楠は恐れおののいた。耳元で数十人の子どもに喚かれているような心持ちになり、熊楠は叔母の手を振り払って、両手で耳を塞いだ。それでも声は消えず、泣き喚いた。

「なんや、どないしたん」

おろおろする叔母を前に、熊楠は軒先を指さした。指の先に紙束があることに気が付いた叔母は、「貰てきちゃろか?」と言った。熊楠は泣きながら頷いた。どうしてそんなものが欲しくなったのかわからない。ただ、内側からの声を聞いて初めて、己は書物が欲しかったんや、と気が付いた。自分専用の書物を手に入れるのはこれが初めてであった。

熊楠は隣家からもらった本を抱え、部屋に入ってうきうきした気分で開いた。それは躑躅《つつじ》や皐月《さつき》の品種解説、ならびに栽培方法が記された『三花類葉集《さんかるいようしゅう》』であった。そこには初めて目にする花や葉が記されていた。幼い熊楠はまだまともに文字を読むことができなかったが、絵図を眺めているだけで胸が躍った。和歌山の庭では見たこともない植物に、両の目が釘付けになった。

——一生かけてもよう見やんもんを、これ一冊で見れる。

未知の知識が、大挙して頭のなかに流れ込んでくる。幼い熊楠はその渦の真ん中で陶然としていた。全身の血が逆流するような興奮に突き動かされ、書物をめくった。脳内の声々はいつからか静かになっていた。

——貰てよかったやいて。なぁ?

それでもしつこく聞こえる声に、熊楠は「そやな」と答えた。赤らんだ顔で本を読み、独り言を口にする熊楠を見て、通りかかった八歳上の兄が気味悪そうな顔をした。長男である兄は生来、学問の類にとんと関心がない人であった。

以後たびたび、頭のなかで声が聞こえるようになった。前触れのようなものはなく、ふいにわっと声が湧くのが常である。ただし調子の波はあった。ひと月なりを潜めていることもあれば、朝から晩までがなり立てることもある。

この声は、熊楠の神経をずいぶん蝕《むしば》んだ。なにせ声はいつも唐突に現れ、蟬時雨《せみしぐれ》のごとき騒音となるのである。

たとえば、夕餉《ゆうげ》に刺身が出た夜があった。何の魚か、と思う間もなく例の声が聞こえる。

――脂が浮いてうまそうやして。

――こがなもん食うたら腹のなかに虫が棲み着く。

――そういや、海水浴で捕まえた小魚はなんちゅう名前やったか。

「やかましい！」

うるささに耐えかね、膳の前で叫び出した熊楠に家族はぎょっとする。父や母、姉は困惑顔をし、兄は鬱陶《うっとう》しそうに熊楠を睨む。幼い弟や妹は次兄の怒声に怯《おび》えて泣き出す始末。そこにまた声が言う。早うに飯食いぃな。退屈じゃのう。お父《と》はんの顔見てみ、面白《おもしゃ》い顔じゃ。

「消《け》えちゃれ、消えちゃれ！」

ついに熊楠は喉が嗄《か》れるほどの勢いで絶叫し、畳の上にひっくり返って泣き出した。じたばたと踏み鳴らした足が膳に当たってひっくり返り、椀や皿が宙を舞う。魚の切り身が父の額にぺたりと貼りつき、兄の頭髪に飯粒が降りそそぐ。汁物や醬油が畳に撒き散らされ、姉の悲鳴と弟妹の嗚咽《おえつ》がこだまする。穏やかな晩餐は阿鼻叫喚《あびきょうかん》へと一変する。

このようなことが再々あり、家族からの評価は定まった。

「熊楠はどえらい癇癪《かんしゃく》持ちの暴れん坊《やんちゃくれ》や」

熊楠は内心で反発を覚えた。確かに、泣いて叫んで暴れれば、癇癪持ちと言われても仕方ない。しかし耳元でいきなりがなり立てられれば、誰でも同じ反応をするのではないか。考えつつ、熊楠は口にはしなかった。そんなことを主張したところで、誰にも理解してもらえないだろうと幼心に思ったからだ。

そういう次第で、熊楠は何かと癇癪を起こした。寺子屋で学友に反吐《へど》を吐きかけ、店先に並んだ鍋を殴打して傷物にし、叔母に教わった謡曲をがむしゃらに謡いながら往来を歩いた。近隣の人びとから奇異な目で見られたが、それよりも、声をかき消すほうが熊楠にとっては大事であった。

熊楠はだんだんと、己が怖くなっていった。己のなかには、熊楠でない熊楠がいる。だが平穏に過ごしているところを見るに、どうやら他人はそうではないらしい。つまり、己は異常なのだ。

この声は神仏か、あるいは物の怪《もののけ》か。

——いったい、我《あが》は何者《なにもん》なんじゃ。

事あるごとに癇癪を起こしながら、熊楠は我《あが》という存在への謎を初めて抱いた。

雄《お》小学校に入ってしばらくして、熊楠はあることに気が付いた。何かに没頭している間は声が聞こえないのである。『三花類葉集』を夢中で読んでいるとき。巣から這い出る蟻の行列を凝視しているとき。手習いに熱中しているとき。己の内から湧いてくる声はふっと消え、静寂が訪れる。

――これは、いかな道理じゃ。

熊楠はこの不思議な現象について、ありったけのお頭《つむ》を使って考えた。声は熊楠の思考の隙を縫うように鳴り響く。しかし集中している間は、思考の隙がぴたりと埋められ、声が這い出る余地がなくなる。つまり、常時何事かに没頭していれば、このかまびすしい声々は湧いてこない。

声を静める方法を見つけた熊楠が、勉強に没頭するのに時間はかからなかった。試験の成績は優秀で、ひと頃は神童と呼ばれ、下等小学校の卒業には通常四年かかるところを三年で飛び級した。

しかし学校の勉強では、声は完全には消え去らなかった。思考の隙間が埋めきれず、しばしば感情を爆発させた。旧士族の子弟から「鍋釜屋の息子」と馬鹿にされれば、大立ち回りを演じた。

――瓦の漆喰《しっくい》みたく、びっちり隙間を埋めんならん。

思考が停滞するのは、知らぬこと、わからぬことがあるせいだ。そう考えた熊楠は、手当たり次第に知識を求めた。草花や動物の名前を知り、生態を知る。鉱石の種類を調べる。民話や伝承を聞いて暗記する。幅広い知識を得るうえで、とりわけ役立ったのは類書（百科事典）である。類書を開けば、聞いたこともない植物、見たこともない動物が無数に現れる。

とはいえ、ねだったところで親はほいほいと買い与えてくれない。父は両替商として頭角を現し、紀州指折りの資産家になりつつあったが、商家の多くがそうであったように倹約を旨としていた。子どもが高価な類書をねだるなどもってのほか、という考えである。

そこで熊楠は、近所の本屋で立ち読みし、記憶して帰り、自宅で適当な紙に書き写すことにした。文章や絵図をまるごと暗記するのは、さしたる苦労ではなかった。こうして、熊楠は「抜き書き」という術を身につけた。書き写す作業は知識の定着を促し、さらには己だけの類書を作ることにもなる。

和歌山中学へ進学した翌年には、級友の家にあった『和漢三才図会《わかんさんさいずえ》』百五巻をまとめて借り出すことに成功した。寺島良安《てらしまりようあん》という医師が江戸時代に編纂《へんさん》した類書であり、植物や動物、虫や魚、天文や地理、道具に衣服と、その名の通り三才、すなわち天地人に関するあらゆる事項が記されている。

声を静めるためにはじめた勉強だが、いつしか、目的は知識を得ることそのものに変化していた。知らぬことを学ぶと、頭の中身が拡張し、充実する。草花の名前や生態を覚え、古の伝承を知るたび、世界がよりきめ細かく、鮮明に見える。この光景は己だけが見ているのだと思うと、蕩《とろ》けるような優越感で胸が満たされた。

——学問は、なんと快いもんじゃ。

世界について知ることは、熊楠にとって飢えを癒すことと似ていた。目の前に蜜柑《みかん》があれば、自然に手を伸ばすのと同じことだ。ただし蜜柑と違って、知識は無尽蔵に詰め込むことができた。

熊楠は、脳内で響く無遠慮な声々を「鬨《とき》の声」と名付けた。

きっかけは『太平記』だった。畳に寝転んで幾度目かの通読をしている最中、やたらと兵たちが鬨の声を上げていたのだ。名前をつけると、奇怪な声々も少しだけ身近に感じられた。

一方で、どんな類書を読んでも、「鬨の声」が聞こえる理由は判明しなかった。『和漢三才図会』には経絡部《けいらくぶ》や文体部《したいぶ》といった人体についての項目があるが、熊楠の現象に合致するものは見当たらない。

落胆しつつも、それとは別に理解したことがあった。

——我《あが》もまた、世界の一部じゃ。

類書のなかでは、人間も動物も植物も、等しく一部門として扱われる。つまりは人間自体が特別な存在ではなく、この現世《うつしよ》を構成する一要素に過ぎないということだ。

己は何者か。その謎に答えるための術が、自然と浮かび上がってきた。すなわち、我《あが》を知るためには世界を知ればよい。世界を知り尽くせば、己の正体もおのずと浮かび上がる。熊楠は、なぜ自分が世界に関する知識を欲するのか、おぼろげながら理解しはじめた。

——詰まるとこ、我は我のことが知りたいのや。

○

和歌浦での採集を切り上げた熊楠は、午後五時過ぎに帰路についた。寄合町の家までは北へ一里と少し。ふつうに歩けば一時間はかかるところだが、熊楠はその半分の時間で踏破することができた。

魚籠《びく》や網を手にした熊楠は、日が傾いた和歌山の往来を大股で進む。じき、右手に青々とした御坊山《ごぼうやま》が現れた。熊楠はこの山中にたびたび分け入り、昆虫を捕らえたり、植物を観察したりしている。

山や海や野原は、熊楠にとって天然の類書であった。どれだけ長大でも、書物に記載された事柄には限りがある。しかし自然は無限だ。そこには、まだ己の知らぬ虫や草花、貝や藻類があるはずだった。

熊楠は採集に出るたび、自然の知らなかった一面を見出す。今日観察した手亡蟹もそうだ。以前に見た蟹とは、鋏の動かし方が微妙に異なっていた。同じ種の蟹でも個体によって違いがある。一つを知って、すべてを知った気になってはならない。知れば知るほど、世界は新しい顔を見せてくる。

自然物を収集分類する学問は、「博物学」と称されるらしい。熊楠はひそかに博物学の徒を自負し、将来は博物学者になろうと心に決めていた。そうして世界を知り尽くした先に、己は何者か、という謎への答えもあるはずだった。

さらにずんずん進み、和歌山城が見えてきたあたりで、にわかに熊楠の気分は沈み込む。もうすぐ家に着いてしまうからだ。

——また、商売の話なんぞせんならん。

一昨日、昨日と、夕飯の最中に父が家業の件を持ち出してきた。食べながら話すのを好む人ではないが、すぐに部屋へ引っ込む熊楠を捕まえるため、致し方なく食事中を狙っているのだ。

話題は、誰が家業を継ぐか、ということだった。

南方家は金物屋も営んではいるが、稼ぎからすればもっぱら両替商と言っていい。通常であれば、熊楠の兄である長男――弥兵衛《やへえ》が跡継ぎとなる。今年二十三歳になる兄は元々藤吉《とうきち》という名であったが、すでに家督を継ぎ、父の名である弥兵衛を称するようになっていた。家督を譲った父は弥右衛門《やえもん》と名乗っている。

問題は、長兄の目に余る蕩尽《とうじん》ぶりである。弥兵衛は酒こそ飲まぬが、相場と女に目がない男であった。金を持たせれば細々とした相場に手を出して失敗し、たまに勝っても妾《めかけ》に入れあげ、経営を任せれば勝手に使い込む。

そのため、家業を差配しているのはいまだに父弥右衛門であった。このまま長男に継がせてよいものか、と思い悩むのはしごく当然であり、次男の熊楠が次なる候補に選ばれるのもまた道理である。

しかし熊楠は、商売に毛ほども興味が持てない。

熊楠には他にやるべきことがたんまりとある。植物の標本作成、飼っている昆虫の世話、『大和本草《やまとほんぞう》』の筆写、教科書の執筆、などなど。家のごたごたにかかずらう余力はなかった。

寄合町の屋敷へたどりついた熊楠は、夕飯が終わるまで逃げ回ることにした。顔を合わせなければ、父と会話する必要もない。

勝手口の戸を少しだけ開き、家族や女中《およどん》の気配がないのを確かめてから、足音を殺して家のなかへ忍び込んだ。後ろ手に戸を閉め、草履《ぞうり》を手にして台所を出たところで、人影と出くわした。

叫ぶのをすんでのところで堪《こら》えたのは、遭遇した相手が十二歳の弟、常楠《つねぐす》だとわかったからだ。温厚で目端の利く常楠は、親に告げ口をするような真似はしない。安堵した熊楠は苛立ちをぶつける。

「おう、驚かすな」

「歩いてただけじゃ。兄《にい》やんは何《なん》してん」

熊楠が返答に詰まっていると、常楠は草履に目を落とし「わかった」とつぶやいた。

「お父《と》はんと会いたないわいしょ」

図星である。なおも沈黙している熊楠に、常楠は助け舟を出す。

「部屋にでもおったらええ。後で握り飯《にんにこ》持ってっちゃら」

「ほんまか」

「ほんまよ」

「ほいたら、漬物《こんこ》も頼んどか」

急に足取りが軽くなった熊楠は弟に後を託し、根城にしている四畳半へ移った。幸い、常楠の他には誰にも見られていない。

屋敷の奥まった場所にある四畳半は、実質、熊楠だけの部屋であった。最初は弟や妹もふくめた子どもたちにあてがわれていたが、熊楠の持ち物が増えすぎたために居場所がなくなり、弟妹は別の部屋を使うことになった。今では、熊楠が一人この四畳半で寝起きしている。

室内は書物や作りかけの標本で溢れ、雑然としていた。乾いた草や黒い砂、羽虫の死骸などが散乱し、なかば屋外のようである。文机《ふづくえ》の左右には書物が宝塔のごとく積み上げられ、中央にわずかな空き地が残されているだけだった。座布団に尻を下ろした熊楠は、息つく間もなく墨を磨り、筆をとる。

傍らには一冊の洋書が開かれていた。ダナという米人が著した金石学《ミネラロジー》（鉱物学）の専門書である。最近はもっぱら、教師から借りたこの本の翻訳に励んでいる。己のためではない。下級生に渡すためだ。

羽山繁太郎《はやましげたろう》、というのが下級生の名だった。

和歌山中学の二年半下で、生まれは日高郡《ひだかぐん》の塩屋《しおや》。知り合ったのは十月《とつき》ばかり前のことだった。生徒数二百前後の和歌山中学では、毎年三月と九月に新入生が入る。その時期、上級生は用足しのふりをして一年生の教室の横を通りかかる習わしだった。どのような面構えの連中が後輩になったのか、品評するのが目的だ。

昨年の九月。御多分に漏れず、熊楠も級友たちと連れ立って冷やかしに行った。授業が終わった機会を狙い、廊下に並んでちらちらと室内に視線を送る。惰性で新入生たちの風貌を眺めていた熊楠は、なかほどに座った少年を目にした瞬間、全身に痺れるような衝撃を覚えた。

色白細面《ほそおもて》で、頬にうっすらと朱が差している。鼻筋はまっすぐ通り、筆で引いたように涼やかな目元をしていた。呆然と立ち尽くす熊楠は、少年と目が合った。彼は恥ずかしそうに視線をそらしてから、また熊楠の顔を見てはにかむように笑った。

脳内で「鬨の声」が上がった。

——なんとまあ、眉目秀麗《びもくしゅうれい》やいしょ。

——あがな美形は魔性かもしれん。気ぃつけよ。

——熊やん、早うに声かけなぁよ。

——しかし、面倒《うたとい》なやつと思われたらどもならん。

熊楠は逡巡《しゅんじゅん》したが、少年と見つめ合っていると居ても立ってもいられず、下級生の教室にずかずかと踏み込んでいた。静かに座している少年の前に、熊楠は仁王立ちして「名ぁは何ちゅんない？」と問うた。

「羽山繁太郎です」

少年は驚きも怯えも見せず、やわらかい微笑を浮かべた。その反応に喜んだ熊楠は、勢いづいて「繁太か」と親しみをこめて呼んだ。それから己の名前を披露すると、繁太郎は嬉しそうに「知ってます」と答えた。

「熊楠さんの尊名は聞いてました。上級生に天狗《てんぎゃん》があるいう話で」

目が大きく、鼻が高く、山野を駆け巡ってばかりいる熊楠は、幼少期から「天狗《てんぎゃん》」とあだ名されていた。この二つ名は自身でも気に入っており、書籍の裏などに名前代わりに天狗の絵を描くこともしばしばだった。

「そうじゃ、そうじゃ。我《あが》の名ぁも下級生にまで知れ渡っとるか」

ますます図に乗った熊楠は、ぐっと身を乗り出した。

「繁太は何か、興味のある学問はあんなら？」

「金石学に興味があります」

繁太郎の口調が熱を帯びる。彼は日本語に訳された英米の関連書から抜き書きして、自前の本を編んでいるらしかった。金石学なら熊楠も興味がある。かねてから地学を専門とする教師に手ほどきを受けていたが、その教師が英語の専門書を所有していたことを思い出した。

「ちょうど、先生《せんせ》からええ洋書が借りられるさけ、じきに翻訳して渡しちゃろか」

「ええんですか。ありがたいことです」

繁太郎が破顔した。その溢れんばかりの笑みを見ているだけで、熊楠のほうまで目尻が下がり、口元が緩む。

「もちろんじゃ。待っててくれよ」

その日のうちに教師からダナの洋書を借り受けた熊楠は、自宅へ持ち帰り、辞典と首っ引きで翻訳をはじめた。

当初の目論見では、ひと月ほどで訳して繁太郎に渡すつもりであった。しかし大部の本であり、辞典に載っていない専門的な語句も多い。教師に伺いを立てながら訳すのは時間がかかった。それに熊楠には、他にやりたいことが山ほどあった。自室にこもって翻訳ばかりしているわけにもいかない。

そうこうしているうちに、とうとう着手から十か月が経ってしまった。

このままでは己が卒業してしまう。慌てた熊楠はこの数日、根をつめて作業を進めていた。全文を翻訳するのはとうに諦め、抄訳を作成している。

——もうじきじゃ、繁太。

抄訳はあと少しで完成する。これを渡せば、きっとまた繁太郎の満面の笑みを見ることができる。意識せぬうちに、ふふっ、と熊楠の唇から笑いが漏れた。

——眠《ねぶ》たいよぉ。

教壇では経済の教師が授業を行っている最中であった。熊楠は睡魔に抗いながら、ぼんやりとその様子を眺めている。興味の赴くままに自然を駆け巡り、文献を読みあさる熊楠にとって、着実に知識や理屈を積み上げるような学校の授業ははなはだしく退屈であった。

——まだ、漢籍でも素読《そどく》しとくしかええわ。

熊楠はほとんどの授業をまともに聞いていなかった。勤勉な生徒は教師の言葉を一言一句漏らさず帳面に書き留めているが、熊楠は机上に肘をつき、もぞもぞ動く教師の口の辺を見たり、窓の外の雲を眺めたりして過ごし、意識の端に引っかかった言葉を気まぐれに書きつける、という始末だった。自由時間は類書の筆写や野外採集に明け暮れ、予習復習などするはずもない。

そんな有様なので、成績はよくなかった。神童と呼ばれていたのも今は昔。生理や化学といった一部の科目を除いて、試験の得点は平均を下回っている。とはいえ落第にまで至らなかったのは、日頃から手当たり次第に知識を詰め込んでいる賜物でもあった。

退屈しのぎに熊楠は鼻毛を引き抜いた。親指と人差し指の間に、つやつやした一本の毛が挟まっている。途端に「閧の声」が頭をもたげた。

——立派な毛ぇじゃ。生物標本にでもしたらええ。

——鼻毛は生き物《もん》と違うんやないかいの。

——鼻毛かて、生き物の一部には違いない。先刻《さいぜん》まで熊やんの鼻にくっついとった。

——ほいたら、鼻毛は抜いた端から生き物やなくなったんか。

頭のなかは鼻毛、鼻毛とやかましい。熊楠は指先の毛を弾き飛ばし、またこめかみに力を入れて「鬨の声」の声量を下げた。

しかし真剣に考えてみると、先刻の問いはなかなかどうして、興味深い。解剖学によれば人の肉体は毛に限らず、皮膚や目、骨や歯、血に脂と、様々な要素から成り立っている。その総体が人であり生命である。

一方で鼻毛は、それ単体では生命になりえない。これは不思議なことである。いったい、人は何をもってそのものを生きているとみなすのか。生命はどこまで切り分けられるのか。どんな類書にも、その問いに対する答えは載っていない。

授業が終わると、熊楠はすぐさま級友の喜多幅武三郎《きたはばたけさぶろう》に話しかけた。

「ねえよう、喜多幅」

喜多幅は垂れぎみの目を熊楠に向け、への字に曲げていた口から「なんじゃ」と発した。彼は和歌山中学の同期で最も気の合う男だった。生まれ年は一つ下で、田辺町《たなべちょう》の出身。学校の成績はお世辞にも芳しいとはいえないが、それは熊楠も同じだ。

「我《あが》の鼻毛は生きてると思うか」

「そがなことあるか。お前《まん》は物の怪かえ」

「毛ぇだけにか」

自分で言った冗談にひと笑いしてから、熊楠は授業中に考えていたことを話した。喜多幅はいちいち真面目くさった顔で「うん、うん」と頷きながら耳を傾ける。熊楠がどんなばかげた考えを言おうとも、一笑に付さず、真剣に傾聴してくれるのが喜多幅の好ましいところであった。

「熊やんの言うちゃることはこうか。鼻毛は抜かれるまで生命の一部やが、抜かれた瞬間に生命あらざるもんに変化する、と」

「そう。つまり、生命はどこまで削れるんか。何がのうなったら、生命は死ぬんか」

「そら、心臓《しんどう》やろ。心臓が止まったら人は死ぬろ」

喜多幅は間髪を容れず答えた。来春から医学校へ進学することを公言している喜多幅らしい回答であった。しかし熊楠は「いや」と否定する。

「心臓だけ動いとっても、それは生命とは言えんがよう。身体《かだら》に血ぃが巡って、初めて心臓の役割は果たせるんと違うか。そのもんが生命かどうかは、まっとぉ大《お》きい見方で見るもんやないかの」

喜多幅は「なるほど」と腕組みをした。

「鳥山先生《とりやませんせ》に訊いてみたらどうじゃ」

和歌山中学には、鳥山啓《ひらく》という教師がいた。熊楠にとってほぼ唯一と言っていい、心から敬意を払う教師だ。元田辺藩士の鳥山は、大本草学者である小野蘭山《おのらんざん》の曾孫弟子《ひまごでし》にあたる博物学者で、漢学や国学も修めた人物であった。

喜多幅の提案に首肯《しゅこう》した熊楠は、授業が終わるや否や校内を捜し歩き、併設されている師範学校の教員控所で鳥山を見つけた。四、五十歳とみえる鳥山は洋装に身を包み、控所の自席で書き物をしている最中だった。熊楠が「先生」と声をかけると、筆をおき、鷹揚《おうよう》に振り向く。

「どうした南方」

「ちいと訊きたいことがあります」

熊楠は再び、生命に関する疑問を語った。鳥山は視線を真正面から受け止めつつ、時おり「ほう」「ふんふん」と相槌を打つ。興が乗ってきた熊楠はますます勢いづいて語る。

「心の臓や脳味噌だけで、人はよう生きやん。いや、それは人と言わん。どんな解剖書にも生命の本質は載っちゃらん。もしもその正体を突き止めたら、滅法大変《がい》な発見にならしませんか」

控所の教員たちが皆振り向くほどの大声であった。ひとしきり熊楠の演説を聞き届けた鳥山は、低い声で「ほいで」と言った。

「南方の考えは？」

反問された熊楠は、口をつぐんだ。生命の本質とは何か。そのような大それた問いに対する仮説は持ち合わせていない。

熊楠は急に恥ずかしくなった。面白い謎を見つけたことに舞い上がり、赤子のようにただ教えを乞うてしまった。普段は鈍臭いと小馬鹿にしているくせに、都合のいいときだけ教師を頼ろうとする、その態度が我ながら気に食わない。

赤い顔で黙りこくった熊楠に、鳥山は穏やかな声音で告げる。

「気ぃ落とさんでええ。君の抱いた問いはきわめてすぐれた問いや。そして問題は、解くよりも見つけ出すほうが何倍も、何十倍も難しいんじゃ。教員の我《あが》が言うんじゃ、間違いない」

「そうですか」

「信用しなぁよ。ええか。先刻《さいぜん》の問いは博物学の大目的の一つじゃ。我らは生命の本質を見つけるために、博物学を究めちゃると言える」

鳥山は咳ばらいをして、講義じみた口ぶりで論じる。

「南方。お前《まん》は蟹が好きじゃったな」

「はあ。こないだも、不老橋で手亡蟹の観察をしました」

「蟹の種類はどんなけあら？」

「和歌浦から加太で、八十は」

「そないか。して、南方はその八十もの蟹を、どうやって蟹と判じんのかい。虫や貝や魚と比べて、どこがどう違う」

一瞬、熊楠は何を問われているのか把握しかねた。蟹を蟹と判別できるのは、あまりにも当たり前のことではないか。

「鋏が二つあるとか、五対十本の脚があるとか、甲羅があるとか……」

「ほんまか。平家蟹には、二つの鋏の他に背側の脚にもちっこい鋏がついてるやつがある。これは、さきの条件と食い違うんやないか」

「そら、そうでっけど」

「椰子蟹《やしがに》はどうじゃ。南洋沿岸に棲んでる蟹で、八本脚じゃ」

「聞いたことあります」

熊楠の腹の底に、苛立ちが泥土のように降り積もっていた。生徒の答えに対して重箱の隅をつつくような例外を挙げ、やり込めようとしている。この不毛なやり取りは何なのか。熊楠は投げやりに言い放った。

「しかし先生、蟹は蟹としか言いようがないです」

「そこじゃ」

ぱん、と鳥山は膝を叩いた。

「南方は蟹をようさん集める作業を通じて、蟹というものの本質を見定めよる。うまく言い表すんは難しいが、間違いなく、鑑定眼は養われてる。お前《まん》はすでに蟹のなんたるかを知っとる。だから、鋏がちっと多かろうが、脚が八本やろうが、即座に蟹と判じられる」

熊楠は胸を衝《つ》かれた。己はすでに蟹を知っている。それは当たり前のようで、なんら当たり前のことではなかった。鳥山は続ける。

「博物学は、具体例を集めて観察することが本質じゃ。他の生き物も蟹と同《おんな》しや。具体例を集めたら集めるだけ、狸なら狸の、椿なら椿の、人なら人の本質が必ず見えてくる。究極、その先にはあらゆる生命の本質がある。そこが、博物学の面白《おもしゃ》いとこじゃ」

鳥山の言は強烈な福音であった。森羅万象を知ることは、ただの自己満足ではない。その先に待ち受ける、あらゆる生命の本質を解き明かすことに他ならない。

「その調子じゃ。頑張りぃ」

鳥山は熊楠の両肩に手を置き、正面から眼《まなこ》を見据えた。精気がそそぎこまれてくるかのような力強い視線である。顔がかっと熱くなる。鳥山からの励ましは、気分のうえでは神仏からのお墨付きも同然であった。

熊楠は「はいっ」と威勢よく答えて、教員控所を飛び出し、がむしゃらに駆け出した。神経が赤熱し、満身に力がみなぎっていた。頭のなかで「鬨の声」がこだましている。

――夢中でやっとったことは無益やなかった。

――生命の本質、究めちゃらあな。

――熊やん、お前《まん》は傑物、天下の男じゃ。

熊楠は、己の生きていく道がはっきりと定まった気がした。

しかしそう思えたのは、たった一日のことであった。

翌日、学校から帰ってきた熊楠を母が待ち受けていた。

「仏間でお父《と》はんが待っちゃあるさけ、早うに行きよし」

前日からの高揚した気分がたちまち萎《な》えた。このところ、熊楠は父弥右衛門から逃げ回っている。食事の席で顔を合わせれば、飢えた犬のごとき勢いで膳のものを平らげ、風のように去る。父が家にいると知れば御坊山や和歌浦へ採集に行くか、根城の四畳半に閉じこもった。すべて家業の話を避けるためである。

だが一つ屋根の下、いつまでも逃げ回れるはずがなかった。尊敬する父から正面切って呼び出されれば、無視し続けるわけにもいかない。部屋に鞄を置いた熊楠は、仏間へと足を向けた。

「失礼しますけ」

襖《ふすま》を開けると、まず仏壇を背にした弥右衛門が視界に入る。続いて、相対する格好で座している兄弥兵衛が目についた。ふてくされたような面構えである。

——なんで、こいつまである。

さすがに本人の前では口にしないが、熊楠は内心、愚痴をこぼした。ただでさえ面倒な話し合いが、余計厄介になりそうである。

「そこ、座り」

弥右衛門に指示された通り、熊楠は兄の隣に座布団を持ってきて正座する。長男と次男が肩を並べて、父と向き合った。弥右衛門は厳かな声で切り出す。

「熊楠が来る前も話しとったけど、家のこと、どうするかじゃ」

兄の弥兵衛は前年、父の世話で豪家の娘を妻に迎えたが、家庭を顧みる気配は一向になく、家の外にいる妾のもとに入り浸っている。仕事のほうもからきしで、初歩的な金勘定すら間違える。おまけに人目を盗んで銭をちょろまかす。名目上は南方家の当主であるが、帳場からは遠ざけられているのが実情であった。

しかし弥兵衛はいまだ実権を諦めていないらしく、しかめ面で父を見返す。

「どうするもこうするも、戸主の我《あが》が継ぐんが道理やいしょ」

「お前《まん》にはいっこも商売の才がない。学もない。家督はくれたるし、近いうちに仕事も世話しちやる。せやさけ、店の銭は触《いらう》るな」

「んな話、聞いたことないわ！」

「まともな長子やったら譲っちゃらあな。でもよう、家を破産さすと知れてる、頼りない《けやない》男にくれちゃる店なんぞないんじゃ！」

怒鳴り合う父と兄を尻目に、熊楠の想念は仏間を離れ、繁太郎のことを考えていた。洋書の翻訳は間もなく終わる。なんとか暑中休暇に入る前に手渡しておきたかった。そうすれば、金石学の助言を理由に休暇中にも顔を合わせられる。そのためには、こんなくだらない議論からさっさと抜け出さねばならぬが、会話が終わる気配は一向にない。

父は兄への罵声を切り上げ、熊楠に向き直った。

「湊紺屋町《みなとこんやまち》にある、学校と蔵の跡地、あすこをうちで引き取ろかと思とる」

「はあ」

それはいいが、何をするつもりなのか。熊楠の問いを見透かしたかのように、弥右衛門は言う。

「酒造りをやる」

「酒造りぃ？」

兄がことさら素っ頓狂な声を上げた。

「お父《と》はん。素人が酒造りなんぞ、なんぼなんでも無茶言うたあかん」

「熊楠、よう聞きぃ」

弥右衛門は兄の冷やかしを無視して、熊楠に語りかける。

「この有様やけど長男は長男じゃ。お前《まん》に家督はやれん。しかし、当主面しくさるこいつの下にあるんも面白《おもしゃ》ないやろ。したら、お前はお前で別の事業を起こしてよう、分立するちゅうんはどないや」

そう言われても、熊楠にはまったく初耳のことであり、どう応じていいのやら見当がつかない。そもそも、家督を欲しいと言った覚えなどなかった。熊楠はただ、山や海を駆け、書物に埋もれ、博物学を究められればそれでいい。

困惑する熊楠をよそに、弥右衛門はさらに言い募る。

「実は、銀行には話を通してある。我《あが》が仕切るて知ったら、喜んでなんぼでも貸します、言うとった」

得意顔で語るところによれば、資金の調達だけでなく、土地や設備の目処まですでにつけているようだった。富商の弥右衛門は紀州の経済界に顔が利く。その気になれば、酒造業をはじめるくらいのことは難なくやってのける。

「お父《と》はん、ちょいと待ってよ」

熊楠は話の切れ目を見つけて、どうにか割って入った。

「酒造をやるんはいつよ」

「すぐには無理じゃ。一年か二年のうちちゃいしょ」

「一、二年したら、我《あが》もその経営に入るんかえ」

弥右衛門は答えず、仏壇を振り返った。南方家の婿養子である父は養父母と血がつながっていないが、日に二度のお参りを欠かしたことはない。

熊楠はかすかに緊張を覚えた。南方家の祖先たちが、父の背後で睨みを利かせているような気がした。

「うちとこの子ぉらは商人に育てるつもりやったが、お前《まん》にだきゃ学問をやらしてきた。それは間違っとらん。間違っとらんが……」

弥右衛門はそこで低くうめいた。もう一度、仏壇を見てから正面に向き直る。

「熊楠。これからお前は、何がしたい？」

答えは決まっている。熊楠は眉間に皺を寄せ、眉尻を吊り上げた。

「学問をやりたい」

「ほいたら、大学か？　中学出たら予備門か？」

熊楠は頷いた。大学といえば、東京大学を意味する。当時は大学予備門に三年通ったうえで、大学に進学するのが普通だった。

「学問で飯が食えるんか？」

続く父の問いは、意想外であった。熊楠が知識を貪っているのは飯を食うためではなく、そうするのが快いからだ。楽しいからだ。だが父は、根本からその意義を認めていないようだった。

「予備門通って、首尾よう大学に進学したとしよか。その後はどうする？」

「博士にでもなればええ」

熊楠なりの精一杯の反論だった。世のなかには著名な博士が大勢いる。先達がどうやって食っているのかは知らぬが、ともかく人並外れた学識を獲得すれば、自然と人々の尊崇は集まり、生活基盤もついてくる――。

その考えがきわめて心許ないことに、熊楠自身、いまだ気付いていなかった。

「落第すれすれのお前《まん》が博士になれるか？　なったとして、飯の種はどないする？　お前に教師は無理やして。そがな無謀なことはやめろ。大学行くな、とは言わん。けど、学問は死ぬまではよう続けやん。せやろ。それまでは我《あが》が面倒見たるさけ、大学出たら酒造業やりぃ」

この提案は弥右衛門にとって最大限の譲歩と言えた。熊楠が大学を卒業するまで、短く見積もってもこれから十年ほどかかる。その間は学費や生活費を捻出し、熊楠に代わって父が新事業を営む、と言っているのだ。

大学までは存分に好きなことをやってよい。ただし、卒業したら酒造業を継ぐこと。それが弥右衛門の要望であった。

熊楠の答えは早かった。

「そうはできやん」

弥右衛門は目を見開き、次いでため息を吐《つ》いた。臓腑がぺしゃんこになってしまいそうなほど、長く深いため息であった。

「なんしてできやん」

「商売より学問で身ぃ立てるほうが、まだ向いてある」

それは偽らざる熊楠の本音であった。幾何《きか》や経済でひどい点数を取っている己が、父のように商いで成功できるはずがない。商売の才がないという点では、兄も己もさほど変わらない。

「せやさけ、学問は飯の種にならんと……」

「博物学は生命の本質を見極める学問やと、学校の先生も言うとった。そがな大義ある学問、真面目にやっとったら必ず助けてくれる人がある」

ぷっ、と噴き出したのは弥兵衛だった。失礼な兄は口をとがらせ、正座したまま身をよじっている。

「ああ、可笑《おか》しこと」

「何が」と熊楠が凄むと、弥兵衛はにやついたまま応じる。

「何がて、幸せなやっちゃ。学校の先生は生徒に勉強さすんが仕事やぃしょ。そんなもん、お前《まん》に勉強さすための方便に決まっちゃら。だいたい、生命の本質がなんちゃら言うて、金出す道楽者がどこにあんねや。連れてきてみぃ。人はな、己のためになることには金出しても、博物学にはいっこも金出さんで」

頭に血が上り、熊楠の顔が赤らんでいく。頭のなかには「鬨の声」が満ちていた。

——鳥山先生を罵りくさったな！

——遊び人の阿呆《あっぽけ》ごときが、何を言うちゃあら。

——ええんか、熊やん。こない腹の立《けったくそわり》つこと言わしといて。

いいはずがない。それでも熊楠は暴発寸前で耐えていた。父が不安そうに二人の息子を見比べていたからだ。ここで癇癪を起こせば、くだらない兄と同列に見られるかもしれない。そんな屈辱は御免だった。

熊楠の葛藤を知ってか知らずか、弥兵衛は薄笑いを引っ込めようとしない。

「学者なんぞ、小難しことひねくったある格好つけか、お前みたく屑《くず》同然の虫やら草やら石やら集めて悦に入ったある変わり者《もん》じゃ。大方、懸想《けそう》しちゃある相手にええとこ見せようという魂胆やろ。格好《ふうわり》悪いわ」

その言葉が最後の一押しとなった。

「貴様《おんしゃ》！」

叫ぶが早いか、熊楠は膝立ちになって弥兵衛の胸倉をつかみ、次の瞬間には仰向けに倒して馬乗りになっていた。野外採集で鍛えた頑健な肉体に押さえ込まれ、なす術もない弥兵衛は途端に怯えはじめた。

「ま、待て。待ちぃな」

「やかましい！」

熊楠の右こぶしが弥兵衛の頬桁《ほおげた》を打ち、ごりっ、といういやな音がした。唇が切れて血が流れる。弥兵衛が屋敷中に響くほどの悲鳴を上げる。

「誰《だえ》かぁ！　助けてぇ！　殺される！」

じきに常楠が飛んできて、「やめえな」と熊楠を引きはがす。女中《およどん》は弥兵衛を引きずって仏間から連れ出す。少し遅れてやってきた母が呆れ顔で一同を見やる。父は瞑目し、額に手をついて首を振っていた。

「いてもうたら、おい！」

熊楠は羽交い締めにされながらも、いまだ手足をじたばたさせていた。


明日から学期試験がはじまるという日、熊楠は和歌浦のほとりにいた。

夕日を浴びた海面《うなも》は橙色に染まっていた。海水に膝まで足を入れた熊楠は、水のなかにじっと目を凝らしている。先ほど浜辺で見かけた蟹が、この辺りに逃げ込んだはずであった。一見しただけだが、とりわけ鋏が大きく、観察のしがいがありそうな個体だった。かれこれ十五分も探しているが、視界に入るのは石や海藻ばかりで、肝心の蟹は見つからない。

——さすがに頃合いか。

熊楠は諦めて顔を上げ、砂浜へと歩き出す。じき、行く手に見覚えのある人影を見つけた。

「なんじゃ、喜多幅」

喜多幅は砂浜の上に両足を踏ん張り、腕を組んで仁王立ちしていた。熊楠が目の前に来ると、勢いよく鼻息を吐く。

「こがなとこおったか、熊やん。家の人が教えてくれた通りじゃ」

「わざわざ何《なん》しに来た。先生《せんせ》に言われて、呼びに来たか」

「阿呆《あっぽけ》。授業はとうに終わった。これを届けに来た」

喜多幅が差し出したのは、熊楠が肌身離さず持ち歩いている拡大鏡であった。熊楠の記憶では、いつも布鞄のなかに入れてあるはずだった。だが鞄を開けてみると、確かに拡大鏡がない。

「お前《まん》の机の下に落ちとった。大事な物《もん》と違うか」

「これは助かった。恩に着る、喜多幅」

熊楠は顔をくしゃくしゃにして破顔した。喜多幅は、ふん、と鼻を鳴らしつつ、拡大鏡を差し出してやる。受け取った熊楠は、何気なく拡大鏡で足元を覗いた。砂浜の上には、白地に黒い斑《ぶち》模様の宝貝《たからがい》が落ちていた。

「おっ、見てみぃ。珍しい柄じゃ」

熊楠は宝貝を拾い上げ、喜多幅の鼻先に突き出す。

「お前はこがな模様の貝、見たことあら?」

「ないな」

「他にも似たような貝が落ちてあるかもしらん」

嬉々として砂浜に這いつくばる熊楠を、喜多幅はなかば呆れたように見やる。太陽が水平線の向こう側に没し、辺りの空気が紫色に包まれはじめたころ、喜多幅は「なぁ、熊やん」と声をかけた。

「なんでまともに授業を聞かんのや。前まで成績優等やったんやから、その頭なら、真面目に勉強したら大学予備門でもどこでも進学できら。もうちっと、座学に力入れてもええと思うが。なぜに反抗する?」

しゃがみこんでいた熊楠は、喜多幅の話にじっと耳を傾けていた。やがて立ち上がり、真剣な面持ちで喜多幅に向き合う。薄闇のなかで、熊楠の両目は山猫のように光り輝いていた。

「反抗と違う。この広い世界には、まだ我《あが》らの知らん生き物《もん》がどっさりあら。我は一つでも多く、それを知りたい。それだけのことじゃ」

喜多幅が息を呑んだ。熊楠は集めた宝貝を懐に収めて、和歌浦の海を振り返る。すでに空は藍色へ変わっている。夜の気配を帯びつつある海に、熊楠は宣言した。

「我は、この世界を知り尽くす」

途方もないことを口にしている自覚はあった。だが己なら、きっとやり遂げられるという確信もあった。

「正気か熊やん。知り尽くす、言うても……」

喜多幅はもはや呆れてはいない。むしろその口調には、気遣いの色が混ざっていた。友人が真剣だとわかったからこそ、行く末が心配なのだった。

「案ずるな。我は家業なんぞ継がん。金貸し屋になる気は毛頭ない」

「そがな懸念、しとらんわ。熊やんが一文なしになって行き倒れるしか、心配じゃ」

「おお。そら、あり得るわ」

あっけなく認めた熊楠に、喜多幅は「こら」と怒る。しかし熊楠はどこ吹く風で、小波《さざなみ》の立つ海を眺めていた。

「もし行き倒れそうになったら……そん時は、喜多幅。お前《まん》の故郷で養《やしの》うてくれるか」

にっ、と音がしそうなほどの勢いで、熊楠は笑った。透き通った青空のような、どこまでも裏のない笑顔だった。喜多幅は嘆息し、苦笑する。

「ほんまに、しょうないやつじゃ」

残照が薄れ、夜が訪れようとしていた。熊楠は友人の隣で、徐々に輪郭が濃くなっていく月を睨む。果てしなく遠い月は、熊楠の宣言を静かに聞き届けていた。


学期試験の最終日の朝、ようやく繁太郎に渡す洋書の抄訳が完成した。試験勉強もろくにせず取り組んだ甲斐あって、なんとか暑中休暇前に間に合った。

午後、熊楠は校舎裏にある日陰の庭で待っていた。湿った敷石に腰かけ、抄訳の帳面が入った布鞄を膝の上に置いている。

ここで落ち合うことにしたのは、教室や講堂では人目を気にして長々と話せないためであった。寄宿舎で寝起きしている繁太郎の自室に押しかけるわけにはいかないし、自宅に呼べば余計な茶々が入るかもしれない。人気の少ない裏庭は好都合であった。

けさ、下級生の教室に顔を出した熊楠は、終業後に裏庭へ来るよう繁太郎に告げていた。しかし目を輝かせていた繁太郎は、午後三時になっても、四時になっても現れない。繁太郎の同級生たちはとっくに下校している。

日陰にうずくまっていると、「鬨の声」が頭をもたげた。

――さすがに遅すぎじゃ。何か別の用か。

――もしかすると、すっぽらかされたんちゃうか。

――繁太に限って、そがなことしよらん。

――わからんで。美形には用心せんならんちゅうたやろ。

熊楠はじっとうなだれ、声々が話すままにしていた。こういうときはうるさくしてくれたほうが、気がまぎれる。

いっそ帰ってしまおうかと思うたび、繁太郎の喜ぶ顔が脳裏に蘇った。洋書を翻訳して渡してやろうと言った時の、あの喜びようは偽りではなかった。あと少し信じるべきだ。そんな自問自答を繰り返して、苔むした庭で二時間以上待ち続けた。

五時になろうかというころ、熊楠は眠気を覚えはじめていた。とろりとした睡魔が両瞼を閉じようとしてくる。それに抗っていると、ふいに弾んだ声が聞こえてきた。

「熊楠さん」

猛然と顔を上げた熊楠の視線の先に、二人の少年がいた。一人は羽山繁太郎だ。端整な顔に喜色を浮かべ、跳ねるように駆けてくる。その後ろにもう一人、よく似た美少年がいた。繁太郎よりも幾分幼く見える。

「遅なって申し訳ないことです」

繁太郎は首をすくめ、上目遣いで熊楠を見る。その一瞥《いちべつ》で、先ほどまでの不安や苛立ちはきれいに吹き飛んでしまった。

「いや、ええんじゃ。我《あが》は暇やさけ」

「ほんまにすみません。弟も是非お目にかかりたいと言うんで連れてこよ思たんですけど、なかなか見つからんで」

「弟?」

繁太郎の背後にいた少年が歩み出た。

「羽山繁太郎の弟の、蕃次郎《はんじろう》と申します」

変声期前の甲高い声で蕃次郎は名乗った。隆起した鼻柱といい、怜悧《れいり》な目つきといい、兄とよく似た美形である。兄の三歳下というから、齢は十か十一であろう。

「蕃次郎は予科生です」

繁太郎が横から補足した。和歌山中学には一か年の予備科がある。二人の父親は塩屋の医師であり、将来は二人も医師を目指すつもりだという。

「仲のええ兄弟で、羨ましわいな」

熊楠はつい、兄のことを連想していた。いがみ合っている弥兵衛と己に比べて、目の前の羽山兄弟は見るからに仲睦まじい。蕃次郎はきょとんとしていたが、繁太郎はまんざらでもない様子で照れていた。

「ほいで用件やけど。金石学《ミネラロジー》の本が訳せたさけ、渡しちゃろ思てな」

布鞄から帳面を取り出すと、繁太郎は「ええんですか」と歓喜した。白く長い指で帳面をめくり、そのたび「わあ」とか「大変《がい》な」といって嘆息する。弟の蕃次郎は、後ろから無言で凝視していた。兄弟の感激がひしと伝わってくる。

指先で背筋を撫でられたように、熊楠は身震いした。初めて、己の成したことで他人に喜んでもらえた。これまで、類書をいくら筆写しても、珍しい植物を集めても、誰も賞賛してくれなかった。本当は、それがずっと寂しかった。相手にされないことが不満だった。その事実に、熊楠はようやく行き当たった。

「おおきによう」

口がひとりでに動き、礼を言っていた。繁太郎と蕃次郎はそろって顔を上げた。

「何言うてるんですか。感謝するんはこっちですわ」

「兄《にい》やん。天狗《てんぎやん》さんにお礼せんでええんかえ」

蕃次郎は声をひそめていたが、熊楠には筒抜けである。繁太郎は「こら」とたしなめつつ、弟の言にどう応じるべきか決めあぐねているようだった。熊楠は快活に笑いながら、目の前で手を振ってみせた。

「いらん、いらん。礼なら貰《もろ》てる」

己の器量を見せつけたいという思惑もないではないが、真実、熊楠は対価など求めていなかった。羽山兄弟が感激してくれること、学問を共有する喜びを教えてくれたことこそが、最大の報酬であった。

「休みの間でもわからんとこあったら教《おせ》えたるさけ、家寄っておくれよ」

熊楠は寄合町の屋敷の所在地を伝え、「いつでもええ」と念を押した。繁太郎は再三感謝を述べ、蕃次郎もそれに倣って頭を下げた。

「熊楠さんは、来春に卒業ですか」

繁太郎は澄んだ目で問いかけてくる。卒業後のことはあまり触れられたくない。

「落第せなんだらな」

「卒業した後は？」

案の定、その話題であった。熊楠は生の蓬《よもぎ》を噛んだような顔つきで答える。

「まあ、学問をやるつもりじゃ」

「大学予備門ですか」

「その前に、予備校で英語をやらんならん。ほいでから受験じゃ」

熊楠の在籍している科では三年次まで英語の授業がなく、受験勉強にあたっては予備校に通うのが普通だった。共立《きょうりゅう》学校や成立《せいりつ》学舎といった予備校が主だが、いずれも所在は東京である。

「ほいたら、春から東京に行くんですね」

「せやろなあ」

歯切れの悪い答えを返しながら、熊楠はふと、繁太郎にも例の問いを投げてみたくなった。

――学問で飯が食えるんか？

意地の悪い問いかけであることはわかっている。学問を志す熊楠を前にして、否定できるはずがない。ただ仮初《かりそめ》でもいいから、誰かに励ましてほしかった。お前は間違っていない、と断言してほしかった。

「繁太よ。我《あが》はこの先、学問で飯食えると思うかえ？」

えっ、と繁太郎は絶句したが、すぐに持ち直した。

「そらそうです。熊楠さんみたな傑物、学問のほうが欲しがらいしょ」

それまでと違って、繁太郎の言葉には気を遣っている気配が感じられた。だが、こういう反応が返ってくるのはわかっていたことだ。熊楠は己の質問の愚かさを省みながら、「そうか」とつぶやいた。

ふと蕃次郎に視線を移すと、挑むような目でこちらを見ている。腹の底に、繁太郎とは違う答えを抱えているようであった。

「お前《まん》、言いたいことあら？」

促すや、蕃次郎は高い声で「はい」と言った。

「鳥は、明日《あいた》も飛べるやろかと心配しますか。魚は、年取っても泳げるやろかと悩みますか。花は、来年も咲けるやろかと気ぃ揉みますか。天狗《てんぎゃん》さんの言うてることは、それらと同し類《おんな》の悩みちゃいますか」

たちまち「鬨の声」が湧いた。

——蕃次郎の言う通りじゃ。心《しん》から学問やりたきゃ、将来のこと考える間ぁなどない。

——違う、これは子どもの小理屈や。動物の生理現象と人の人生は別物《べっこ》じゃ。

——しかし小理屈にも一理あると思たんちゃうか？

声々の見解は二つに割れていた。蕃次郎の言葉に一方は賛同し、もう一方は反対していた。熊楠が惑っている間に、繁太郎は美しい顔を苦しげに歪めて低頭した。

「弟の無礼な物言い、相すみません」

「いや、ええ言葉じゃ」

即座に正誤が判じられずとも、惑うということはその意見が一定の理を含んでいるということである。熊楠はいったん、そう結論した。

「人は明日《あいた》や明後日、呼吸すべきかなんて気にせん。我《あが》にとって学問は呼吸同然じゃ。せやさけ学問を続けるべきか、まして飯を食えるかなんて、悩むだけ無用やと。こう言いたいんやろ？」

蕃次郎は片頬を上げ、不敵に笑んだ。その笑みは年齢よりずっと大人びて見える。

無垢で実直な繁太郎と、捉えどころのない蕃次郎。そろって紅顔の美少年だが、内面は見事に異なっている。そして熊楠は、その両方に惹かれる気持ちを堪えようがなかった。

羽山兄弟は、先刻渡した訳本を宝物のように抱えて裏庭を後にする。繁太郎は幾度も振り返って頭を下げ、蕃次郎は前を向いたまま駆けていく。熊楠は二人の少年の後ろ姿を見送りながら、次に会える日のことを夢想した。

盆前の夜、熊楠はいつものように根城の四畳半で抜き書きをしていた。畳には干からびた貝殻や海藻が散乱し、本と本の間に萎れた草花が挟まれている。書物の宝塔の隙間で、熊楠は一心に筆を動かしていた。

夕刻、父と顔を合わさぬよう忍び足で帰宅し、そのまま夜半まで作業に没頭していた。ひどく熱中しているせいか眠気は覚えないが、昼から何も口にしていないため空腹は限界に近づいている。ついつい筆を止め、下腹を押さえた。

——腹、減った。

こうひもじくては、作業に集中できない。襖に耳をつけてみると、廊下はしんと静まりかえっていた。すでに家族も女中《およどん》も寝静まった頃合いだ。熊楠は台所に忍び込んで、こっそり冷や飯を食らう算段を立てた。

いざ襖を開こうと手をかけると、向こう側から声がした。

「兄《にい》やん」

うおっ、と跳びすさった熊楠の前で襖が開く。そこに立っていたのは弟の常楠だった。常楠は、手拭いに包んだ何かを両手で捧げ持っていた。父や母でなかったことに安堵しつつ、熊楠は口をとがらせる。

「なんじゃ、常楠」

「兄やん、腹減っとんちゃうか思て」

常楠が手拭いの結び目をほどくと、不格好な握り飯が二つ現れた。熊楠の視線が思わず釘付けになる。己の喉から、ごくり、と生唾を飲む音がした。

父から逃げ回る兄のため、常楠はこうしてたびたび夜食を届けてくれる。機転の利く常楠は、兄が夕食の席にいないのを確認すると、家族の目を盗んで櫃《ひつ》のなかの冷や飯を取り分け、握り飯にして持ってきてくれるのだった。

「毎度、悪《わり》な」

常楠を四畳半に招じ入れた熊楠は、さっそく握り飯にかぶりついた。飢えた舌には、米の味がことのほかうまく感じられる。添えられた大根の漬物をかじると、塩気がじんわりと口中に広がる。

畳の上に端座した常楠は、兄の部屋を見回し、積み上げられた書物や標本をじろじろと見ていた。その姿に、頬に飯粒をつけた熊楠がつぶやく。

「なんじゃ。興味あら？」

「いや、興味あるっちゅうか」

「言いたいことがあるなら、早《はよ》う言ぃ」

「……兄《にい》やんはこがな書物やら生き物《もん》やら集めて、どうすんねや」

弟の言葉を聞くなり、熊楠はじろりと睨んだ。虎のようにぎょろりとした眼《まなこ》には、相手を射すくめる迫力がある。

「お前《まん》もお父《と》はんと同《おんな》し意見か」

「違《ちゃ》うよぉ。兄やんが一生懸命蒐集した物《もん》は、ちゃあんと保管せんならん思とるだけじゃ。傷ついたり腐ったりしたらもったいないさけ」

兄を見る常楠の目は澄んでいる。そこには父のような憂いも、弥兵衛のような陰険さもなかった。十二歳の常楠は、家督を巡る諍《いさか》いの訳も、学問が金にならぬという現実も、理解しきれていない。ただ、熊楠が学問に懸ける熱意だけは肌で感じ取っているようだった。

「ここにあるもん全部《でんぶ》、兄やんの宝物なんやろ」

熊楠が「そらそや」と首肯すると、常楠はさらに言葉を継ぐ。

「ほいたら、もっと大事に取っといたらなあかんのちゃうか。考えなしに積み上げるんやなし、整理して涼しいとこ置くなり、なんなとしたらな」

あまりに真っ当な指摘に、熊楠はむっとした。同時に、常楠が注意深く己の蒐集物を観察していることにいささか感心もした。家族は誰も興味など持っていないと思っていたが、例外もいたらしい。

「言われんでもわかってる」

熊楠は不機嫌な声音で応じ、握り飯を口に放り込む。常楠はそんな兄の反応に気分を害するでもなく、依然、乾燥した草花や針で留めた昆虫を眺めていた。やがて熊楠が握り飯を食べ終えても、弟はまだ居座っている。

「お前《まん》、もう寝ぇ」

それでも常楠は去ろうとせず、あぐらをかいて熊楠と相対した。

「兄《にい》やん。我《あが》が御坊山《ごぼうやま》で迷子になった時のこと、覚えてるか」

忘れるはずがなかった。

一昨年の夏、常楠が忽然《こつぜん》と姿を消したことがあった。最初に気が付いたのは母で、表の通りで一人遊びをしていたはずの常楠が、いつの間にかいなくなっていた。女中《およどん》と手分けをして辺りを探したが、日が没するころになっても見当たらない。騒ぎは弥右衛門の耳にも入り、近隣の人々も巻き込んだ大捜索が行われた。そのうち、捜索を手伝っていた町民の一人がつぶやいた。

——神隠しじゃ。

それは、父母の脳裏にうっすらと浮かんでいた言葉だった。常楠は神か化物にでも攫《さら》われたのかもしれぬ。馬鹿な、と笑い飛ばすことはできなかった。和歌山城下でも、子どもが忽然と姿を消す事案は稀に起こっていた。

父母が血相を変えて探し回るなか、採集に行っていた熊楠がふらりと帰ってきた。その隣には、わんわん泣き叫ぶ常楠がいた。兄弟を見つけるなり、母は常楠を抱きしめ、父は猛烈な勢いで熊楠を叱責した。こんな時刻まで弟を連れてどこを遊び歩いていたのか、と。しかし熊楠は怪訝《けげん》な顔をするだけだった。

――遊んどったんちゃ。御坊山で泣いとったさけ、連れてきた。

弥右衛門はきょとんとした顔で熊楠を見返した。その後、常楠本人にも訊いたが、要領を得ない答えが返ってくるばかりで埒《らち》があかない。結句、常楠がなぜ御坊山にいたのかはわからずじまいだった。ただ、熊楠がいなければ帰還がさらに遅れていたことだけは間違いなかった。

「お前《まん》、あのときなんで御坊山におった」

熊楠はあらためて、十二歳になった弟に尋ねる。

「わからん。覚えとらん」

「やっぱり物の怪に攫われたん違うか。天狗《てんぎやん》に拐《かどわ》かされた子どもが、天狗に連れられて戻ってきた、ちゅうことじゃ」

熊楠は己の冗談に己で笑うが、常楠は神妙な表情を崩さない。

「我《あが》は、ほんまにそうじゃ思とる」

その一言で、散らかった四畳半の空気がぴんと張りつめた。

「兄《にい》やんがおらんかったら、我は今頃どないなってたかわからん。二度と家に帰れんかったかもしれん。命を落としとったかもしれん」

大袈裟な、とは言えなかった。神隠しの逸話は熊楠も耳にしたことがある。常楠が同じ目に遭わなかった、とは言い切れない。

「お父《と》はんは、兄やんがやっとることに意味なんぞない、言うてる。でもよう、我《あが》はそう思わん。兄やんがこの世の万物を蒐集することは、大変《がい》な意味がある。その証を得るためやったら、我はなんぼでも握り飯《にんにこ》つくっちゃる」

熊楠は、もう笑いはしなかった。弟の言葉に虚飾はない。常楠は心底から、熊楠が学問を志しているおかげで今の己があると信じている。せっせと夜食を運んでくれるのは、彼なりの恩返しらしかった。

常楠は傍らの書物に視線を落とした。書物の表紙には、記名代わりに天狗の絵が描かれている。

「兄やんの凄さは、我が誰《だえ》よりも知ってる。兄やんは天狗《てんぎゃん》じゃ。天狗が人間の道理に縛られることはない」

弟の目の輝きは、繁太郎や蕃次郎とはまた違う質だった。彼らには同じ学究の徒としての連帯感が漂っていたが、常楠にはそれがない。代わりにあるのは、純然たる憧れに思えた。それは同じ人間ではなく、神や仏への憧れに似ているようだった。

常楠は兄の返事を待つことなく、襖を開けて「お休みよ」と去っていった。

畳の縁《へり》に飯粒が一つ落ちていた。熊楠は指先でつまみ上げ、口に入れる。飯粒は乾いて固かったが、舌の上に温かな余韻を残した。

盛夏の御坊山には、むせかえるような青臭さが充満していた。

森のなかの道なき道を、熊楠はずんずん進む。後ろからついてくるのは、中学の教師である鳥山啓だった。野外採集に慣れた熊楠が前進する速さは相当なものだが、およそ三十歳上の鳥山は息も切らさずついてくる。

熊楠は肩からブリキの胴乱《どうらん》を提げ、鋏や鑿《のみ》、槌《つち》や鏨《たがね》などを入れた道具箱を持っていた。鳥山は学校では洋装だが、今日は珍しく和装で、頭には藁《わら》編みの帽子をかぶっている。二人して長着《ながぎ》の裾を絡《から》げ、股引きが泥で汚れるのも構わず、下草を踏み分けていく。山に入ってから始終、蟬時《せみしぐ》雨《れ》がこだましていた。

「南方、そろそろかえ？」

「あと少しです」

青々とした葉をつける櫨《はぜ》の枝をくぐり、椽《くぬぎ》の木々の合間を抜けた。虫の羽音が耳の横をかすめ、湿り気を含んだ風が肌を撫でる。

熊楠たちが目指しているのは、山頂付近にある姥目《うばめ》樫《がし》の巨木であった。姥目樫自体は珍しくもないが、その周辺に密生する苔や菌には目新しいものがあった。昨月、御坊山に入っている最中に偶然見つけたのだが、そのときはすでに胴乱が一杯でやむなく採集を諦めた。

熊楠は数日前、暑中休暇中の学舎で鳥山を捕まえ、御坊山での採集行へと誘った。博物学の先達に生物採集の指南を乞いたい、というのが表向きの理由である。実地での指導を重視する鳥山はこの申し出を快諾した。

ただし、熊楠の本意は別のところにあった。真に教えを乞いたいのは、学問で立身する心構えである。相談相手を選ぶにあたっては、鳥山が旧士族であるという事実も重要だった。

和歌山城下には、職を持たずにふらふらしている旧士族が大勢いる。廃藩置県からこちら、士族は存在意義を失った。だが武士という身分は生き方そのものであり、易々と鞍替えできるものではない。そのため、多くの元士族が無為に財産を食いつぶしているという。

熊楠の目には、武家の没落と南方家の崩壊とが重なって見えた。富家の子弟を「ええ衆《し》の子」というが、熊楠もその一人であることは承知している。ただし父という大黒柱がいなくなれば、南方家はたちどころに崩れ去ってもおかしくない。

その点、鳥山の巧みな転身ぶりは参考になりそうだった。剣で身を立てる士族から、学問で身を立てる教員へ。うまい身の処し方があるならば、その秘密を教えてもらおうという魂胆もあった。

熊楠と鳥山は姥目樫の林に分け入っていく。密生した葉で日光が遮られ、林床は薄暗い。日当たりが悪いせいか低木の茂みが少ない。障害物がまばらなのはいいが、目印になりそうなものがないため方向感覚を失いそうだった。こめかみに滲《にじ》んだ汗が流れ、顎から滴り落ちて落葉を濡らす。

やがて、一際巨大な樹の前で熊楠は足を止めた。胴回りが三、四間《けん》はありそうな、立派な姥目樫である。

「ここです」

鳥山は「ほう」と声を上げて巨木を見上げた。視界が葉に覆われ、地上からは上部が見えない。

「これぁまた、大変《がい》に大《お》きいな」

「あっ。ここの樹皮んとこ見てください」

熊楠は一休みする間もなく、嬉々として巨木の表面に取り付いた。表面に薄緑色の苔が生えている。見たことのない種類だった。さっそく落葉の上に道具箱を開けて、数ある工具のなかから箆《へら》のような形の刃物を選ぶ。鳥山が「そら、何《なん》な」と問うた。

「皮裁ち包丁です。切れ味もええし、使い勝手もええんで使《つこ》てます」

熊楠は刃先を幹にあて、手早く樹皮を切り出した。胴乱を開け、反古紙を箱型に折って作った袋を一つ取り出し、そこに樹皮ごと苔をしまう。鳥山は目を丸くして、一連の作業を眺めていた。

「紙袋も南方がこしらえたんかえ」

「はい。持ち帰るには紙袋が一番です」

「器用なやっちゃ……ただ、樹皮採るんやったら野冊《やさつ》があるとなおええな」

「水気を取るためですか」

野冊は葉や枝を挟んで乾かす道具だが、かさばるため今日は持ってきていない。

「それもあるが、樹皮は放っといたら丸まってまう。そうなったら標本には不向きや。採った直後に平らにしといたら、その心配はない。あと、せっかく紙袋にしまうんやったら、袋に採集場所でも書いといたらどうや。忘れんで済む」

鳥山の指摘はいちいち的を射ていた。熊楠は礼を言い、助言を心に刻む。やはり先達は頼りになる。

その後も熊楠は忙しく立ち働いた。白茶けた黴《かび》が付いた枝を鋏で切り落とす。槌と鏨で石を割り、付着した青緑色の苔を採集する。見慣れない種類のものがあれば鳥山に意見を仰ぐ。

熊楠の手元を覗きこんだ鳥山が、声をかけた。

「その苔、さっきも同《おんな》しやつ取っとらんかったか。同しでもええんか？」

無論、とでも言いたげに、熊楠は深く頷く。

「我《あが》は新種を見つけるために採集しとるんとちゃいます。先刻《さいぜん》の苔は生の樹皮に生えてたけど、こいつは石の上にくっついてました。同し苔でも、各々で考えてることはちゃうんです」

鳥山は「なるほど」と納得する。

たとえ同種でも、生態が違ったり、季節や採集地が異なっていれば、熊楠は進んで集めるようにしていた。所詮、種などというものは人間が便宜上分類しているに過ぎない。つぶさに観察すれば、それぞれの個体に独自の背景があるかもしれぬ。なかったとしても、調べてみないと気が済まないのが熊楠だった。

その後も鳥山は熊楠の質問に答えながら、辺りを散策し、彼なりに植生を観察していた。だが一時間ほど経つと、さすがにくたびれたようだった。

「なあ、そろそろ休もら」

「そうしましょか」

熊楠と鳥山は、巨樹の傍らの岩に腰を下ろした。岩の表面はひやりとして心地よい。持参したひょうたんに口をつけて喉を潤すと、疲れた身体に精力が蘇った。

「南方は、いつから採集をはじめたんや」

鳥山が手のひらで顔を扇ぎながら尋ねた。

「はきとは覚えとらんのですが、五歳の時分には浜で貝を拾《ひろ》てました」

「ほな十年か。筋金入りの博物学者じゃ」

「先生はいつから博物学を？」

ちょうど、熊楠が聞きたい方向へと話が流れていた。鳥山は腕組みをして「今の南方くらいの齢《とし》やな」と答えた。

「田辺で本草学の先生に教わったんが最初やして」

「お武家の人らは、皆学問やるもんですか」

「そうでもない」

ふいに鳥山が遠い目をした。

「生まれは庄屋の次男坊でな。鳥山家には養子で入った。我《あが》で言うのもなんやけど、利口な子ぉや言われて育って、早うから学問さしてもろた」

家督を継げない次男という生い立ちも、幼少期に学問をはじめたことも、熊楠に親近感を抱かせた。級友から聞いた話を思い出す。

「先生は、長州と戦《いくさ》したことあるて聞いたんですが」

噂によれば、鳥山はかつて血気盛んな田辺藩士だったらしい。尊王攘夷を藩主安藤直裕《あんどうなおひろ》公に訴え、長州征伐の折には紀州藩の一員として従軍したという。今の温厚なふるまいからは想像しにくい過去だった。

「ああ、そうじゃ」

鳥山の顔が引き締まった。四十なかばの男が、にわかに若やいで見える。

「我《あが》は紀州砲兵隊の一員やった。大麻山《たいまさん》の近くに陣取ったけども長州の洋銃に圧倒され、そのうえすぐに弾がなくなって、紀州兵はあっさり潰走《かいそう》した。背ぇ向けて逃げる最中、こう、耳の横を弾がかすめた」

鳥山は人差し指を立てて、右耳の辺りに見えない線を引いた。

「我には怖いもんなしや思とったけど、あれはほんまに恐《おと》ろしてな。同輩が撃たれて倒れてるん見て、次はこっちか、てぞっとした。紀州兵は腰抜けやと言う者《もん》もあったけど、死ぬんは誰《だえ》かて恐ろしわいしょ」

自嘲するような含み笑いが、鳥山の顔をかすめた。

「そんときにな、武士としての我は死んだ。銃弾浴びて死ぬんは御免じゃ。ほうほうの体《てい》で逃げのびた浜田《はまだ》城で、これからは別の道で生きよて決めた」

軽やかに語る鳥山が、熊楠には不思議に思えて仕方なかった。和歌山城下には武家という軛《くびき》から逃れられず、朽ちていこうとする旧士族がごろごろいる。

「武士やめるんは、恐《おと》ろしなかったんですか」

「やめるも何も、武士の身分はなくなってもたんや」

烏山は「それに」と続けてから、一拍置いた。

「我《あが》には学問があった」

「父から、学問は飯の種にならん、言われました」

熊楠は言い募る。その事実こそが、己の悩みの根底にあった。

「それはそうかもせん。けどな、刀がなくなった世で時世《じせい》をつくれるんは学問だけじゃ。ようさん銭を積めば、表向き人は動く。しかし心は動かせん。翻《ひるがえ》って学問はどうや。天と地の神秘、心の不可思議、そして生命の本質。その一端を垣間見たとき、人は感激し、心動かされるんやして」

熊楠は、手渡した訳本を覗きこむ羽山兄弟を思い出していた。上気した二人の顔には、未知の学識に触れた喜びがまざまざと映し出されていた。

烏山が熊楠の肩に手を置く。何事かを察しているようだった。

「南方。お前《まん》のやりたいことはなんじゃ」

息を呑んだ熊楠の耳元で「鬨の声」が言う。

——そんなん、決まっとる。

——騙されたあかん。不遑の浪士になって斬られんのが落ちじゃ。

——斬られても、飢えてもええ。己に真っ正直に生きよら。

「我《あが》は……」

熊楠が口ごもったのは、ほんのわずかな間だった。数秒の後には鳥山の顔をきっと見据え、決然と言い切った。

「我は、この世のすべてを知り尽くしたいです」

蟬時雨も、梢のざわめきも、あれほどやかましかった「鬨の声」も消えた。

熊楠は世界の一部であり、世界は熊楠の一部だった。己が息づくこの世界を知ることは、己が何者かを知ることと同義であった。それが万物を蒐集する目的であり、熊楠の本当の願いだった。

――我《あが》は、刀を持たぬ志士になる。

姥目樫の大木が、天狗《てんぎゃん》のつむじを見下ろしていた。


八月の下旬、熊楠は再び弥右衛門に呼ばれた。今度も仏間だったが、兄はいなかった。

「お前《まん》の考えはどないや」

相対した父の目は、獅子のような鋭い光を放っていた。休暇中、採集と抜き書きに明け暮れていた熊楠の答えはとうに決まっている。

「終生、学問をやり通す覚悟じゃ」

なかば予感していた返答であったのか、弥右衛門は驚くそぶりも見せず、「ならん」と即答した。

「学問は大学でしまいや。卒業したら商いをやりぃ」

「やらな」

「ほいたら、家から出て行きぃ！」

とうとう父の堪忍袋の緒が切れた。真っ赤な顔で襖を指さし、息子を睨みつける。しかし熊楠は端座したままびくともしない。父が激高することはわかっていたため、熊楠は策を用意していた。

「お父《と》はん。出て行く前に、いっこだけ聞かしてけ」

「やかましい」

「お父はんは、武士に憧れたことあら？」

面食らった弥右衛門は、言葉に詰まりながらも「ない」と言い放った。

「一度も？」

「ない言うたら、ない」

唾を飛ばす弥右衛門は、むきになっているようにも見えた。怪しいがひとまず詮索せずにおく。

熊楠は咳ばらいをしてから、おもむろに切り出した。

「酒造は酒造で大事な商売じゃ。けど、お父はんは屋号を日の本に轟かすほどの豪商になれるんかい。我《あが》は、お父はんより出世し得るで。我が学者として大成したら、南方の名ぁを北から南まで知らしめられる」

熊楠の策とは、名誉欲に訴えることだった。

富商となった父に足りないのは、金銭ではなく名誉だ。それも己一人の名誉ではない。養子に入った南方家の名に、弥右衛門はこだわっている。だからこそ、跡継ぎの話をするときは決まって息子を仏間に呼び出し、祖霊を同席させる。

「お父《と》はんは大変《がい》な商人じゃ。敬《うやも》うてるのは偽りやない。こっから先は、お父はんが大きした南方の名ぁを、我《あが》がまっとぉ大きしちゃる。せやさけ、学問やらしておくれ」

熊楠は両手をついて、額を畳にこすりつける。父は上体をのけぞらせた。泣きわめき暴れることはあっても、理性を保ったまま、熊楠が懸命に何かを懇願するのはこれまでにないことであった。

弥右衛門は首を振り、障子の辺りを見て、また首を振り、瞑目した。両目の瞼が開かれたとき、熊楠の胸は期待に高鳴っていた。

「お前《まん》が出世するっちゅう証《あかし》はない」

その返答に、熊楠の意気は急速に萎えた。

——証なんか出せるわきゃあるかえ。

——なんと愚《うとい》かな親父。雪隠虫《せんちむし》め。

——こない頭下げてもあかんか。

手をついたまま顔を上げた熊楠は、仁王のごとき形相で父を睨みつけた。顔は朱に染まり、全身が熱を持っている。手指の先がぴりぴりと痺れていた。怒りのあまり神経の具合がおかしくなったのだろうか。いや、違う。これは……。

次の瞬間、熊楠は意識を失った。うう、と低くうめき、伸びた手足が硬直する。手足が激しく痙攣《けいれん》をはじめる。

熊楠が患っている、脳病の発作であった。

幼時から、稀に発作が起こることはあった。前年にも熊楠はよく似た発作を起こしており、これが初めての事態ではなかった。そのため弥右衛門は突然の出来事に驚きつつ、冷静だった。

「おい、誰《だえ》か。誰かあるか」

弥右衛門が家人を呼ぶと、すぐさま母が襖を開けた。「あれ！」と叫んだ母が、熱い身体を冷まそうと濡らした手拭いを持ってきたときには、すでに発作は終わっていた。熊楠はぐったりと横たわり、眠っていた。

その頃、当の熊楠は混沌のなかにいた。

視界は乳白色の靄《もや》のようなもので覆われている。右を向いても左を向いても、何も見えない。おおい、と呼びかけたところで応答はない。肌はひやりと冷たく、まるで山中に迷い込んだようだった。

「誰《だえ》かぁ。答えてやぁ」

熊楠は延々と呼びかけ続ける。

喉が嗄れてきた頃、どこからか小さい声が聞こえてきた。耳を澄ますと、それは熊楠自身の声音であった。

——己は何者《なにもん》じゃ。

姿なき声は群れをなし、徐々に熊楠に接近してくる。

己は何者じゃ。己は何者じゃ。己は何者じゃ。

我《あが》は……我は……。

固く閉ざされていた熊楠の瞼が、唐突に開いた。母が驚いて飛びすさる。熊楠は勢いよく畳の上に立ち、虚空に向かって名乗りをあげた。

「我《あが》は南方熊楠、現世《うつしよ》のすべてを知る者《もん》じゃ！」

大音声がこだました後、しん、と仏間は静まりかえった。

じき、我に返った熊楠は傍らにいる父母に「どないした」と訊いた。発作が起こってからの記憶がない。名乗ったことすら、熊楠は覚えていなかった。

母はくたびれた顔つきだったが、熊楠が意識を取り戻したことに安堵の息を吐いた。弥右衛門も息を吐いたが、それは安堵ではなく、諦めの嘆息のようであった。

「もうええ」

「何がよ」

それ以上、弥右衛門は説明してくれなかった。話は済んだと言われた熊楠は、仏間から根城の四畳半へと戻った。書物と標本の山脈が、熊楠を待ち構えていた。ひと眠りしたせいか、頭はすっきりしている。さっそく使い古しの座布団に座し、仕掛かりであった『大和本草』の筆写を再開する。

「やるでぇ」

熊楠は薄ら笑いを浮かべ、右手に握った筆を走らせる。

炯々《けいけい》と光る二つの目は、一寸先も見えぬほど暗い夜《よ》を照らし出そうとしていた。

第二章

星火《せいか》

夜の風が、二頭立ての馬車を追い抜いた。御者が冷気に首をすくめる。夏とはいえロンドンの夜は冷える。冷たい石畳の道路に、男たちの話す声が漏れていた。ただしそれは日本語であり、白人の御者がその言葉を解することはない。

一八九三（明治二十六）年夏、午後十時のことだった。

ロンドン南西部、クラパム。路上に響く声の源は、道路に面した連棟住宅《テラスハウス》の一戸であった。連棟住宅は隣戸と壁を共有しており、和風に言えば長屋といったところか。やや古びているが住み心地のよさそうな三階建てであった。その一階にある客間《パーラー》から、武州弁と紀州弁が交互に聞こえていた。

「詰まるところ熊公。手前《てめえ》は日の本に名を馳せるため、ロンドンまで来たってのか？」

タイル張りの室内で、二人の男がブランデーを飲みながら議論している。二人のうち、四十代と見えるのは先ほど口を開いた美津田滝次郎《みつたたきじろう》だった。口髭を生やした美津田は曲芸師であり、この家の主でもある。武州の産だが、各地を放浪してロンドンまで流れてきたという。

もう一人、椅子に腰かけてふんぞり返っているのは、齢《よわい》二十六の南方熊楠《みなかたくまぐす》であった。ぎょろりとした両の目が光を放ち、高い鼻から息が漏れている。

「日の本どころかこの世に名ぁを馳せるんじゃ。来《きた》るべき時世のために学問をやると、我《あが》は鳥山《とりやま》先生《せんせ》に約束した。西洋の学者共には、今に我の叡智を見せつけちゃら。連中は東洋人を見下しくさる。珍獣と同《おんな》し扱いや」

その返答を聞いて、美津田はしきりに頷く。明らかに熊楠のほうが年下だが、ぞんざいな口の利き方をされても気分を害する気配はない。

「熊公の言う通りよ。所詮、俺たちはここらの住民にとって物珍しい東洋人に過ぎねぇんだ。だからこそ、海の外で俺たちの本当の凄さをわからせなきゃならん。俺はそれをやってるつもりよ」

「我らは西洋と東洋の境をなくさんならん」

「上等、上等」

美津田は機嫌よく、琥珀色の蒸留酒を呷《あお》っている。

熊楠がこの曲芸師と知り合ったのは、三週間ほど前のことだ。知人に招かれ、銀行の支店で会ったのが初対面だった。美津田とはその場で意気投合し、最近の熊楠は足繁くこの邸宅に通っている。

美津田の芸は「足芸」と呼ばれるものである。仰向けに寝転がった美津田が足で梯子や樽を操り、さらには団員たちがその上で見得を切ったりする。ロンドンの一角に三階建ての宅を借りていることからも、立派に客を集めていることが窺えた。

熊楠は天鵞絨《ビロード》色のフロックコートの襟を掻き合わせながら、ちびちびブランデーを飲む。夏にもかかわらずコートを着ているのは、冷えるからというより、単に衣類の脱ぎ着が面倒なだけだった。表面はもわもわと毛羽立ち、垢と汗の入り混じった悪臭をまとっているが、そんなことに頓着する熊楠ではない。

夜は刻々と更《ふ》けていく。

「ところでよぉ」

やおら、美津田が身を乗り出した。

「その、鳥山先生の話はわかった。けども大学目指しとった手前が、なぜロンドンなんぞに流れ着いた？」

熊楠は意味ありげに顎を撫で、たっぷりと間を置いて応じる。

「それはな、深い訳がある」

途端、頭のなかで「鬨の声」が湧き起こった。

――格好つけんな、熊やん。

――どこの学校でも通用せなんだだけじゃ。

——親兄弟に嫌《あほげに》というほど金出さして、この親不孝者《おやふこうもん》。

熊楠はすぐさま反論したいのを堪えて、こめかみに力を入れた。難しい顔で黙り込んだ熊楠を見て何か思い違いでもしているのか、美津田は優しげに語りかける。

「一言で不足なら、十でも百でも語りゃあいい。なんなら泊まっていけ。熊公、俺は手前の話が聞きたい」

そうまで言われて、話さぬわけにはいかない。

熊楠はブランデーをひと舐めし、和歌山《わかやま》中学を卒業してからの十年間を思い起こした。

○

中学を卒業した熊楠は、上京し、予備門の試験に必要な英語を学ぶため神田《かんだ》淡路町《あわじちょう》の共立《きょうりゅう》学校に入った。翌年九月には首尾よく大学予備門に合格。と、ここまでは目論見通りである。

予備門に入って二、三か月もすると東京の水に慣れ、熊楠は興味の赴くまま出歩くようになった。ことに足繁く通ったのは、博物館や動物園がある上野だった。

採集も行っていたが、その趣きは和歌山にいた頃とはやや異なっていた。植物や昆虫はもちろんのこと、土器や骨片といった考古学的な遺物まで蒐集の幅を広げた。モースが発見した大森貝塚にも幾度か足を運び、人骨らしきものを拾った。江ノ島や日光にも赴き、博物学に関わる書物を片端から買い集めた。

すべては世界を知り、己を知るためだった。

そもそも予備門に入ったのは軍人や官僚になるためではなく、博物学を究めるためである。しかしながら、予備門の講義では何ら目を引く知識を授けてはくれない。それなら自主休講して、博物館にでも足を運んだほうがよほどましである。熊楠にとっての学問とは、じっと座して他人の話を拝聴するものではなく、野山を駆け回り、書物に溺れることで脳内の世界を押し広げることであった。

――ほんまにええんか。

――落第したら、お父《と》はんに顔向けできやな。

――せめて及第しぃ。

口うるさい「鬩の声」をいなしながら、熊楠はせっせと採集や読書に励んだ。

そして十八歳の年末、代数の点数が足りず落第した。結果を知った熊楠は慌てるでもなく、「そがなこともあら」と平気な顔をしていた。一度落第しても、次の試験で及第すれば進級できる。

だが翌年明け、熊楠は強烈な脳病の発作に襲われた。

発作が来るたび、目の奥で光が明滅し、その場に崩れ落ちた。脳味噌を締め上げるような痛みもあった。発作は時と場所を選ばない。学友たちと会話していても、野山での採集をしていても、構わず急に襲い来る。一、二か月もそんなことが続き、とうとう学問どころではなくなった。

弥右衛門《やえもん》に助けを求めたところ、東京まで迎えに来た。お前《まん》はようやった、学問よりも命が大事じゃ。そう語る父の勧めもあり、予備門は中退することになった。

「我《あが》もこがな窮屈なとこ、そろそろ去《い》んだろ思とった」

強がる熊楠は、この機に紀州の植物を採集し尽くす計画を立てた。どうせ故郷へ帰るなら、そこでしかできぬことをやるべきだ。

だが、静養のために和歌山へ戻った熊楠を待っていたのは、再三にわたる父の説得だった。

「熊楠。学問はもう趣味に留めとき。商売は我《あが》が教えたるさけ、酒造に入り」

弥右衛門は、熊楠を戸主とする分立をいまだ諦めていなかったのである。

家督を継いだ兄弥兵衛《やへえ》の放蕩ぶりは相変わらずで、経営を任せれば遠からず破産に追い込まれることは火を見るよりも明らかであった。父はすでに湊紺屋町《みなとこんやまち》の土地を購入し、「南方酒造」の屋号で酒造業をはじめていた。いずれ醸造人の座を熊楠に引き渡し、こちらを南方家の本家としたい、というのが父の腹積もりであった。

熊楠は採集に出てみたり、知人の家に泊まったりしてみたが、弥右衛門は逃がしてくれない。多忙な経営の隙を縫って、「腹決めたか」とか「いっぺん帳場入ってみ」などと言ってくる。こうなると、予備門中退を勧めてきたのも跡継ぎに誘導するための企みであったように思えてくる。

かつての根城だった四畳半に寝転んだ熊楠は、「鬨の声」がかまびすしく喚くのを聞いていた。

――お父《と》はんがここまで仕立てたもんを、断ってええんか。

――阿呆《あっぽけ》。経営なんかようしやん。

――けど、何もしやんかったらほっぽり出される。

結論が出ないなか、見舞いに来た知人がアメリカへ渡航するという話を聞いた熊楠は、とっさに閃《ひらめ》いた。

「これじゃ！」

アメリカへ渡って学問をやる。とは言っても学者の下につくつもりはない。アメリカへ行けば、当地固有の植物や菌類、藻類が採集できる。この国では手に入りにくい洋書も買い放題だ。博物学の徒として行かぬ手はない。何より、国外に逃げれば家督の問題から逃げられる。これまで思いつかなかったのが不思議なほどの妙案だった。

一度決めたら、もはや他の道は考えられぬ。熊楠はすぐさま弥右衛門にアメリカ留学を訴えたが、当然ながら父からの賛同は得られなかった。

「東京ですらままならんもんが、アメリカで学問をやり遂げる道理があるかよう」

正論である。それでも熊楠は諦めず、説得を重ねた。

「聞いておくれ、お父《と》はん。今日《こんにち》、日本人と欧米人との競争は益々激しなってる。誰《だえ》かが敵地に踏み入って、欧米人と直接切り結ばんならん。我《あが》らの存在を誇示せんならん。にもかかわらず、海外雄飛する日本人はほんのちっとじゃ。このままやと日本は淘汰される」

幾度も繰り返すうちに、熊楠自身、日本のために海外へ行かねばならぬという観念に染まりきり、さながら憂国の士になった気分であった。ただし、脳内では「鬨の声」が常に野次を飛ばしていた。

――さすが熊やん、大言壮語は一人前じゃ。

実際、学者として海外に活路を見出すしかなかったのも事実だ。予備門を中退し、研究者との縁故もない己が、日本の学術界で活躍できるとは思えない。それくらいのことは熊楠もわかっていた。

結句、弥右衛門が首を縦に振ることになったのは、熊楠の演説に感銘を受けたわけではなく、徴兵という喫緊の課題のせいだった。当時、男子は満二十歳で徴兵検査を受けることが義務付けられていた。ただしこれには例外もあり、たとえば家督を相続した者であれば免除される。兄弥兵衛が若くして戸主となったのも、この規定が念頭にあった。

熊楠は翌年、満二十歳を迎える。そして海外に留学していれば徴兵は猶予される。経済的に恵まれているからこそできる徴兵逃れであった。

仏間で十数度目の説得を受けた弥右衛門は、嘆息しながらも熊楠の懇願を聞き入れた。

「行かしちゃるさけ、せめて酒造の役に立つ学問をやりぃ」

唯一出された条件は、商人である弥右衛門なりのせめてもの悪あがきであった。

かくして、十九歳の熊楠は一八八六（明治十九）年十二月、サンフランシスコ行きの客船に乗り込んだ。

○

夜はいっそう更けていたが、二人の男は眠気を感じるどころか、むしろ目を爛々《らんらん》とさせて会話を続けていた。美津田は身を乗り出す。

「それで、アメリカの学校に入ったのか？」

「農学校に入ったけど、じきに辞めた」

熊楠がミシガン州の農学校に在籍していたのは、一年強に過ぎなかった。講義は興味を引くものではなかったし、アメリカ人学生との諍いもあった。こんなことなら在野で研究を進めたほうがましである、という結論を導くのは自然の成り行きだった。それ以後、学校の類には入っていない。

「俺はよく知らんが、学校の外で学問ができるもんか？」

美津田の素朴な問いに、熊楠は「学校に学問はない」と即答した。

「学校は単に、学問を志した人間が集まっとるに過ぎん。学問があるんは各々の心のなかやして」

熊楠にとっては、自主的に続けていた植物や菌類の採集、専門書や英語論文の抜き書きこそが「学問をやる」ということであり、座して講義に耳を傾けたり、先人を師匠と奉ったりするのは時の無駄としか思えなかった。

その後、日本人留学生に向けた新聞を発行したり、在野の植物学者と交流したり、フロリダやキューバで盛んに動植物を採集したりと、意の赴くままに活動した。熊楠は二十五歳になっていた。

「そのままアメリカに残ろうとは思わなかったか」

熊楠の双眸《そうぼう》に、わずかながら影が落ちた。

「なんとはなしに、虚しなった」

熊楠自身、アメリカでの活動が無駄だったとは思わない。手元にはおびただしい数の標本と、数多《あまた》の抜き書きが残り、そのすべてが熊楠の血肉となっている。実績もないではない。キューバで発見した地衣類は知人を通じて新種と認定され、「ギアレクタ・クバーナ」と命名された。

しかし。

日本を発つ時に大言した目的——「欧米人と直接切り結ばんならん」という誓いは、いまだ果たされていない。アメリカでの五年半の生活を通じて、知的膂力《りょりょく》はよく鍛えられた。だが、それだけと言えばそれだけだ。いまだ一編の論文も書いていない南方熊楠の名は、西洋学界ではまったく知られていない。

アメリカでの暮らしに倦みはじめていたのも確かだった。採集と読書に没頭する日々はそれなりに充実していたが、ここでは世界のすべてを知ることはできない。

「せやさけ、ここへ移った」

アメリカで耳にした話から、熊楠はロンドンを世界第一の学究都市と見定めていた。博物館や美術館には世界各地からの蒐集品が収められ、広大な植物園や動物園を擁している。とりわけ大英博物館《ブリティッシュ・ミュージアム》は古今東西の物品を収蔵する、世界一の博物館という評判だった。知れば知るほど、博物学を志す者にとっては理想の街だ。いわば西洋学界の本丸である。

その本丸に乗り込み、学者として一旗揚げることこそが熊楠の狙いだった。

「熊公はいつ、ロンドンへ移った？」

「一年前に」

「どうよ、この一年の成果は」

熊楠は寸刻、答えを控えた。

ここで虚勢を張るのは簡単だ。相手は学界と無縁の足芸師であり、適当なことを伝えても疑いはしないだろう。熊楠はそうしたい欲求を堪えながら、「実は」と絞り出すように言った。

「まだ、何一つ成し遂げとらん」

ひとりでに、眉間に深い皺が刻まれた。

この一年、怠けていたわけではない。採集も抜き書きもやってきたし、毎日のように日本やアメリカの知人と書簡のやり取りをしている。だが依然、学界に存在を示すことはできていない。とにかく、当地の学者との伝手《つて》がないのが辛かった。たとえ学者としての実力があろうと、知られないことには認知のされようがない。西洋の学界と対峙する以前に、試合場に上がることすらできていないのが現状だった。

「頼みがある」

熊楠はそう言うと、手にしていたグラスを音高く卓に置いた。両手を膝につき、股座《またぐら》の辺りまでぐいっと頭を下げる。

「誰《だえ》か研究者、ことに大英博物館に知己がおったら、塩梅《あんばい》紹介してけぇ。頼む」

他人に頭を下げるなど、いつぶりかわからぬ。だが、焦燥の火は今もじりじりと背中を焼いていた。もはやなりふり構ってはいられない。美津田は年下の友人を前に呆気に取られつつ、ブランデーで唇を湿らせた。

「俺に近づいたのは、元からそれが目当てだったか？」

「そがなわけあるか。信じておくれ」

「悪いが、そんな大層な知人はいねえよ」

熊楠はゆっくり頭を上げた。

――格好悪《ふうわり》い真似すな。

――自信があるんやったら、どんと構えとったらええ。

耳の内側で「閧の声」が痛々しくこだまする。美津田は熊楠の浮かない顔を見やりながら、「けど」と続けた。

「大英博物館に出入りのある日本人なら知っている」

かっ、と熊楠の目が見開かれる。

「ほんまか」

「今度紹介してやる。そこから先は熊公、手前次第だ」

美津田の挑むような視線が、熊楠を射た。酒に酔った勢いで言っているのではない。足芸師の真摯《しんし》さはじんじんと伝わってくる。それは彼なりの、精一杯の激励だった。

熊楠は再度、勢いよくつむじを相手に向けた。

美津田の家に泊まった熊楠は、翌朝、下宿への帰路についた。

美津田宅からケンジントン公園にほど近い下宿まで、普通は歩いて一時間半かかる。だが常人の半分の時間で踏破できる熊楠にとっては、さしたる遠路ではなかった。

熊楠は左右を観察しながら午前中の街並みを歩く。樽を満載した馬車が通りを駆け、すぐ横を追い抜いていく。路傍では若者がひざまずき、山高帽を被った男の靴を磨いている。装飾品売りの露天商が、めかしこんだ女性客と何事かを話している。古着屋の軒先で婦人たちが談笑している。見かけるのは白人ばかりだ。

ありふれたロンドンの風景である。しかし、たくさんの通行人に囲まれながら、熊楠は独りきりであった。この寂しさは何か。先刻まで美津田と話していたせいで、日本が恋しくなっているのだろうか。そう考えて、いや違う、と打ち消した。

——我《あが》は、肝心のとこを話さんかった。

昨夜、熊楠は美津田に渡米以降の来し方を話した。ただし一点だけ、意図的に話すのを避けたことがあった。

父弥右衛門の死である。

昨年九月、ロンドンに到着した熊楠は、中井芳楠《なかいよしくす》という同郷人から手紙を受け取った。中井は横浜正金銀行《よこはましょうきんぎんこう》のロンドン支店長で、弥右衛門とは旧知の間柄である。たくさんの手紙のなかには、弟常楠《つねぐす》から送られたものもあった。東京専門学校（早稲田大学の前身）を卒業した常楠は、頼りない二人の兄に代わって南方酒造の経営に携わっていた。

「兄《にい》やんは紀州の天狗《てんぎゃん》じゃ。家のことは我《あが》に任して、好きなだけ暴れてきぃ」

アメリカ行きの客船に乗る直前、常楠は胸を張ってそう言った。その言に嘘はなく、渡米以後、常楠は定期的に熊楠へ送金し、また兄から指定された書籍を買い求めては送り届けてくれた。

常楠からの手紙は、二日に分けて受け取った。一日目に受け取ったものは、父の大病を報せるものだった。そして翌日受け取った手紙には、弥右衛門が亡くなった、と記されていた。

熊楠は父の死を伝える手紙を、銀行から宿へ帰る最中に読み終えた。乗合馬車の二階に座ったはずだが、その日、どうやって宿まで帰り着いたのかまったく覚えていない。

実のところ、父の死は予感していたことでもあった。ひと月ほど前、アメリカの宿で白い死装束をまとった父を三度も夢に見ていた。夢のなかで父は正座をし、熊楠をひたと見据えていた。一言も発しなかったが、熊楠は父の言いたいことが手に取るようにわかった。

――我《あが》は、お前《まん》が名を揚げるんを見届けたかった。

弥右衛門の死を知ってからしばらくの間、熊楠は腑抜けと化した。中井と面会したり、アメリカから持ち込んだ標本を整理したりと、体裁だけはどうにか保っていたものの、その他の時間は寝台の上でただ寝転んで過ごすことが多かった。

去来するのは、「親不孝」の三字であった。

――お前《まん》は親に千金を出させた挙句、死に目にも会わん親不孝者じゃ。

――南方の名ぁを知らしめるどころか、論文の一本もよう書けやん。

――馬鹿にしくさる兄貴と何が違うんや。どっちも放蕩息子やして。

頭のなかで喚き散らす声々に、反論のしようもなかった。父に金を出させておきながら、野山や浜辺に遊び、書物にふけり、我欲だけを満たす浅はかさへの呵責が、心臓をぎゅうぎゅうと締め付けた。熊楠の生活は渡米から今日まで、実家からの送金で成り立っている。夢で見た弥右衛門の青白い顔が、瞼の裏にこびりついていた。

秋が暮れる頃、ようやく立ち直りはじめた熊楠は腹を決めた。

かくなる上は、なんとしても父との約束を果たさねばならぬ。南方の名を日の本に轟かせる。しかし己には、日本で立身出世する道は残されていそうにない。ということは、このロンドンで西洋学界に名を残し、その評判を土産に凱旋する他ない。

美津田に頭を下げてまで現地研究者との縁を取り持ってもらおうとしたのは、ひとえに焦りによるものだった。だが、熊楠はその焦りの理由を明かさなかった。明かせば、親不孝者として軽蔑されるかもしれぬ。その怯えから口を閉ざしたのだ。

己一人のことなら、何を言われようが堂々としていられる。不潔な外套を着ていようが、反吐《へど》や小便を撒き散らそうが、路上で腹を出して寝ていようが、熊楠は平気である。己のことは己で始末をつければよい。ただ、失望させたまま父を亡くしたことだけは、悔やんでも悔やみきれなかった。

——我《あが》は卑怯者《ひきようもん》じゃ。

熊楠はフロックコートの内側に寂しさと後ろめたさを隠し、おぼつかない足取りで家路をたどった。

数日後、夢を見た。

熊楠は川辺に立っていた。砂礫《されき》の上にたたずむ熊楠の四囲には、白い霧がもうもうと立ち込めている。冷たい霧が肌に触れ、細かい水滴へと変じた。

霧の向こうから誰かが近づいてくる。はじめ薄灰色にぼやけていた人影は、接近するにつれて徐々に輪郭が際立ってきた。浴衣を着た若い青年であった。彼の顔にかかっていた霧が払われた瞬間、熊楠は息を呑んだ。

人影は和歌山の友人、羽山繁太郎《はやましげたろう》であった。繁太郎は細面に微笑を浮かべて、熊楠に語りかける。

「熊楠さん。どちらへ？」

「こうっとよぉ……どちらやったかいな」

熊楠の口から、勝手に言葉が転《まろ》び出ていた。背後を見れば、川べりに一艘の舟が繋がれている。水手《すいしゅ》はいない。

繁太郎は音もなく熊楠の眼前に立つと、蠟細工《ろうざいく》のような手をそっと熊楠の首筋に伸ばした。白い顔のなかで、朱に染まった唇だけがいやに目立っている。その唇が滑らかに動き、熊楠の顔の横でささやいた。

「もうちっと、ここにおったらええ」

耳たぶに吐きかけられた息が、熊楠の欲望を掻き立てた。肩をつかもうとすると、繁太郎はするりとかわし、川べりの舟へと逃げていく。

「待たんか、繁太」

熊楠は後を追って舟に乗り込む。正面から相対すると、繁太郎は恥じらうようにうつむいた。その仕草が、さらに熊楠の芯の部分を痺れさせた。頭の後ろに手を伸ばすと、もはや繁太郎は抵抗しなかった。

霧は二人の肌を隈なく湿らせ、汗や唾液と入り混じった。舟が揺れ、しきりにちゃぷちゃぷと水音を立てる。熊楠は、繁太郎の低い呻き声をたしかに聞いた。ひやりとした空気のなかで、身体の中心は熱をもっている。

――繁太、繁太ぁ。

はっ、と目が覚めると、そこはロンドンの下宿であった。賃料週十シリングの手狭な部屋には標本箱が積み上げられ、床には仕掛かり中の抜き書きが散乱している。熊楠はしばし呆然とした。両の手のひらをぼんやり見つめる。汗で濡れた手には、いまだ繁太郎の感触が残っていた。胸の奥がまだ熱い。

眠気覚ましの散歩のため、かび臭い寝台を降りて部屋の外へ出た。

熊楠の住まいは、ブリスフィールド・ストリート十五番地にある三階建て長屋の二階である。夏の早朝の空気は澄んでおり、冬場の霧が嘘のように見通しがよかった。日本よりも日が長く、すでに昼のような明るさである。通行人もまばらな通りを散歩しながら、熊楠はまだ醒めきらぬ頭で先刻見た夢の内容を振り返っていた。

川べりの舟、濃い霧、そして繁太郎。熊楠はあの場所がどこであるか、すでに思い出していた。見ている最中は文字通り夢中だったが、あれはすぐに夢だと気が付くべきだった。

繁太郎は、すでに死んでいるのだから。

繁太郎が亡くなったのは五年前の晩秋だった。アメリカにいた熊楠は翌年、同郷の後輩からの手紙でその事実を知った。

最後に繁太郎と会ったのは、日本を発つ少し前であった。

一歳下の繁太郎は和歌山中学卒業後に帝国大学を目指していたが、肺結核にかかり、療養のため故郷の塩屋《しおや》へ戻っていた。そして、予備門を中退した熊楠が和歌山へ帰ったのもほぼ同時期だった。その年、熊楠は何度も塩屋へ通い、繁太郎と一緒に植物を採り、温泉に入り、数えきれないほど語り合った。

——熊楠さんは僕の先輩で、兄で、先生で、真の友です。

上気した顔で語る繁太郎を、今もありありと思い出すことができる。

十月にアメリカ行きが決まると、熊楠はまたすぐに塩屋へ向かった。羽山家に泊まった翌朝、熊楠は日高川《ひだかがわ》の渡し場まで繁太郎に見送られた。自宅へ帰る繁太郎の後ろ姿が、濃い朝霧のなかへと消えていくのを熊楠は未練がましく見送った。それが、彼との今生の別れとなった。

熊楠のなかで、繁太郎は今も十八歳の美しい青年だった。

ふいに、糞尿と干し草の混ざった臭いが鼻先をかすめる。熊楠は思わず顔をしかめた。臭いの元は近くにある馬小屋《ミューズ》だ。幾多の馬車が行き交うこの街では、馬は欠くことのできない隣人だった。

我に返った熊楠は、折り返して下宿へと歩きはじめる。

——帰ったら、蕃次郎《はんじろう》に便りでも書こか。

繁太郎の弟、羽山蕃次郎とは手紙の行き来が続いている。蕃次郎は稀に見る秀才で、帝国大学医科大学の学生であった。日本にいた頃、熊楠は東京で勉学に励んでいた蕃次郎とも親しくしていた。

羽山兄弟を夢に見るのは初めてではない。これまでにも幾度か、繁太郎や蕃次郎と夢で遭遇したことがある。そして数日のうちに、必ずと言っていいほど特筆すべき出来事が起こった。アメリカでもそうだった。たとえば、夢のなかで繁太郎が示した場所へ行くと、珍しい植物を発見できた。あるいは蕃次郎と夢で語り合った数日後、雨漏りで植物標本をいくつか駄目にした。

そのため熊楠は、彼らとの再会を何らかの兆しと捉えていた。けさ繁太郎を夢に見たということは、きっと近いうちに何かが起こる。ただし吉兆か凶兆かは、事が起こってみなければわからない。

繁太郎と蕃次郎。

熊楠にとって、この美しい兄弟は忘れがたき学芸の化身《ミューズ》であった。

熊楠は朝から自室で雑誌を読みふけっていた。

手元の銭が乏しいため、朝食は抜いていた。家業の調子が思わしくないのか、このところ常楠からの送金が滞ることがたびたびある。稼ぐ手段を持たない熊楠としては、倹約によって対処するしかない。

空腹を紛らわすために読んでいたのは、『ネイチャー』の最新号だった。二十余年前に創刊された『ネイチャー』は、広範な話題を扱う有力学術誌の一つである。

寝台に寝転んで読者投稿欄を読んでいた熊楠は、そこに〈M・A・B〉と名乗る人物の投稿を発見した。「星をグループ化して星座にすること」と題された質問で、アッシリアからギリシアに至る星座の異同を尋ねるものであった。

――星座なぁ。

天文学はさほど得意ではないものの、少なからず心得はある。

質問は五条にわたっていたが、そのうち、最後の二つの問いが熊楠の目を引いた。一つは、中国やインドなどにも固有の星座はあるのか、というもの。もう一つは、各々の星座から民族としての近しさを判断できるか、というものだった。

眼前で火花が散った。寝そべっていた熊楠はにわかに起き上がってあぐらをかき、食い入るように誌面を見つめた。

「我《あが》、知っとるろ」

慌てて寝台から飛び降り、『酉陽雑俎《ゆうようざつそ》』を探した。『酉陽雑俎』は中国唐代に記された大部の随筆であり、手元には予備門時代に買った和刻本がある。荷物の山から引っ張り出した和刻本をめくり、インドの星座に関する記述があることを確認した。

熊楠は唾を飲んだ。この『酉陽雑俎』、そして中学時代に熱中した『和漢三才図会《わかんさんさいずえ》』の情報を組み合わせれば、部分的にだが〈M・A・B〉の問いに答えられそうだ。

『ネイチャー』の読者投稿欄では、質問に対する応答文が編集部に採用されれば、誌面に掲載される。この問いにうまく回答できれば、南方熊楠の名が『ネイチャー』に掲載されることになる。しかも編集長を務めているのはロッキャーという天文学者だ。天文学に関する話題であれば、興味を持たれる可能性は高い。

かちり、と小気味よく錠の開く音がした。

——これじゃ、熊やん。とうとう切り結ぶ時が来た。

——こがな質問に答えられるん、東西に通じる熊やんしかおらん。

——早う書け、すぐ書け。とっとと書きぃ！

脳内では熊楠を鼓舞する声が響き渡っていた。言われるまでもない。熊楠には己と西洋学界とを結ぶ、細いが強固な糸が見えていた。この糸をたぐり寄せない手はない。先日見た、繁太郎の夢を思い出す。どうやらあの夢は吉兆だったらしい。

「ありがたい」

熊楠はひととき拝むと、すぐさま床に愛用の帳面を広げて下書きをはじめた。何せ初めての論文であり、いきなり英文で書くのは不安が残る。そこでひとまず邦文で文章を完成させ、しかる後に英文へ訳すことにした。

いったん書きはじめると、熊楠の筆は留まることを知らなかった。傍らに置いた書物を時おり参照しながら、中国とインドの星座の異同、各々の特徴についてつぶさに記述していく。それは愉快な作業だった。書けば書くほど、熊楠の身のうちに自信がみなぎっていく。この論文で、己は東洋の叡智を西洋学界に知らしめる。

熊楠は濡れた目を輝かせ、口の端から垂れる涎を拭いながら、爆発的に生まれる文章を綴り続けた。あたかも、別人が腕や指を動かしているかのようだった。「鬨の声」はひっそりと静まりかえっている。紙の上に開けた曠野《こうや》を、筆から滴る墨が埋め尽くしていく。熊楠はつぶやきながら筆の先端を走らせる。

「熊やん。お前《まん》はやる男じゃ。天下の男じゃ」

その日、執筆は夜更けまで続いた。

南方熊楠の手による初めての論文「東洋の星座」が完成したのは、着手から十三日後のことであった。

九月頭、熊楠は美津田に誘われてクラパムの家へと足を運んだ。

人を紹介する、と約束した美津田だが、あれからひと月経ってもいまだその気配はない。熊楠はもはや諦めていた。美津田も悪意から無視したわけではなかろう。ただ、先方が気乗りしなかったか、忘れてしまったのだ。そう己を納得させていたから、期待はしていなかった。

二人は夕刻から食事を挟んで歓談していたが、日没近くなって新たに客人が来た。玄関の扉が叩かれる音がした。

「やっと来た」

腰を浮かせた美津田に、熊楠は何気なく「約束か？」と尋ねた。美津田は振り返り、にたりと音がしそうなほど口角を上げる。

「手前に紹介するために呼んだんだ、熊公」

えっ、と二の句を継げずにいた熊楠の前に、一人の日本人紳士が現れた。

齢は熊楠より四、五歳上だろうか。口髭を生やし、その目は油断なく辺りをうかがっている。丈の短いサックコートとパンツは艶やかな濃紺の生地で統一され、同色の絹のベストから青のアスコットタイが覗いていた。

熊楠と目が合うと、紳士は頭に戴《の》せたホンブルグ帽を取り、「はじめまして」と丁重に述べた。

「片岡政行《かたおかまさゆき》と申します」

「皆、プリンスと呼んでいる。身内に伯爵か子爵がいるんだったか？」

横に立った美津田の問いかけを、片岡は曖昧な笑みでやり過ごす。南方は歓迎の言葉を口にしながら、目をすがめて片岡を観察していた。

――これが、大英博物館に出入りのある者か。

熊楠と片岡は、美津田が用意してくれたブランデーを飲みながら、しばし互いの来歴を披露した。謎の紳士を前に、熊楠は好奇心の塊と化していた。

「片岡さん、生まれは？」

出し抜けに問いかけられても、片岡は動じることなく答える。

「伊予宇和島《いようわじま》です。二十歳の折に渡米して、以後海外で暮らしております」

「我《あが》と似たようなもんじゃ」

片岡がアメリカ滞在を経てロンドンで暮らしていると聞いて、俄然、熊楠は親近感を覚えた。

「仕事は？」

「美術の専門家、ということになりましょうかね」

プリンス片岡は品のある微笑で応じた。

彼は骨董品を中心に扱う美術商で、高級地区として知られるメイフェアのハノーヴァー・スクエアに店を構えているという。ロンドンでは日本美術の権威として知られ、美術雑誌の編集長を務めたり、展覧会の展示解説を担当したりしている。

その他、関西の大物実業家の甥《おい》であるとか、宇和島藩主伊達宗城《だてむねなり》公の出資で渡米したとか、アメリカ海軍幹部と昵懇《じっこん》の仲であるとか、聞いているだけで胸焼けがしそうな経歴であった。

「大英博物館に出入りしてるんは、まことか」

熊楠は我慢できず、気になっていたことを尋ねた。片岡は「ええ」と応じる。

「古物学部《こぶつがく》長のフランクス氏は上顧客です。つい先日も、日本で仕入れた根付《ねつけ》をお譲りしたばかりでして」

ううむ、と熊楠は唸る。少々口が上手すぎるきらいはあるが、上品な身なりと相まって、出鱈《でたら》目《め》を言っているようには思えない。大英博物館とのつながりを別としても、きわめて興をそそられる男だった。

「南方さんのご経歴を伺っても？」

「無論。我《あが》は和歌山城下橋丁《はしちょう》にある鍋釜屋の次男として生まれ……」

そこからしばらくは熊楠の独擅場《どくせんじょう》だった。初対面の相手を前に、長々と履歴を披露するのはいつもの癖である。同じ話を幾度も聞かされている美津田はいささかうんざりしていたが、片岡は相槌を挟みながら熱心に耳を傾けた。

「では、ロンドンに来られたのは研究者として名声を得るため、というわけですか」

「その通りよ。こないだ一級科学雑誌の『ネイチャー』に論文を投稿したが、これはまあ採用される。東洋の星座を紹介するもんで、こがな論文は我にしか書けやん。今また別の論文を仕込んどって、今後も東洋の思想を広めちゃろう思とる。こいは我にしかできやん仕事やさけ」

我にしかできやん、と熊楠が連呼するのは見栄ではなかった。日本人の研究者で海外雑誌に投稿している者自体が少数で、しかも洋の東西に精通した人材となれば、まず己の他にはいない、という自負があった。そこに「東洋の星座」を書き上げた達成感も加わり、ますます気が大きくなっている。

鼻息荒く語る熊楠に、片岡は口髭をねじりながら「素晴らしい」と頷く。

「東洋思想を欧米に紹介するという意味では、私の仕事と同じだ。美術の世界では東洋文化に熱い視線が注がれていますが、科学界ではいかがでしょう？」

「欧米の研究者どもは東洋を不当に蔑んどる！」

酔いのせいか自然と声が大きくなった。熊楠は両目をみはる。

「連中は何かにつけて欧米こそ至上、西洋こそ王道と腹の立つ主張《けったくそわり》をしくさるが、我《あが》に言わせりゃあ東洋人がとうに通った道をなぞっとるに過ぎん」

火がつくと容易には消せぬ性分である。熊楠の身の内から言葉が溢れ、訊かれてもいないことを一気呵成《いっきかせい》にまくしたてる。

「欧米ではダーウィンの進化論をえらいもんじゃと祭り上げちゃるが、彼奴《てき》が動物の保護色論を言い出す千年も前、『酉陽雑俎《ゆうようざっそ》』にこういうことが書かれたある。〈蛇の色は地を逐《お》い、茅《かや》の兎は必ず赤く、鷹の色は樹に随《したが》う〉と。西洋人がもてはやす進化論よりはるか前に、東洋では保護色のことを洞察しとるんじゃ。スペンサーも『社会学原理』で、ほんまに幽霊が出るんやったら服着てんのは妙じゃ、と書いたあるけども、同《おんな》しようなことが『論衡《ろんこう》』で指摘されちゃあら。スペンサーより千八百年も前じゃ」

息継ぎすら惜しむ突風のような弁舌に、片岡も美津田も呆気にとられた。熊楠がブランデーを舐めた隙を狙って、美津田が口を挟む。

「熊公。それ、全部記憶してんのか?」

「うん? ここに書いちゃある」

そう言って熊楠は己のお頭《つむ》を指さした。はあ、と美津田は嘆息する。熊楠が彼の前で学識を披露するのは初めてだった。

「これが、熊公の本領か」

「本領と違わぁ。万分の一も出しとらん」

けろっとした顔で応じる熊楠に、今度は片岡が「南方さん」と声をかける。

「驚きました。これほど当意即妙に、東西の文献を引き出して見せるとは。しかも、すべて独学で。信じがたい」

「まだ序の口やして」

ブランデーをあおった熊楠は、うわは、と上機嫌で大笑した。

その後、宴は夜更けまで続いた。美津田の足芸に喝采を送り、熊楠も見よう見まねで樽を回してみた。片岡はロンドンの風俗に詳しく、聞いたことのない俗語や隠語を色々と披露した。

心地よく酔いながら、熊楠はプリンス片岡との出会いを心から喜んでいた。


その月の下旬、熊楠は大英博物館からほど近い官邸にいた。

薄汚れたフロックコートに身を包んだ熊楠は、紀州訛りの英語で「ミスター・フランクス」と呼びかけた。

「本日は誠にありがとうございます。我《あが》のような素性の知れん者に歓待の限りを尽くしてくださり、感謝の言葉もありません」

向かい側に座する老齢の白人男性が、にこやかに片手を挙げた。豊かな髭が顔の下半分を覆っている。

「恐縮は無用です。大変有益な情報を教示いただき、こちらこそ深謝いたします」

その丁寧な返答に、またも熊楠の胸は熱くなる。

彼こそが、この博物館で古物学部長を務めるウォラストン・フランクスであった。傍らに控えるリードという名の助手は三十代と見える。そして熊楠の隣では、プリンス片岡が訳知り顔で微笑していた。

この場を設定したのは片岡であった。

熊楠と片岡は最初に会った夜に共鳴し、それから三日続けて遊んだ。その三日目、熊楠が懇願するより先に、片岡のほうから「部長へ渡りをつけよう」と約束してくれた。そしてひと月と経たぬうちに、こうして面会が実現したのである。

片岡の根回しの成果か、フランクスからの歓迎ぶりは熊楠の想像を超えていた。はじめに午餐《ごさん》へ招待されたかと思うと、彼みずから率先してガチョウの肉を取り分けてくれたのだ。それだけでも熊楠には感激に値する事態であった。

食事の後は美術品の収蔵庫へ連れられ、仏像や神具についてあれこれと質問を受けた。仏教は専門ではないが、それなりに知識はある。熊楠が知っている限りの事柄を話すと、フランクスは熱心に耳を傾け、リードは始終記録を取っていた。

そして今、四人は和やかな空気のなかで談笑している。

フランクスたちの話しぶりから、大英博物館では東洋の美術品はまったくと言っていいほど未整理な状態にあると知れた。学究都市ロンドンと言えど、日本や中国の仏像に造詣が深い人物はそういない。彼らは明らかに、熊楠の持つ東洋の知識に興味を示していた。

この機に腰を入れて仏教を学ぶんも悪《わる》ないな、などと思案を巡らせる熊楠に、フランクスは

「ところで」と語りかける。

「ミスター・ミナカタは、研究成果を論文や紀要にまとめてはおられないのですか？」

待っていました、とばかりに熊楠は古ぼけた革鞄から薄い紙束を取り出した。

「ちょうど昨日、届いたばっかかいですが」

熊楠は卓上を滑らせ、紙束をフランクスに差し出す。

「これは？」

「我《あが》の第一論文の校正刷りです。昨日、『ネイチャー』から届いたもんで」

ほう、とフランクスが感嘆の声を上げた。熊楠の高い鼻がひとりでにうごめく。

先日投稿した「東洋の星座」は、首尾よく掲載が決まった。自信はあったが、採用通知を受け取った時は狭い部屋で快哉《かいさい》を叫んだ。これで南方熊楠の名は世間に知れる。大学者への第一歩を踏み出せる。

フランクスは一読するや、「非常に面白い」とつぶやいた。さらには、断ったうえで英語表現の校正まで施してくれた。受け取った校正刷りには、フランクスの手による細やかな書き込みが入っている。

「何から何まで、恩に着ます」

熊楠はうっすらと涙さえ浮かべていた。

「名もない在野の一研究者に、ここまでしてもろうて」

「比類なき教養をお持ちの方に、相応の対応をさせていただいただけです」

——この人は、まことの紳士じゃ。

感激の渦に溺れかけている熊楠に、フランクスはさらりと尋ねる。

「今後の研究計画はありますか？」

「計画……一生懸命、学問やることはやりますが」

「では、その学問の目標をお聞かせいただきたい」

「それは、この世界のすべてを知り尽くすことです」

熊楠は胸を反らせる。いざ鳥山との思い出を語ろうとした矢先、フランクスが質問を重ねた。

「とすると、いったいどこまで知れば終わりなのですか？」

熊楠の舌が、はたと止まった。

——どこまで?

「人間が一生のうちに知ることのできる知識には、限りがある。ミスター・ミナカタは、どこまで知ればその目標を達成したことになると思いますか？」

寸刻考え込んだ後、熊楠は慎重に語りだした。

「そら、この世のあらゆる事物に通暁した時です。東洋や西洋の別なく、動植物学や地学、工学、哲学に宗教学、社会学、ありとあらゆる領域を知悉することこそが目標です」

話しながら、脳内ではまたも「鬩の声」が喚いていた。

——そら何ぞ言うてるようで何も言うとらんで。

——ミスター・フランクスが訊いてるんはもっと具体の話じゃ。

――お前《まん》、ほんまは己の目標が何か、わかっとらんのちゃうか？

「黙っとれ！」

人前であることも忘れて、熊楠は日本語で激高した。居合わせた三人がぎょっとするのも気が付かない。

「西洋の学は物だけを見てるが、東洋の学は見えんもんも見てる。この世のすべてを知悉し、東西を融合したら、必ず新しい世界が立ち現れる」

またも頭のなかで声が響く。

――けど、西洋人に目にもの見せちゃろうと、そればっかいが先行しとらんか？

「違う。我《あが》は学問のことだけを……」

――お父《と》はんのためか知らんが、立身出世が勝って学問を忘れとらんか？

「そがなことあるか！」

一喝した熊楠は、己が卓を叩いた音で我に返った。

「落ち着いてください。ここがどこかわかっているのですか」

小声で片岡に叱責され、醜態を晒したことをようやく悟った熊楠は「すまん」と返した。一方のフランクスは気分を害したそぶりも見せず、ふんふん、と頷いている。熊楠はすぐさま低頭した。

「独り言が癖でして。ご容赦ください」

「いえ、こちらこそ無粋な質問でした。私はただ、あなたの今後の予定を伺いたかっただけなのです」

「はあ」

熊楠には発言の意図がわからなかった。フランクスの目配せを受けて、隣に座るリードが言う。

「ご覧いただいた通り、収蔵庫は手つかずの状態です。東洋文化に詳しい者がいないもので。もしミスター・ミナカタがよろしければ、研究の邪魔にならない範囲で、東洋美術の目録作成をお手伝いいただけないでしょうか？」

「そら、大英博物館に出入りしてもええ、ちゅうことですか」

フランクスが目尻の皺をさらに深くした。

――なんちゅう僥倖《ぎょうこう》！

古物学研究の大家と縁ができただけでなく、大手を振って大英博物館の内部に入り込む資格まで得られた。熊楠にとっては目論見以上の成果である。早くも、貴重な古物や古書に囲まれながら研究に没頭する己が見えていた。

「願ってもない話です。ぜひとも」

その後も歓談は続き、熊楠らは夕刻になってようやく官邸を後にした。昨日の『ネイチャー』採用の報といい、吉事が続いている。

――これも繁太の夢のお陰じゃ。

興奮の余韻を味わっている間も、熊楠の頭のなかでは繁太郎がこちらを見ていた。

眼下では、糸屑に似た黒い影が舞っている。プレパラートに封入された淡水藻が、顕微鏡を通じて映し出されているのだ。昨年、ケンジントン公園の一角で採集したものである。

熊楠は下宿の部屋で検鏡に没頭していた。

先日、「東洋の星座」は無事『ネイチャー』に掲載された。さらには、翌週の同誌にも第二論文が採用された。論文は『マンチェスター・タイムズ』紙などに取り上げられ、熊楠の名がようやく西洋科学界に刻まれた。

とはいえ、いわば大石板の片隅に極小の文字で刻まれたに過ぎず、まだまだ無名に等しい存在である。

熊楠は抜き書きや論文執筆の合間を縫って、ロンドンでも生物蒐集を細々と続けていた。とりわけ、このところ注目しているのは淡水藻である。アオミドロやカワモズクといった種がよく知られているが、こうした淡水藻は山や海に出かけずとも観察できる。公園の池や軒下の水溜まりにも淡水藻は生息しているため、ロンドンのような都市部でも採集しやすいのだ。

その淡水藻の蒐集も、ようやく一区切りついた。部屋に積まれた空き箱には、プレパラート標本がぎっしりと詰め込まれている。改めてめぼしいものを検鏡してから、日本の常楠に送付するつもりだった。

アメリカやロンドンで採集した標本、それに大方の書物は、すべて常楠の家に送っている。これまで郵送した熊楠の私物は膨大な量に上るが、常楠が不平を漏らすことは一度もなかった。

長い時間作業をしていると、目の奥がじんじんと痺れてくる。熊楠はいったん検鏡を切り上げ、気分転換がてら散歩をすることにした。足を動かしている間だけは頭を空っぽにできる。少年時代の採集で鍛えた健脚は、健在だった。

時刻は昼過ぎであった。通りに出た熊楠は、馬車の行き交う通りをずんずんと歩く。馬小屋の前を通りかかった時、熊楠はまだ昼食をとっていないことを思い出した。作業に集中していると、食事を忘れることがままある。

――腹、減ったなぁ。

適当な店に入って食事をとりたかったが、手元の銭が心許ない。ロンドンの物価は高く、そのうえ欲しいと思った書物を片端から購入しているため、いつも所持金は手薄だった。常楠の送金が少ないのではなく、出費が大きすぎるのだ。自室に戻れば、昨日買ってきたパンの切れ端がある。今日はそれで我慢することに決めた。

辺りを一回りして下宿に戻ると、手紙が届いていた。送り主は常楠である。熊楠はパンをかじりながら、文面に目を通した。

常楠からの便りは、熊楠への送金が遅れていることへの釈明からはじまっていた。このところ南方酒造の経営状況が思わしくなく、借入金がかさむ一方だという。状況は苦しいが、近いうちに必ず送金するから勘弁してほしい、という旨が綴られていた。

熊楠は、成人した常楠を想像する。アメリカに渡ってからというもの、故郷の人々とは一度も顔を合わせていない。なかには自身の写った写真を寄越してくれる知人もいたが、常楠の写真は目にしていなかった。幼いころから、常楠は利発で気が利く少年だった。紙に残された筆文字から、あの弟が大人の男に成長した姿を思い描く。

――悪《わり》な、常楠。

弟の人生を曲げてしまった、という申し訳なさはあった。いわば、常楠はだらしない二人の兄の身代わりとして、南方家の実質的な当主となったのである。彼にも彼なりの夢があったかもしれない。しかし、なまじ利発なばかりに、常楠は当主の座を引き受けることができてしまった。

熊楠は夢想する。もしも己が兄弥兵衛に代わって南方の家を取り仕切っていたら、どうなっていたか。その時、常楠は自分の右腕として働いてくれただろうか。あるいは、彼なりのまったく異なる人生を歩んでいただろうか。

すべては仮定であり、虚構であった。それでも熊楠は、あり得たかもしれない現実に思いを馳せずにはいられない。

手紙にはまだ続きがあり、後はほとんどが家業に関する愚痴であった。なかなか好転しない景気への不満。杜氏《とうじ》たちを食わせねばならぬ重責。銀行や取引先との付き合い。兄の尻拭いや末弟の世話に奔走する日常。常楠が社会の荒波に揉まれている様子が、いやというほど記されていた。

手紙を読み終わり、熊楠はつぶやく。

「我《あが》には、とうてい無理じゃ」

やはり夢想は、夢想でしかない。熊楠ができる恩返しと言えば、学問で名を挙げることしかなさそうだった。

それから一年半の後、熊楠は念願の代物を手に入れた。大英博物館の図書館を利用するための、入館証である。

○

この間、フランクスと部下リードの知遇を得た熊楠は、仏教関係の収蔵品整理に取り組んできた。館内には東洋の文献を読みこなせる者が他にいないため、仕事は熊楠が独占した。さらには日本図書の目録作りにも携わり、大英博物館との縁はますます深くなっていた。

『ネイチャー』をはじめとする科学雑誌への論文投稿も、積極的に行った。採用された論文はいずれも日本や中国の古典から多くを引用した。東洋の文献を自在に紐解けることが己の強みだということを、熊楠は自覚していた。

着々と実績を積み上げる熊楠は、図書館への自由な出入りを望んだ。古今東西の書物が収蔵された図書館は叡智の海であり、この世を知り尽くしたいと願う熊楠にとって憧れの場所だった。組織に属さない熊楠のため、リードが保証人となり、この度ついに図書館の円形閲覧室へ出入りする権利を得た。

初めて閲覧室に立ち入った日、熊楠は我を忘れた。利用者たちは各々机にかじりついて書籍を読んだり、思索にふけったりしている。彼ら彼女らを取り囲んでいるのは、巨大な本棚の群れであり、おびただしい数の書物だった。新品の入館証を手にした熊楠は、その光景に打ち震えた。

——これは、夢か。

ここには、この世の知という知が網羅されている。もしかすると、ここならば世界の正体を——己の正体を、教えてくれる何かがあるかもしれない。大英博物館の円形閲覧室は、世界で最も熊楠の理想に近い場所だった。

以後の熊楠は閲覧室に入り浸り、叡智の海に溺れた。辞書を引きつつ、英語やフランス語、スペイン語等々、あらゆる言語の書籍を閲覧し、抜き書きした。

とりわけ、性を扱った書物を多く読んだ。熊楠が念頭に置いていたのは羽山兄弟のことだ。なぜ、彼らは夢のなかでたびたび熊楠を誘惑するのか。『売春の歴史』や『艶婦伝』『愛経《カーマ・スートラ》』や性医学書に至るまでを熟読したが、答えはどこにも見当たらなかった。

しばらくの間、熊楠と円形閲覧室との蜜月は続いた。書物の海に潜るたび、熊楠は貴重な獲物を得て、頭のなかの世界を拡張する。これこそ学問の醍醐味であり、熊楠が理想とする生活だった。

——我《あが》は、学問のために生きちゃある。

充実した研究生活がほのかに翳《かげ》ったのは、翌一八九六（明治二十九）年だった。羽山蕃次郎が、兄と同じく結核のために亡くなったのだ。

報せを受け取った熊楠は、しばし自室で寝込んだ。蕃次郎さえ生きていれば、彼を通じてあの世の繁太郎に触れられる気がしていた。だがその蕃次郎も亡くなった以上、此岸《しがん》で彼らと交わることは二度とできない。

羽山兄弟の肌触りを思い起こしながら、熊楠は寝床で無益な時を過ごした。

――いつまでも寝とっても、何にもならん。

数日後、ようやく起き上がった熊楠は、重い身体を引きずって大英博物館へ向かった。何が起ころうとも、己にできることは学問しかない。背中に張り付いた無念の重さを感じつつ、歩み続ける他になかった。

それ以後も、羽山兄弟は熊楠の夢にしばしば現れた。状況は様々で、和歌山城下で出会うこともあれば、ロンドンの下宿で再会することもあった。そして兄弟を夢に見るたび、吉事か凶事が起こる。

熊楠には、これを偶然の一致と片付けることができなかった。学芸の化身である彼らが、これから起こる出来事を予告してくれているのだと理解するほうが、よほど自然だった。しかし彼らは、なぜ己の夢に現れるのか。この夢は己の脳が見せているのか、あるいは何か別の力が働いているのか。

羽山兄弟がまとう色気には、妖《あや》しい抗いがたさがあった。彼らが目前に現れると、砂鉄が磁石に吸い寄せられるように、ふらふらと足を進めてしまう。熊楠は夢を見るたび、現在と過去が混濁するような、妙な心地になった。

あらゆる書物を紐解いたが、兄弟の妖しい魅力を説明してくれる解は見つからなかった。ただ、世界に溢れる知の集積は着々と進んだ。

晩秋、ロンドンではインフルエンザが流行った。毎年のように流行している疫病で、この時期が来ると市民たちは皆、罹患を恐れた。

熊楠は、下宿の自室でぐったりと横たわっていた。

午前中から高熱があり、咳が止まらず、咽頭痛もある。インフルエンザにかかったのは間違いなかった。医者にかかることも考えたが、手元の金が心許ない。これまでそうしていたように、今回も自力で治すことにした。

ただ寝ているのももったいないので本を読んでいたが、目が滑って頭に入ってこない。仕方なく、寝台で仰向けになって染みだらけの天井を見つめる。そのうち汗が噴き出して、首筋や背中が濡れてきた。寒気を覚え、薄い毛布を身体に巻きつける。額に触れるとひどく熱い。

——今、昼やったか夜やったか。

カーテンをめくる余力すらなかった。ひたすらじっと寝ていると、そのうちうつらうつらとしてくる。起きているのか、眠っているのかも定かでない。

気が付くと、熊楠は真っ暗な空間にいた。己の手のひらすら見えないほど濃い闇である。夜にしてはあまりに暗かった。蔵のような場所に閉じ込められているようだ。

「誰《だえ》か。誰かおらんか」

熊楠は闇に向かって叫ぶが、応答はない。ぱん、と柏手を打ってみるが、不思議なことに反響する音も聞こえなかった。こだまが聞こえないほど広い蔵なのか。あるいは、ここは浮世ならぬ異界か。

「気味の悪い」

心細さのせいか、独り言の語尾が震えた。見えないなりに闇のなかを出鱈目に歩き回ってみるが、何に触れることもない。ただただ、無の空間が広がっていた。

やがて、闇のなかにぽっと小さな光が生まれた。その光にひどく安堵する。

「誰《だえ》や。我《あが》は南方熊楠と申す」

光は上下に動きながら、熊楠のほうへと近づいてくる。よく見ればそれは提灯であった。火袋の内側では蠟燭の炎がちらちらと揺れている。提灯は熊楠の眼前までやって来た。光に照らされた持ち主は、羽山繁太郎だった。

「繁太か。助かった。往生しとったんじゃ」

浴衣を着た繁太郎はうっすらと笑い、無言で振り返った。

「おい、繁太。何か言え。待て」

繁太郎は背中を見せて、どこかへ歩いていく。熊楠は慌てて後を追う。

「お前《まん》、どこたいから来たんな？　ここぁ蔵か？」

何を話しかけても繁太郎は答えない。だが青白い顔に浮かぶほのかな笑みからは、少なくとも悪意は伝わってこなかった。熊楠は釈然としないながらも、歩幅を合わせて彼の横を歩く。

やがて、行く手にもう一つの光が現れた。もしやと思った熊楠の予感は的中する。兄と揃いの提灯を持った、羽山蕃次郎が待っていた。

「お前もおったか」

蕃次郎は和装であった。絣の着物に袴を穿き、肩から角袖外套《かくそでがいとう》をかけている。よく見れば、それは横浜港で熊楠を見送った時の服装であった。彼もやはり、熊楠が何を言おうと口をつぐんだままだった。熊楠は羽山兄弟に左右を挟まれ、どことも知れぬ場所をひたすら歩き続ける。

――どうなっとんじゃ。

わけがわからぬまま進むうち、突然、強い光に晒されて目の前が真っ白になった。立ち止まった熊楠は両目を固く閉じ、顔の前に手をかざす。おそるおそる瞼を開くと、羽山兄弟は消えていた。

いつの間にか暗闇を脱した熊楠は、夏の境内に立っていた。眼前にあるのは小規模な社殿で、手前には小ぶりな鳥居と二基の石灯籠が設《しつら》えられている。背後には楠《くすのき》の巨樹がそびえ、鮮緑色の葉を茂らせている。右手に延びている石畳の向こうに本殿があった。

ここに来るのはいつぶりだろうか。思い出せぬほど昔だ。熊楠はこの神社の名前を知っていた。

――子守楠神社《こもりくすのきじんじゃ》。

熊野の入口にある藤白神社《ふじしろじんじゃ》の、境内社である。楠の巨樹があることからも間違いなかった。子どもの神として知られる熊野《くまの》杼《く》樟《す》日命《びのみこと》を祀《まつ》っており、南方家の子どもたちは、皆この神社にちなんで「藤」「熊」「楠」のいずれかの字を与えられている。長兄の弥兵衛は家督を継ぐまで藤吉《とうきち》と名乗っていた。姉はくまという名だった。弟は常楠、楠次郎《くすじろう》という名を受けている。そして兄弟姉妹のなかで唯一、熊楠だけが「熊」と「楠」の二字を授かっていた。

熊楠は、社殿の後ろにたたずむ御神木を見上げる。高さは十間《じっけん》（約十八・二メートル）前後に及ぼうか。樹齢は数百年とも、千年とも聞いたことがあった。根元をよく観察すれば三本の楠がつながっており、傍らには腐った切り株が据え置かれている。

緑陰の下で御神木と対峙していた熊楠は、震える唇で問う。

「我《あが》は、学問を成就させることができましょうか」

楠は黙して答えない。

御神木に代わって、立ちすくむ熊楠のもとに何者かがやってくる。下駄の足音に気付いて振り返ると、黒い木綿の単衣《ひとえ》を着た老年の男が立っていた。その目鼻立ちには熊楠と通じるところがある。

「お父《と》はん」

羽山兄弟のように返答を拒絶するのではないかと恐れていたが、父弥右衛門は「熊楠」と応じてくれた。

「なぜここに」

「ええ風やの。ここはいつ来ても涼してええわいしょ」

弥右衛門の声音は諭すようであった。熊楠は急に、己が親不孝者であることを思い出して恥じ入る。

「ようけ金出してもろたのに、何の吉報もできず面目のないことです」

「お前《まん》はようやっと、緒《しょ》についたに過ぎん」

心のうちに、弥右衛門の言葉が染み入ってくる。

「論文の一つや二つ載ったとこで、高が知れてる。学問が成就できるか否か、そがな心配をするんは早い。お前には道が見えちゃあら。脇見せず、一意追究したらええ」

弥右衛門の単衣の裾が、風になびく。

「学者として名ぁ成せば、己を知ることができると思てるやろ。けどもそら誤りじゃ。浮世は一対の因果ではできとらん。一人であがく限り、真理はよう見つけやん。けども、お前が他者を知りたいと思たとき、ようやく真理への扉が開く」

父の言葉は理解を超えていた。熊楠は、御神木にしたのと同じ問いを父に投げかけようとした。

「お父はん、我《あが》は……」

「ええか、熊楠」

父に遮られ、熊楠は口をつぐむ。

「お前は他者を見とらん。己を知りたいなら、己以外を見よ」

鼓膜を揺らす声で、熊楠は覚醒した。

瞼を開くと、そこには見慣れた下宿の天井があった。最後の一言は、熊楠自身が発したうわ言のようだった。疫病に冒された身体はあいかわらず熱を持ち、喉は痛む。しかし眠ったおかげか、気力はいささか回復していた。

上体を起こした熊楠は、すでに先刻見た夢の大半を忘れていた。ただ、亡父が発した最後の言葉は覚えていた。己を知りたいなら、己以外を見よ。意味はわからない。だが、父が励ましてくれたという事実に胸が躍った。たとえ、夢のなかであっても。

熊楠は血が沸き立つのを感じた。己の学問はここからはじまる。

——追い風が吹いてきたわ。

——わからん、わからん。捕らえた思たらするっと逃げよるかもしれん。

——こっからじゃ。熊やん、気ぃ張りぃ。

直後、熊楠は激しい咳の発作に襲われた。口のなかに血の味が広がる。ほんのわずかであるが、死を身近に感じた。

咳が収まった熊楠は立ち上がり、カーテンをめくった。窓の外は闇で満たされている。雨が多い晩秋には珍しく、空は晴れていた。暗い夜空には点々と星が輝き、いくつかの星座を形作っている。

今はまだ、熊楠の仕事は夜空に浮かぶちっぽけな星に等しい。たった一つの星では星座は作れない。しかしこれから先、綺羅星のごとく輝ける仕事を無数に残していくのだ。その時、小さな星々の光は巨大な星座となる。

——我《あが》には見える。

熊楠は、広大な夜空が己の生み出す星座で埋め尽くされるさまを幻視した。

第三章

幽谷《ゆうこく》

那智山《なちさん》の麓、大門坂《だいもんざか》の入口近くに大阪屋《おおさかや》という宿があった。宿のすぐ傍にそびえる鳥居をくぐり、振ヶ瀬橋《ふりせばし》を渡れば、そこから先は神域である。

大阪屋には、母屋と細い廊下でつながった離れがある。広縁《ひろえん》付きの八畳二間の和室には、書物やブリキの衣装箱の他、蔓羊歯《つるしだ》や藪蘇鉄《やぶそてつ》、立忍《たちしのぶ》などの標本が目一杯広げられていた。風通しのよい場所で乾燥させるためであり、それらはすべてこの那智山で採集された代物《しろもの》であった。

開け放たれた広縁に三月なかばの風が吹きこんでくる。いまだ厳冬の気配が残る風を、男は浴衣一丁で浴びていた。絵筆を手に、畳に広げた紙に覆いかぶさっている。縄帯はだらしなくほどけて、胸や腹が露わになっていた。初春の装いにしては薄着すぎるが、当の本人は平気な顔で絵筆を動かしている。男は瞬きすらせずに紙の上を凝視していた。

一九〇三（明治三十六）年三月、齢三十五の南方熊楠《みなかたくまぐす》は、担子菌類の子実体《しじつたい》――いわゆるきのこの絵を描いていた。先日、那智山中で熊楠が発見したものだった。傍らに転がっているきのこは乳白色で、傘が花のように上方向へ広がっている。見たところ既知の菌種には当てはまらないため、新種かもしれない。

「可愛《かえ》らしな」

熊楠はつぶやきながら、素早く絵筆できのこの輪郭を写し取っていく。

これまで那智の地では菌類五百種、地衣類二百数十種、蘚苔《せんたい》類百種、藻類二百種、その他高等植物多数を採集していた。昨年十二月に大阪屋に腰を据えてから、間もなく三か月が経つ。少なくともあと一年は那智に留まるつもりだった。それは、入山前に定めた目的を果たすためである。

――紀州の隠花植物を採集し尽くす。

それが那智入りの主な目的だった。隠花植物とは、いわゆる「花」を持たない植物の総称である。具体的には、羊歯《しだ》や苔、菌類や藻類、さらにはその二つが共生する地衣類もふくまれる。

隠花植物に注目したのは、花をつける顕花植物に比べて研究が遅れているためだ。未知の種数が圧倒的に多く、その全容はいまだ霧のなかである。日本だけでなく、欧米でもその傾向は同じであった。隠花植物の第一人者になれば、独自の学術的地位を得られる。無論、顕花植物も採集から除外はしないが。

採集場所として那智を選んだのは、手つかずの原生林が残っているためである。和歌山《わかやま》城下や田辺《たなべ》といった都市部に比べれば、那智には野生の植物が温存されているはずだ。

熊楠の狙いは当たった。昨年からたびたび採集を行っているが、那智に来るたびに新たな発見がある。この地には、見知らぬ隠花植物が豊富に自生していた。この調子で、菌類だけで少なくともあと千種、いや二千種は採集したいところだ。

きのこの図を描き終えた熊楠は絵筆を置き、息を吐いた。顔を上げた熊楠の前に、閲覧室の幻影が現れた。大英博物館《ブリティッシュ・ミュージアム》の図書館にある円形閲覧室だった。

「戻りたいなぁ」

閲覧室では百万を超える蔵書に囲まれ、そのすべてが無料で利用できた。放射状に並んだ三百もの座席では、来訪者たちが熱心に書物を読んでいた。無尽蔵の知識に満たされた楽園。あの三年半は夢のような時だった。

戻れるものなら、戻りたい。熊楠の本心を嘲笑うように、脳内で「鬨の声」が響く。

――ここはあの図書館と違《ちご》て、何もないな。

――熊やんが山のなかで寂しく過ごしとるたぁ、落ちぶれたもんじゃ。

――早《はよ》う渡英する手筈を考えんならん。

広縁にあぐらをかいた熊楠は、うつむき、小声でつぶやいた。

「我《あが》にはもう、他に行くとこがない」

熊楠が瞑目すると、細切れになったロンドンの記憶が脳裏に映写された。

○

ロンドンで暮らす熊楠の頭上に暗雲が立ちこめたのは、一八九七（明治三十）年のことだった。

そのころから、ちょっとした不快に対しても苛立ち、激情を抑えきれないことが増えた。激情が湧き起こる直前は、決まって「鬨の声」が喚き散らした。いてもうたら。舐めくさりよって。この阿呆《あつぽけ》。そうした「鬨の声」の罵声に後押しされるように、他人の行為にいちいち反感を覚え、怒声を上げ、時には拳を振るった。その怒りの矛先は、たいてい円形閲覧室の他の利用者や、図書館で出会う人々だった。

熊楠自身、悶着《もんちゃく》を起こしたくて起こしているわけではない。激高した後で落ち込むこともしばしばだった。それでも翌日にはまた怒りで目の前が真っ赤になり、暴れ回った。脳の不具合としか説明のしようがない。腹立ちを紛らわすために酒を飲むと、酔いのせいで道徳の箍《たが》が外れ、余計に無法なふるまいを働いた。

もはや、自分ではどうしようもなかった。

決定的な出来事が起こったのは、その年の秋だった。

円形閲覧室で、熊楠は大事に使っていた絹帽《シルクハット》が何者かに汚されているのを発見した。たちまち、脳内で声々が喚きだした。

――こらなんや。日本人への冒瀆じゃ。

——こがな真似許せるか。

——ここで怒らないつ怒る。吹っ飛ばしちゃれ、熊やん！

頭に血が上り、握りしめた拳がぶるぶると震えた。前々から、気にかかっている相手はいた。こそこそと己を嘲笑したり、ちょっかいをかけてくる白人の男がいるのだ。そいつの仕業に違いない。

数日後、熊楠は閲覧室で男を見つけるなりつかつかと歩み寄った。

「おい」

書籍を読んでいた男は顔を上げた。目が合うと、男は口の端だけで笑った。

次の瞬間、眼前で火花が散った。落雷に似た騒音が、頭のなかでこだまする。罰しろ。痛めつけろ。目にもの見せちゃれ！　あらゆる感情が、憤怒で覆い尽くされた。

気が付けば、熊楠は男の頰桁を力の限り殴っていた。

相手は派手な音を立て、椅子を倒して床にひっくり返る。女性の悲鳴が上がり、周囲は騒然とする。熊楠は構わず、胸倉をつかんでもう一発拳を見舞った。再び悲鳴。男は熊楠の手を振り払い、逃げようとする。

——いてもうたら！

——馬鹿にしくさりおって！

ここぞとばかりに「鬨の声」が沸騰する。やがて、熊楠は職員や他の利用者に羽交い締めにされた。そうこうしているうちに図書館長まで飛んできたが、熊楠は罵詈雑言を投げかけ続け、利用者たちは辟易としていた。

熊楠は翌月なかばまで閲覧室の利用を禁じられた。下宿で一人きりになった熊楠は、悄然と自らの行いを振り返る。

――我《あが》はどうしてもたんじゃ。

冷静になると、なぜそこまでの不法を働いたのか説明がつかない。きっかけは些末な出来事であり、せいぜい、口頭で注意すれば済む話だ。にもかかわらず、熊楠は激高する己を食い止めることができなかった。

己の内に、別の己がいた。

――我は、何者《なにもん》なんじゃ。

少年時代に脳病の発作が起きた時と同じ言葉が、耳の裏側で響いた。

混沌に落とされた熊楠は、誰かに操られるように騒ぎを起こし続けた。博物館では他の利用者の胸を突き、転居先の下宿では老婆を殴って朝まで牢に入った。泥酔して閲覧室に入り、声高に話す女性利用客を激しく注意した。

結句、熊楠は館長代理から出ていくよう言い渡された。

「いい加減にしなさい、ミスター・ミナカタ。あなたは揉め事ばかり起こす」

我に返った熊楠はすぐに陳情書を提出したが、後日、博物館は「閲覧室への出入り禁止」という結論を正式に出した。熊楠は再度許可を得ようと奔走したが、すべて不調に終わった。厄難の渦に呑まれているかのように、もがけばもがくほど溺れた。

常楠《つねぐす》から送られた手紙も、熊楠の憂いに追い打ちをかけた。手紙の文面は次のようなものであった。

世は不景気のうえ南方酒造が腐造を起こしてしまい、経営が苦しい。また、父弥右衛門《やえもん》の遺産のうち熊楠が受け取るべき財産分はすでにこれまでの送金で超過している。ついては申し訳ないが、今後の送金打ち切りを検討したい。

手紙を読んだ熊楠は、愕然としてその夜眠れなかった。熊楠の収入は、知り合いの研究補助で得られる少額の見返りを除けば、実家の常楠からの送金だけだった。

その後も常楠はなんだかんだと仕送りを絞り出してくれたし、熊楠も倹約に励んだり、知人から借金をして金を工面した。だが十二分に研究をまかなえるほどではなかった。そして閲覧室への復帰の目処は、一向に立たない。

――熊やん、もう限界じゃ。

――何を。論文はようけ書いてる。

――諦めぇ。日本でも学問はできら。

頭のなかの声は日々帰国を促す。熊楠は聞き流していたが、とうとう折れた。もはや、ロンドンにはいられなかった。

一九〇〇（明治三十三）年十月、熊楠を乗せた客船丹波丸が神戸港に到着した。出立した時に十九歳の青年だった熊楠は、三十三歳になっていた。帰国と前後して、幸いにも理由なき激高は収まっていった。

——ロンドンの水が我《あが》に合わんかったちゅうことか。

未練はあったが、熊楠はそう結論するしかなかった。

出迎えに来た常楠の姿は、熊楠の想像とほぼ違わなかった。三十歳になりすでに妻子もいる常楠は、南方家当主としての風格を備えていた。利発だった少年は、家庭と会社を背負う大人の男に変わっていた。

神戸に到着した三日後には、和歌山の常楠宅へ移って一か月ほど滞在した。帰国を祝う宴が開かれ、そこには常楠の妻や子も出席した。家族の前では妙に重々しく振る舞っていた常楠だが、妻子が引っ込んで二人きりになるや、「兄《にい》やん」とかつてのように熊楠を呼んだ。

「標本も書物も、全部《でんぶ》蔵に保管しちゃあら。後で見るかえ？」

「追々な。しばらくここに泊まってええんやろ？」

「そら、構わん。ただ、家族が何やかやとうるさいかもしれん。そこはまあ、ええように言うとく」

どうやら常楠の細君は、熊楠に送金したり、兄の私物を保管することについて快く思っていないようだった。それほどの大金を義兄のために遣うなら、少しは家計に回してほしい、と思うのも至極もっともではある。

「兄やんは、これからどうするんや？」

「どこぞ、世俗から離れたとこに安住して、研究に没頭しよかと思う」

「さすがじゃ。兄やんは、天狗《てんぎゃん》やから」

熊楠の少年時代のあだ名を、常楠はいまだに覚えていた。

「天狗の知恵は、人智を超えてる。そがな者《もん》に衆人と同《おんな》し暮らしをせえ、ちゅうんが間違《まちご》うちゃあら。商人は商人として、天狗は天狗として生きる術があら」

そう語る常楠の目はきらめいていた。その目には、自分だけが兄の凄みを理解しているのだという自負が漂っている。三十になっても、彼にとって熊楠は世の理《ことわり》を超えた存在であり、替えの効かない憧れの的だった。

褒められているはずなのだが、熊楠はどこか居心地が悪かった。常楠がまるで、己ではない別人の話をしているようだった。

「常楠よ」

迷いつつ、熊楠は本心を口にした。

「お前《まん》が追っちゃあるんは天狗という夢幻《ゆめまぼろし》とちゃうか。我《あが》は、一人の人間じゃ」

「……そがなこと、わかっとる」

常楠は、あからさまに不服そうな目をした。

「これまで、兄やんのためになんぼ使《つこ》てきたと思う。家の一軒や二軒では済まんで。そこまでの大金つぎ込んでんのや、夢の一つも見て何が悪い」

気まずい沈黙が落ちた。

それ以上は、熊楠も言及できなかった。弟に金を出してもらっているという事実が、熊楠の口を重くした。常楠のほうも金のことには触れたくないらしく、「そういや」とすぐに話題を変えた。

熊楠はその後、常楠の家に居候したり、湯崎《ゆざき》の温泉宿に泊まったりと各地を転々としたが、移動、宿泊、飲食、その他諸々にかかる費用もすべて常楠の出資だった。金を出してもらうことへの後ろめたさがないわけではない。だが、熊楠には他に金策の手立てもなかった。常楠のほうも、時おり弱音は吐きつつ兄に協力的であった。

ただ、不服そうなあの視線は、熊楠の脳裏にこびりついていた。


一時期、田辺に滞在していたころ、熊楠は毎夜のように仲間との宴会に興じた。

とりわけ頻繁に顔を合わせたのは、和歌山中学の級友である喜多幅武三郎《きたはばたけさぶろう》だった。喜多幅とは、米英に滞在している間もよく書簡でやり取りをしていた。帝国大学医科大学を卒業した喜多幅は、故郷の田辺で医院を開業していた。

ある日、喜多幅は二人きりで飲む席をもうけた。宴席ではしゃいでばかりいる熊楠と、たまには真剣な話をしたいと考えたようだ。

こぢんまりした料亭で、差し向かいで飲みながら熊楠は言った。

「成績ドベやった喜多幅が名医とは、聞いて呆れるわ」

喜多幅の医院は地元での評判がよく、繁盛していた。

「何を言う。あの熊やんが、学校の成績を気にするんか？」

喜多幅は軽口に応じながら、猪口《ちょこ》を口に運んだ。垂れ目にきりりとした眉、閉じるとへの字になる口などは、中学時代から変わらない。違うところと言えば、鼻の下に生やした髭と、少したるんだ頬くらいだった。

思い出話に興じているうち、二人の顔は赤らんでくる。目尻を緩めた喜多幅が卓に肘をついた。

「そもそも、熊やんはなんで紀州の隠花植物を集めようと思たんや？　論文か何かにするんか？　それか新種を見つけたいんか？」

「ちゃう、ちゃう。お前《まん》はわかっとらんな」

熊楠は酒臭い息を吐いた。

「我《あが》はこの世のすべてを知り尽くす腹積もりじゃ」

「そら先刻《さいぜん》聞いたけども」

「我は、我が何者か知りたい。我は世界の一部で、世界は我の一部じゃ。せやさけ、世界を知ることは我を知ることになる」

喜多幅は不可解そうに眉をひそめた。

「隠花植物を知れば、熊やんのことが知れるんか？」

「その通り。隠花植物は、植物学の世界でもまだようわかっとらん。だからこそ、我は紀州の隠花植物を明らかにするんじゃ。誰《だえ》も照らしとらん場所に光が当たれば、世界を知り尽くすことに近付ける」

「でもよう、植物は植物、人間は人間とちゃうか。なんぼ羊歯やら蘇鉄やらいじくっても、熊やんという人間のことはわからんのちゃうか」

ぐっ、と熊楠は奥歯を噛んだ。喜多幅の指摘が、妙に的を射ている気がしたからだ。反論に詰まった熊楠は、苦しまぎれに「阿呆《あつぽけ》」と言い放った。

「ともかく、この世界のあらゆる事象を知り尽くせば、おのずとそこに生命の本質が立ち現れる。そのときようやく我《あが》らは、生命がどういうもんか、我らはどういう存在か、知れるんじゃ」

喜多幅はまだ首をひねっていた。熊楠は皿の上の白いかまぼこを二つまとめて箸でつまみ、口に放り込んだ。南蛮《なんば》焼《やき》と呼ばれる田辺の名物である。

「ようわからんが、結句、熊やんは熊やん自身のことが知りたいんやな」

なかば諦めたように、喜多幅は無理やりまとめた。

話題は、中学時代の同級生や先輩後輩の消息へと移った。陸軍将校になった者、官僚になった者、新聞社へ入った者など、進路は人それぞれである。

「下級生に羽山繁太郎《はやましげたろう》っておったん、覚えてるか」

熊楠が切り出すと、喜多幅は「名前だけな」と答えた。「熊やん、仲良かったわいしょ」

「おう。十年以上前に結核で死んでもた」

喜多幅は顔色を変えず、「結核は恐《おと》ろし病じゃ」と言って酒を飲んだ。

「繁太には三つ下の弟もおった。蕃次郎《はんじろう》ちゅう名前でな、喜多幅、お前と同窓じゃ」

「医科大か」

「成績はお前と違って抜群やけどな。その蕃次郎も、六年前に同《おん》し結核で死んだ」

喜多幅はわずかに目を剝いた。

「兄弟揃ってか」

熊楠は項垂《うなだ》れるように頷いた。

命は不平等であった。美しく聡明な兄弟が早くに人生を終える一方、兄のような放蕩者が生き長らえる。生命の長短を決める役人が天にいるとすれば、そいつの目はよほどの節穴だった。

喜多幅に「ねえよう」と呼びかける。

「どないした」

「我《あが》の夢にはたびたび、その兄弟が登場する。吉兆か凶兆かわからんが、ともかく兄弟を夢に見た後には何かが起こる。それに、父親が死ぬ前も夢に見た。我は夢んなかで予知しとるんやろか。お前《まん》、医者なんやさけ何か知らんか」

喜多幅は笑いもせず、聞き流しもしなかった。突拍子のない発言でも馬鹿にせず、一緒になって考えるところは中学時代と変わらない。真面目な顔でしばし腕組みをして考え込んだ喜多幅だが、やがて首を横に振った。

「わからん」

「なんじゃ、頼りにならん」

「そんな例、聞いたことない。熊やんの脳が特殊なんかもしれん」

「そらあり得る」

熊楠は咀嚼《そしやく》した南蛮焼を酒で流し込んでから、頷く。

この数年、脳病の発作は起こっていないものの、頭の不調は引きずっている。妙な夢を見るのも脳の仕組みが人と違うせいだろうか。

「我《あが》には天下一の脳力があるさけ」

熊楠がうそぶくと、喜多幅はにやりと笑った。相変わらず、熊楠の発言に迎合も否定もせずありのまま受け止めてくれる。そういう友が貴重であることは、理解していた。

「ほいで、熊やんはこれからどうする？」

「一年か二年、那智の原生林に入る。あっこは未知の隠花植物がようけあら」

「気ぃつけよ。終わったら、田辺に戻ってきたらええ」

喜多幅の声音は穏やかだった。わざわざ二人きりで飲む機会を作ったのは、熊楠にその一言を伝えるためだったのかもしれない。

○

大阪屋の離れにある広縁からは、ちょっとした庭が見える。

三間（約五・四メートル）ほどの柞《いす》の木が三本並び、数日前から赤い花をつけていた。地表では葛《かずら》が青々と生い茂っている。冬でも葉を落とさないため、庭の風景から緑が絶えることはない。

広縁に腰かけた熊楠は、庭を眺めつつ紙巻き煙草《シガレット》を吸っている。作業が切りのいいところまで進んだので、しばし休憩をとっていた。

——何《なっ》とか《とか》して、もう一遍ロンドンへ行けんか。

帰国してからの日々を思い起こしているうち、またも渡英への想いが頭をもたげた。

大英博物館には、一生かけても読み尽くせないほどの書物が収められていた。それに引き換え紀州ではどうか。日本や中国の古典は豊富でも、欧米の書物を手に入れるのに数か月とかかる。もしも再び、円形閲覧室で万国の書物に溺れることができれば、熊楠の学問は飛躍的に充実する。ロンドンでは、フランクスやリードといった研究者たちとの交流も盛んだった。敬うべき相手との対話は、書物では得られない薫陶をもたらしてくれる。日本にも学者はいるが、話が通じるのはごく少数で、たいていは未熟者である。そのくせ権威を笠に着て相手をやりこめようとする。

過去を振り返るほどに、ロンドンの冷たい霧が懐かしく思い出された。

しかし仮に渡英できたとして、円形閲覧室への出入りは禁じられたままだ。

——我《あが》は何故《なにゆえ》、あがなことしたんじゃ。

かつての無法を悔いても、元に戻ることはない。それに、ロンドンへ行けばまたぞろ癇癪が起こりかねない。操縦できないあの憤怒こそが、ロンドン滞在を断念させた真の理由だった。熊楠には、かの地での暮らしは適していない。そう理解するしかなかった。

それに現実、再渡英の元手もない。常楠が己を慕っているとはいえ、物価の高いロンドンでの生活費を継続して工面してくれるとは思えない。

金といえば、帰国してから一度、きょうだいで南方家の資金繰りについて議論したことがあった。出席したのは長兄弥兵衛《やへえ》、姉くま、常楠、そして熊楠である。話し合いの場には父の側近であった元番頭も呼んだ。

兄弥兵衛は父の縁故で銀行頭取などを歴任したが、てんで経営の才覚がなく、損失ばかり出していた。そのうえ相変わらず女癖は悪く、正妻と子どもを放置して幾人も妾を作る始末であった。しかも話し合いの席では、金食い虫の自覚がある熊楠ですら横暴としか思えない主張を繰り返した。

「我《あが》が当主なんやさけ、酒造で儲けた金も我に渡すんが筋じゃ」

実質的に南方本家を継いだ常楠は、その発言に怒りを通り越して呆れていた。

「もうええ。仕事は世話しちゃる。けど、己の尻は己で拭き」

弥兵衛はそれでも喚いていたが、常楠はもはや取り合わなかった。元番頭は沈痛な面持ちでうつむいていた。

「だいたい酒造も調子がええわけと違う。悪《わり》けど、無尽蔵に金は出せん」

常楠は疲れた顔でそう語った。南方家の財力に猶予がないことは明らかだ。そんなことを考えていると、また頭のなかで声が湧いてくる。

——お前《まん》が就職断るから金がないんじゃ。

——せっかく働き口があったのに。

実は一年前、ロンドンで知り合った僧侶から、京都にある真言宗高等中学林《しんごんしゅうこうとうちゅうがくりん》の教授として来てほしいと要請されたことがあった。しかし熊楠はほとんど悩むことなく、それを断った。

「我《あが》は、教授にはなれん」

確かに、一時は教員となることも考えた。学問しかしていない己が活計を立てる手段は、教員くらいしかない。だがロンドン滞在の後半、さんざん他人と悶着を起こした経験から、それは無理だと思い知った。旧弊の考えを持った他の教員や、物わかりの悪い若造と喧嘩になるのは目に見えている。

じき、雨が降ってきた。細い雨が木の幹や葛の葉を打つ。熊楠は吸殻を捨て、立ち上がった。

「やるか」

部屋に入った熊楠はインクとペンを用意し、畳の上に書きかけの紙を広げた。英文が記された紙を、こぼれ落ちそうなほど剝かれた両目でじっと睨む。

熊楠が取りかかっているのは、燕石《つばめいし》の民話に関する英文論考である。和名に翻訳すれば「燕石《えんせき》考《こう》」とでも名付けられようか。

燕石とは、燕が海から運んでくるとされる、失明を癒す石のことである。それを見つけた者は幸福になれる、と民話では語られている。当然ながら、実在する燕の巣には石などない。

熊楠は前々から、燕石やその類似物に関する民話、俗説を多数見かけていた。この民話の成立過程を明らかにすれば、これまで誰も踏み込んだことのない研究成果になる。そう思いつつ、あまりに大量の資料を前にまとめあぐねていた。

熊楠に新たな一歩を踏み出させたのは、那智という環境であった。静かで人里離れたこの土地は思索にうってつけである。書物に囲まれたロンドンや、人の多い和歌山よりも、ずっと思考に没頭しやすい。

熊楠はこの地で呼吸をするたび、体内の組成が入れ替わっていくような心持ちであった。那智に充満する精気こそが、懸案の課題に立ち向かう気力を与えてくれた。

加えて、現実的な打算もあった。世界を驚かせる論考を発表すれば、欧米の学会に招聘《しょうへい》されるかもしれない。事によれば、相応の待遇を用意してくれる可能性だってある。そうなれば経済的なことも解決し、心おきなく海外へ発つことができる。期待を現実のものにするためにも、「燕石考」は一世一代の論文でなければならなかった。

畳に座り、前のめりの姿勢でぴたりと静止していた熊楠の瞼は、じきにゆっくりと閉じられた。風や梢の鳴る音が遠ざかり、雨の匂いが消えていく。「閧の声」は完全に止み、静寂が訪れていた。

突如、熊楠の瞼の裏に一点の光が灯った。呼応するように、次々と闇のなかで小さな光が生まれる。各々の光は小さく、つい見過ごしてしまいそうになる。だが瞼の裏で目を凝らすと、光の間に渡された糸が浮き上がってきた。無数の糸が複雑に交錯し、ねじれ、絡み合っている。熊楠は注意深く、糸のつながりを解いていく。次第に特定の光が強く輝きはじめる。

強く発光する点のなかでも、たった一つ、目がくらむほどの光を放っている点があった。熊楠はそこに手を伸ばす。逃れようとする光を手のひらのなかに握りしめ、引き寄せる。つながった糸が絡めとられ、光の群れが形作る正体が露わになった。

——捕らえた。

その瞬間。

かっと目を見開いた熊楠はペンをとり、紙の上を走らせる。先刻目にした光の残像が消えないうちに、素早く書きとめる。正体は見えた。後は、これを言葉に変換するだけだ。

ペン先がさらさらと走り、文章が生み出されていく。熊楠は瞑目し、先ほどの光を再現する。その繰り返しであった。論は東西の文献を自在に往還し、流れるように紡がれる。ペンは一向に止まらない。

いったん正体を捕らえた熊楠に迷いはなかった。熊楠は記憶の深海を縦横無尽に泳いでいく。燕の巣にあるという不可思議な石の逸話から、論考ははじまる。燕の生態については諸説あり、たとえば『鳥類学』という書物には、燕の子が体内に燕石を孕《はら》むという話が記載されている。こうした逸話の起源は東洋にも見られ、『竹取物語《たけとりものがたり》』では燕の巣のなかにある子安貝が重要な役割を演じる。中国では古くから燕が吉兆として扱われており、その事実は『史記』にも明らかである。さらに『本草綱目』には、石燕《せきえん》と称され、医療用に用いられる化石の特徴が記されている――。

いかなる伝説も、人の心が生み出した産物に過ぎない。それは、すべての星座が人の作り出した絵図であることと似ている。熊楠には、地上でたった一人、己だけに見える星座があった。知識は熱い血潮に変わり、体内を隅々まで循環する。

だんだん、手の感覚がなくなっていった。身体が消滅し、熊楠の脳内がそのまま紙に念写されているようであった。こうしている間だけは、俗世の悩みが、いや俗世そのものがはるか彼方へ遠ざかっていく。

――やはり我《あが》には学問しかない。

その感慨すら、一瞬だけ浮かんですぐに押し流されてしまった。

「燕石考」を投稿してからふた月が経った、六月初旬。熊楠はクラガリ谷を歩いていた。ブリキの胴乱を肩にかけた熊楠は、浴衣に草履履きという出で立ちで谷を進んでいく。

クラガリ谷は、那智山中でも特に気に入りの採集場所だった。この地では数々の植物を得ており、この日もすでに沢菊《さわぎく》や紅葉苺《もみじいちご》を採っていた。

空は快晴である。太陽の光が傍らの沢に差しこみ、水中まではっきりと見通すことができた。雨の多い那智では、毎日採集というわけにはいかない。雨の日には書を読み、論文を書き、晴れた日にはこうして外に出る。

熊楠は岩場を慎重に歩く。浅緑に苔むした岩上は滑りやすく、気を抜けば沢へ転落しそうになる。岩肌の隙間には枯葉や枯枝が入りこみ、モザイク状の文様を作り上げていた。ふと沢を見やれば、浅葱色《あさぎいろ》の水底に大小の石が沈んでいた。

見上げれば、沢を少し離れた場所に照葉樹が茂っている。森の間を吹き渡る風が頬を撫でた。束の間、熊楠は足を止める。

――気持ちがええのう。

――雨や大風やとこうはいかんが。

――ひょっとすると、ここは極楽かもしれん。

熊楠は好き勝手に話す声を聞きながら、再び歩き出した。時おり足を止めながら、沢伝いに東へ歩を進める。

水の落ちる音が聞こえた。陰陽《いんよう》の滝が近づいてきたのだ。

陰陽の滝は、両側を岩盤に挟まれた高さ八間（約十四・五メートル）ほどの滝である。上方に巨石がはまりこみ、その両側から水が落ちている。二筋の水流は下部の岩を打ち、その下に豊かな滝壺を生み出していた。

辺りを見回しながら岩場を歩いているうち、前方にある藪のなかに光り輝くものを見出した。熊楠はまっすぐ歩み寄り、その場にしゃがみこむ。

それは小さな如来《にょらい》であった。

顔を近づけると、眩《まばゆ》さに目がくらみそうになる。精巧に形作られた仏の身なりを、熊楠は凝視した。

名はわからないが、左肩に衲衣《のうえ》をまとった姿から、如来であることは疑いなかった。薄く目を開いて座禅を組む螺髪《らほつ》の仏は、ただならぬ光を放っている。それは真理を悟った者のみが放つ威光だった。照らされた苔が獣の体毛のように艶めいている。

熊楠は両手をかざし、そっと如来をすくいあげた。熊楠の手のなかで、如来は二本の似我蜂草《じがばちそう》へと変化する。蘭の一種であり、紫褐色《しかつしょく》の小花をいくつか咲かせていた。熊楠はしばし観察してから紙袋に入れ、胴乱に収める。

那智に入って以後、熊楠の目には採るべき生命が如来として映るようになっていた。このようなことは今までになかった。

陰陽の滝で折り返した熊楠は、沢伝いにクラガリ谷を戻る。小川の清流、鳥の鳴く声、下草の湿り気、土の匂い、そうした一切が熊楠の内部へ流れ込んで混ざり合った。脳裏には、ある言葉が繰り返しよぎっていた。

――一即《すなわち》多。多即《すなわち》一。

那智に持ち込んだ『華厳五教章《けごんごきょうしょう》』の一節である。世界に息づく多くの生命を吸収し、また拡散することで、人は生かされている。那智に入ってから、熊楠はますます己が世界と同化している気がした。

沢から離れた木々の間に、ぼうと光るものがあった。

「なんじゃ、あれは」

熊楠は吸い寄せられるようにそちらへ歩み寄る。朽ちた倒木の裏に、一際強く輝く如来が隠れていた。衲衣《のうえ》をまとっているところは他の如来と相違ない。だが頭には宝冠《ほうかん》を戴き、首にはきらびやかな瓔珞《ようらく》を巻いている。その如来なら熊楠もよく知っている。

真言密教《しんごんみっきょう》の本尊、大日如来《だいにちにょらい》だ。

熊楠は、かつて目にした曼荼羅《まんだら》の中央に大日如来が座していたことを思い出す。諸仏がひしめくなかで、大日如来は周囲を圧倒する気配を放っていた。

朽木の表面を注意深く観察する。じき、大日如来は風に吹かれて崩れ去り、蜃気楼のように消えた。代わって現れたのは、白い糸屑のようなものだった。木肌《きはだ》に取り付いている物体は一種の粘菌（変形菌《へんけいきん》）であった。アメーバ状のそれは、見たことのない姿形をしている。

「新種か？」

粘菌は、これまでにもいくつか採取したことがあった。比較的珍しい存在だが、さりとて特筆すべき存在とも思えない。ただ、熊楠の網膜には大日如来の尊顔が焼き付いていた。

とにかく未採取の種には違いない。皮裁ち包丁で樹皮ごと切り取り、紙袋に放り込む。今はわからずとも、いずれこの粘菌の持つ意味がわかる時が来るかもしれない。

「一即多、多即一」

熊楠は独り言をつぶやき、次なる如来がどこに潜んでいるのか注意しながら、クラガリ谷をたどっていく。


その数日後、夢を見た。

熊楠は一の滝の滝壺にほど近い、岩盤の上に立っていた。見上げれば、滝口は四十丈（約百二十一メートル）、あるいはさらに上方にある。水の落ちる轟音が絶え間なく鼓膜を叩き、風に乗った飛沫《しぶき》が全身を濡らしていた。あたかも、白く長大な帯が崖上から垂れ下がっているようだ。途中で岩盤にぶつかった滝は、末広がりの形になって滝壺へ流れ込んでいる。

一の滝は那智山で最も落差の大きい滝であり、名瀑として名高い。熊野《くまの》那智大社の別宮、飛瀧《ひろう》神社《じんじゃ》の御神体でもある。

ここにはよく足を運んでいる。一の滝の周辺も重要な採集地であり、多数の植物や菌、虫を採っていた。熊楠は岩場にしゃがみこみ、石をひっくり返して苔の具合を確認する。

「ねえよう」

顔を上げると、蕃次郎が立っていた。最後に会った日と同じ、十五歳の姿のままである。着物に袴を穿き、肩からは外套を掛けていた。熊楠は立ち上がり「おう」と応じる。

「お前《まん》、いつの間に来とった」

「つい先刻」

涼しげな一重の目に微笑を滲ませた蕃次郎は、高い声でささやく。

「ねえ、熊楠さん」

蕃次郎の指が熊楠の首筋を撫でた。全身の産毛が逆立つ。熊楠は湧き上がる欲望を抑え、生唾を飲んだ。

「熊楠さんは、誰《だえ》のために研究してるんです？」

「誰て……そら我《あが》のために他ならん」

滝の飛沫を浴びた二人は、すでに全身濡れていた。蕃次郎の唇はなめくじのようにぬらぬらと光っている。

「己を知るために、世界を知る。それが熊楠さんの本懐でしたね」

「そうじゃ」

「けども、那智には誰《だえ》もおらん。友人も協力者も。そがな場所でたった一人、好き勝手に植物を集めて書物を読むことが、真理に近付いていると言えるでしょうか。そら、熊楠さんの独り相撲ではないですか」

熊楠は眉間に皺を寄せる。

「訳のわからんこと抜かすな。これが、我《あが》の学問じゃ」

「そがなやり方してるから、いつまで経っても己が何者かわからんのとちゃいますか」

笑みこそ浮かんでいたが、蕃次郎の言葉は刺々しい。熊楠はさらにむくれた。

「お前《まん》、誰《だえ》の味方じゃ」

「熊楠さんが愛しいから、言うてるんです」

そう言われると返す言葉に詰まる。へどもどする熊楠の耳に、蕃次郎の吐息がかかる。

「僕の言うたこと、忘れんでください」

風向きが変わり、滝の飛沫が白い霧のように降りかかる。熊楠はつい瞼を閉じた。目を開けると、そこにもう蕃次郎はいなかった。

夢はそこで終わった。目覚めると、朝の光が雨戸の隙間から差していた。

熊楠は、蕃次郎を夢に見たことだけは記憶していた。だがどのような言葉を交わしたのか、一つも覚えていなかった。何か重要なことを助言された気がする。しかしいったん忘れてしまうと、もはやどうやっても思い出すことはできなかった。

翌日、熊楠は一の滝の下流へ足を運んだ。如来と化した金糸梅《きんしばい》や嫁菜《よめな》を採り、満足して帰路についた。滝の音を聞いても、その威容を見ても、夢に現れた蕃次郎の言葉が蘇ることはなかった。

その日は朝から雨が降っていた。

配達人が届けた荷物のなかに、『ネイチャー』の発行元からの書類があった。熊楠は鼻歌を歌いながら、大阪屋の離れで封を切る。四月に投稿した「燕石考」の採用通知を確認するためだ。

だが、そこに入っていたのは送ったはずの己の原稿だった。同封された紙面を見て、鼻歌が止んだ。そこには「燕石考」が不受理になった旨が記されていた。

顔を真っ赤にした熊楠は、気が付けば、書類を破いていた。

ここぞとばかりに頭のなかで声が響く。

——お前《まん》の一世一代なぞ、それくらいのもんじゃ。

——熊やんはようやった。編集部に見る目がなかった。

——黴の生えたみたいな東洋の典籍に、欧米人が興味を失くしただけやいしょ。

熊楠はこめかみに力を入れ、餌を求める雛鳥のような声を黙らせた。

送り返された原稿をその場で再読してみる。やはり、出来は悪くない。論旨は明快であり、豊富な資料に裏付けられた説得力もある。しかしながら、事実として「燕石考」は採用されなかった。元よりそんなものは存在していないのに、ロンドン行きの切符が手のなかからするりと逃げた気がした。

破いた書面の上に、熊楠は仰向けに寝転んだ。ぽつぽつと雨が庭木を打つ音が耳に届く。

今日《こんにち》に至るまで、熊楠は散々悩んできた。父への恩を返せなかったこと。果たせるかわからぬ学問への不安。経済的な問題。そうした憂いは数々あれど、熊楠自身への信頼が揺らいだことだけは一度もなかった。今日までは。

口を半分開き、ぼんやりと天井を見つめる熊楠の頭のなかは真っ白だった。他の論文ならともかく、よりによって会心の作が拒絶された。これは、己の鑑定眼が曇っているせいではあるまいか。

またぞろ「鬩の声」が喚く前に、熊楠はむくりと起き上がった。

「そがなことあるか」

自らに言い聞かせるようにつぶやいてから、立ち上がる。何でも構わないから手を動かしていないと、いやな想念ばかりが湧いてしまう。

とりあえず、菌類の標本を整理し、仕掛かりになっていたプレパラートの作成を再開することにした。植物の防虫処理も残っているし、標本を台紙に貼るための膠《にかわ》も支度せねばならぬ。やることはごまんとあった。

しかし黙々と作業をする熊楠を、声は逃がしてくれなかった。

——何かせっせとしちゃあるが、意味はあら？

——生物標本残したかて、誰《だえ》に見せちゃるわけでもあるまいし。

——才のない人間がしつこくやっても、才のないままじゃ。

癇癪が爆発しそうになるのを、熊楠はどうにか堪えた。ここで怒りをぶちまけても虚しくなるだけだ。できるだけ冷静を装い、脳内の声に応じる。

「論文は、書き直して別の雑誌に投稿する。投稿先は……『ノーツ・アンド・クエリーズ』がええ。明日《あいた》にも準備、はじめたる」

『ノーツ・アンド・クエリーズ』は、このところ頻繁に投稿している雑誌である。最近では『ネイチャー』よりも投稿頻度が高い。最初から、「燕石考」の投稿先として『ネイチャー』は合っていなかったのだ。理解のある雑誌なら間違いなく採用される。熊楠はそう考え、どうにか納得した。

その夜、食事の膳を下げに来た宿の主人の義妹《いもうと》と会話した。誰かと話していないと、憂鬱さが積もっていく一方であった。研究を兼ねて那智の言い伝えを聞いているうち、死後の伝説へと話題は移った。

「この辺では、俗世の者《もん》が亡くなったら、魂は妙法山《みょうほうざん》の阿彌陀寺《あみだじ》にあるひとつ鐘《がね》を鳴らしてからあの世へ旅するちゅう話です」

以前にも聞いたことのある逸話だった。那智山とは、特定の山ではなく複数の山々の総称であり、その一角を占めるのが妙法山である。彼女の話は続く。

「葬式では樒《しきみ》の枝、供えますやろ。亡者は棺の前に供えられた樒の枝を持って、妙法山へ行くんです。ほいでひとつ鐘をついてから、持ってきた樒を山のてっぺんにあるお堂の前に置いていきます。せやから、お堂の周りは樒がどっさり生えちゃある」

「ほう。そら、見たいもんじゃ」

那智に来てからはクラガリ谷や一の滝といった近隣での採集が主であり、やや離れた妙法山まででは、ほとんど足を伸ばしていなかった。

「いずれ、行こ」

話し相手が去って一人になった熊楠は、樒《しきみ》の林を想像する。那智にはまだ己の知らぬ場所が残されており、見知らぬ生命と出会う余地がある。そう思うだけで、傷ついた心はいくらか慰められた。


七月下旬、夏は盛りを迎えていた。

熊楠は離れの畳の上に横たわり、雨の降る庭を見ていた。この夏は雨が多い。日記を見返してみると、半分は雨天だった。紀州は多雨と言われるが、和歌山城下に比べても、那智は特に雨天が多く感じられる。

耳障りな羽音がした。両手で叩くと、手のひらの真ん中に蚊の死骸がくっついていた。熊楠はそれを指先でつまんで捨てる。やけに蚊が多いのも、雨のせいか。時には広縁に蛙が入りこんでくることもあった。数匹であれば見逃すところだが、数が多いとさすがに辟易する。かといって雨戸を閉めるのは気が進まない。閉じこめられた部屋に蟄居《ちっきょ》していると、気分がくさくさする。やるべき作業は山とあるし、読むべき書物もある。だが、心身が言うことを聞かない。朝遅く起きてからというもの、熊楠はずっと庭を眺めていた。深山《しんざん》に分け入ったかのように、頭のなかに霞がかかっている。

――このままやと、脳が腐ってまう。

たとえ一日臥《ふ》していても、怠け者、と怒る者はいない。だからこそ、熊楠の胸には己への罪悪感がわだかまっていた。

数日前、書き直した「燕石考」を『ノーツ・アンド・クエリーズ』に投稿した。きっと受理されるはずだと己を鼓舞しながらも、心のどこかでは、今回も無理だろうと思っている。「燕石考」が送り返されてからというもの、何のために研究をやっているのかわからなくなっていた。

頭脳は決して鈍っていないはずだ。それどころか、那智に来てからというもの脳力はますます強くなっている。世に出られないのは無能だからではない。ただ偶然にも、縁に恵まれぬだけのことだ。

――寝よ。

昼食後、熊楠は暗い気分で布団に入り、雨音を聞きながら瞼を閉じた。雨で採集には出られないし、起きていても暗い想念に囚われるだけだ。ならば、昼寝で暇を潰したほうがまだましである。

間を置かず、熊楠は眠りについた。そのはずだった。だが、意識がなくなった次の瞬間には瞼を開けていた。

――ほとんど寝れんかった。

熊楠が上体を起こすと、庭に人影があった。しとしとと降る雨のなか、痩身の男が傘もささずに立ち尽くしている。浴衣の袖から水が滴っていた。影になっている顔をよく見ると、繁太郎であった。

「繁太、何やっとんじゃ」

慌てて駆け寄った熊楠は、繁太郎を離れに招じ入れた。繁太郎は朱のさした顔に薄笑いを浮かべ、招かれるまま広縁に腰を下ろす。雨を避けた黄緑色の小蛙が一匹、広縁に飛び乗った。

「寒いやろ。浴衣脱ぎ。乾かしちゃる」

「このままで平気です」

ずぶ濡れの繁太郎は熊楠の厚意をやんわりと断り、室内の標本を見やった。

「熊楠さんは、和歌山中学の頃から変わらん」

「ほうか」

「ええ。あの頃の熊楠さんのまんまです。ただ己の声に正直に、愚直にやったある。羨ましい。僕も、熊楠さんみたに生きたかった」

「生きたらええ」

言ってから、繁太郎はとっくに亡くなっているんだった、と思い出す。申し訳ないことを言ってしまった。口をつぐむ熊楠に向かって、繁太郎は「顔上げてください」と言う。

「熊楠さん。あっちへ行こら」

「どこたいに？」

繁太郎は答えず、再び庭へと降りる。素足のまま葛《かずら》を踏み、泥土に足跡を残す。熊楠はとっさに草履を履いた。広縁から飛び降りた熊楠が数歩進むと、そこは橋丁《はしちょう》の南方家の前だった。夏の昼過ぎだろうか、強い日差しが降りそそいでいる。

「あれ？」

振り返ると、大阪屋の離れは消え、代わりに和歌山の城下町が広がっていた。それも、熊楠が少年だった二十年ほど前の町並みである。繁太郎は涼しい顔で南方家の門の前に立っていた。

「よう見てください」

繁太郎の言葉に呼応するように引き戸が開いた。そこから現れたのは、十代なかばの熊楠であった。紺の絣《かすり》を着て、採集用の胴乱を肩に提げた少年熊楠は、一目散にその場を離れる。家の者にばれないよう足音は忍ばせていた。

「なんで……」

熊楠は絶句した。繁太郎は意に介さない様子で歩を進め、町家のある角を左に折れて姿を消した。熊楠はすぐに同じ角を曲がる。

曲がった先にあるのは、ロンドンのブリスフィールド・ストリートであった。

冬の朝らしく、一帯には霧が立ち込めている。三階建ての長屋から出てくるのは、フロックコートをまとった二十代の熊楠だった。何事かをつぶやきながら大英博物館の方向へと歩いていく。これから閲覧室で抜き書きでもするつもりだろうか。

「熊楠さん」

浴衣を着た繁太郎は霧のなかにたたずんでいた。

「採集、抜き書き、論文の投稿。熱中しとったことは時代によってちゃうかもしれんけど、肝心の部分はいっこも変わらん。どこにおっても、何をしとっても、熊楠さんは熊楠さんじゃ」

霧が晴れると、辺りには柞《いす》の木が立ち並び、足元には葛が生えていた。いつの間にか大阪屋の庭に戻っている。熊楠は目をすがめた。

「何が言いたい、繁太」

「僕は……」

語りかけた繁太郎の声は、耳元に響く大音声でかき消された。

「熊楠さん！」

びくり、と肩を震わせた熊楠が振り返ると、目の前に顔見知りの女中《およどん》がいた。傘をさし、庭で棒立ちになっている熊楠の肩を揺すって「平気かい」と問うている。

「何が」

「眠っとったわいしょ。目ぇ閉じたまま、庭を歩き回っとったよう」

「我《あが》が？」

女中はこくこくと頷くが、熊楠は訝《いぶか》しげに「我が？」と繰り返した。間違いなく一度、目が覚めたはずだ。しかし先刻見た光景は、確かに現実のものとは思えなかった。だいたい、繁太郎は故人なのだ。

熊楠の身体は、余すところなく濡れていた。水をまとった浴衣が腹や背に張りつき、脛《すね》やふくらはぎが泥にまみれている。

「我《あが》が眠ったまま草履履いて、庭に降りたっちゅんか」

「そこまで見とらん。ただ、小声で話しながらぐるぐる歩いとったよ。恐《おと》ろしかったけど、心配やから声かけてん」

女中《およどん》が嘘をつく理由などないから、彼女の言うことが事実なのだろう。ならば、あの体験は何だったのか。目の当たりにした光景も、繁太郎との会話もはきと覚えている。女中を帰した後、熊楠はあぐらをかいて考えた。

――夢中遊行《むちゅうゆうこう》か。

眠ったまま歩いたり話したりする症状があることは、英語文献で読んだ記憶がある。まさか己の身に起こるとは思っていなかったが。

――どこにおっても、何をしとっても、熊楠さんは熊楠さんじゃ。

繁太郎の言葉はいまだ耳にこびりついて離れない。

誰かに己の存在を認めてもらったのは、ずいぶん久しぶりだ。たとえ夢であっても、それは心躍ることだった。濡れて冷えた肉体に熱い血が通う。心臓の鼓動がいつもより大きくなる。萎えかけた魂に、小さな火が灯された。

熊楠は一人であった。だが、たった一人であっても熊楠の心身はあらゆる記憶に貫かれている。それは和歌浦《わかのうら》に吹く潮風であり、御坊山《ごぼうやま》の緑であり、馬小屋の臭いであり、円形閲覧室の静寂である。あらゆる記憶によって位置づけられた、その座標系の中心に熊楠はいる。

まだ那智に居を定めて半年余りだというのに、早くも心が萎えかけていた。これではあまりに無様で、もったいない。前人未踏の学問を成し遂げようと企むのなら、些末なことに気を取られてはならない。

――恐れるな。前途は洋々じゃ、熊楠。

居ても立ってもいられず、浴衣を脱ぎ捨て、手のひらで泥を払い落とした。

「風呂じゃ、風呂！」

女中《およどん》に向かって叫びながら、褌《ふんどし》一丁で母屋への廊下を歩いていく。その後ろを、庭から入りこんだ小蛙がついていった。


妙法山へ足を運んだのは、それから二か月余りが経った秋のことだった。

杉の古木が並ぶ参道を、胴乱を提げた熊楠が登っていく。頭上にはよく晴れた空が広がっていた。盛夏に比べれば涼しくなったが、それでも、山道を歩いている熊楠の額には大粒の汗が浮いている。

目指しているのは、山の中腹にある阿彌陀寺《あみだじ》である。そこで亡者が鳴らすというひとつ鐘を見物してから、山頂付近の奥《おく》の院《いん》へ行くつもりだった。伝承の通りなら、奥の院の周囲には樒《しきみ》が生い茂っているはずである。樒そのものは珍しくもないが、曰《いわ》くつきの代物とあればぜひとも採って帰りたい。

熊楠は足を動かしながらも、辺りへの目配りを怠らない。如来が現れれば採集する準備はあった。しかし妙法山に入ってからというもの、一度も見かけていない。正確には、数日前から如来を目にしていなかった。

——採るべきもんがなかっただけのことじゃ。

——如来が見えんなら己の知恵を使《つこ》たらええ。

――そもそもここんとこ、採集に行ってないろ。

湧き出る声に熊楠は頷く。十日ほど前から体調が優れず、吐き気に苦しめられていた。それをごまかすために大酒を飲み、さらに気持ち悪くなったりもした。部屋で臥している時間も長く、ほとんど採集には行っていない。妙法山へ足を向ける気になったのも、ようやく体調が回復したからだった。

熊楠はまだらに降りそそぐ木漏れ日のなかを歩く。いつになく息が切れていた。やはり、まだ本調子ではないのかもしれない。だがこれ以上、宿でじっとしているのも耐えられない。

石段を登った先に、鳥居が待ち構えていた。寺でありながら鳥居があるのは、山神への敬意を払うためと聞いている。辺りに人影は見えなかった。鳥居をくぐると正面に阿彌陀寺の本堂があり、左手にひとつ鐘があった。

屋根はなく、柱の間に渡された梁に大鐘が吊られている。手前の梁には苔にまみれた撞木《しゅもく》が結び付けられていた。取り立てて、変わったところは見受けられない。試みに、撞木から垂れ下がる縄を両手で取って勢いよく鐘をついた。ごぉん、と低い音が無人の境内に響き渡る。

熊楠は本堂の傍らにある石畳に足を踏み入れ、奥の院を目指すことにした。道のりはすぐに石段へと変わる。苔の密生した石段は、深緑色の絨毯を敷いたようであった。その合間に剝き出しの木の根や石塊《いしくれ》が横たわり、熊楠の呼吸をさらに荒くする。

五分ほど石段を登ったころであった。木々の合間から、ごぉん、と低い音が聞こえた。ひとつ鐘の音だ。

熊楠はとっさに山道を振り返る。普通に考えれば、後から登ってきた参詣者が鳴らしたのだろう。だが、熊楠の後ろには誰もいなかったはずだ。境内にも人影は見えなかった。

——まさか。

空想が頭をよぎる。霊魂は、彼岸へ行く前に阿彌陀寺のひとつ鐘を鳴らす。それが那智の伝承であった。ということは、あのひとつ鐘を鳴らしたのは——。

——引き返したしかええわ、熊やん。

頭のなかの声はそう告げるが、熊楠は無視して前進を続けた。もはや意地であった。枯葉の吹き溜まりを踏みしめ、地面の窪みをまたいで越える。山頂へ近づくにつれて気温が下がり、肌が冷えた。

三十分ほど登ったところで、ようやく奥の院にたどり着いた。待っていたのは四方を木々に囲まれた伽藍《がらん》であった。熊楠は両膝に手をつき、呼吸を整えてから、改めて付近の植生を観察した。そこには確かに樒《しきみ》の森が広がっていた。三間（約五・五メートル）前後の樒が生い茂り、枝先につやつやと光る濃緑色《こみどりいろ》の葉をつけている。ほのかに漂う抹香の匂いが鼻腔をくすぐる。熊楠は手近な枝を鋏で切り落とそうと、左手で枝をつまんだ。

すぐ近くで、ぱさっ、と物の落ちる音がした。振り返ると、土の上に樒の枝が一本落ちていた。

——亡者の仕業じゃ。

すかさず「閑の声」が喚きだす。熊楠はしゃがみこみ、落ちた枝を拾い上げた。単に樒の木から折れた枝が落ちたに過ぎない。そう思おうとしたが、指先の震えはどうしても止まらない。

熊楠はその枝を胴乱に押しこみ、逃げるように立ち去った。石段を駆け下りている間も歯が鳴っていた。

那智に入ってからというもの、妙なことばかりが起こる。山のなかでは如来を幻視し、宿では夢中遊行を起こす。そして今度は亡者の気配だ。熊楠はぬるつく苔に滑って転倒し、尻をしたたか石段に打ちつけた。

「あがっ！」

妙法山の木々は悲鳴を吸い込み、ひっそり閑《かん》としている。あまりに静か過ぎる。

――我《あが》は、ほんまにおかしなってもうたんか。

頼りない足取りで歩き出した熊楠の鼻先を、再び抹香の匂いがかすめた。

那智には冬の気配が漂いはじめていた。クラガリ谷は、真昼とは思えぬ暗さに包まれている。朝から灰色の雲が天を塞ぎ、時おり霧雨が降っている。宿を出てから雨は止んでいるが、いつまた降るかわからない。熊楠は浴衣から伸びる腕をさすった。空気は肌が粟立つほどの冷気を帯びている。

明治三十六年は、あと三十日余で終わろうとしていた。年の瀬が近づこうが、熊楠の生活は変わらない。採集、整理、読書、執筆。その繰り返しである。だがこの毎日がいつまで続けられるか、確たることは言えなかった。

「寒い」

熊楠は掻巻《かいまき》を着てこなかったことを悔いた。

木立や下草を観察しつつ、沢沿いに進む。前回クラガリ谷に来たのはまだ暑い時期だった。その時と比べると眺めは相当変化している。旺盛に茂っていた緑が減り、黒や褐色の岩肌が目立つようになった。

採集の間が空いたのは、しばし入院していたせいであった。

妙法山を訪れた数日後、熊楠は己が狂ってしまったのではないかという疑いを無視できなくなった。このままでは帰れぬ地点まで行き着いてしまう。思い立った熊楠は、その夜のうちに川を歩いて渡り、那智湾に近い南海療病院《なんかいりょうびょういん》へと向かった。ずぶ濡れの熊楠を見た職員は仰天したが、たまたま月見をしていた院長と会うことができ、そのまま病院に泊まることとなった。

熊楠はそれまでの孤独を埋め合わせるように、人と会った。病院の職員や隣室の者、知人やその身内など、手当たり次第に話をした。病院に泊まったり、誰かの家に泊めてもらったりしながらひと月過ごした。

大阪屋に戻ってからも採集ははかどらず、手紙を書いたり、標本に保存用の亜砒酸《あひさん》を塗ったりした。妙法山から持ち帰った樒の枝も標本にした。しかし細々とした作業にも飽き、己を叱咤して、慣れたクラガリ谷へと足を運んだのだ。

沢沿いを歩きながらも、気になるのは「燕石考」のことであった。あの論文が世に出れば、それを足掛かりに学界での名声を高められる。しかし、定期的に送られてくる『ノーツ・アンド・クエリーズ』には一向に「燕石考」が載らない。いつもなら、とうに誌面に掲載されていてもおかしくない頃合いだった。

——我《あが》には学者の資質があるんやろか。

夢に見た繁太郎の激励は、効力を失っていた。暗い予感を押さえつけるため、熊楠は歩きながら無理に笑ってみせる。

「論文なんぞ関係ない。誰《だえ》にも認められんで構わん。我《あが》の学問は、我だけが知っとればそれでええ」

虚ろな笑い声がクラガリ谷にこだまする。残響が消えた後の谷には、濃い静寂が残された。己の才能を疑うことは、金欠にあえぐよりもはるかに辛い。ロンドンではずっと安下宿であったが、自信を失ったことはなかった。もはや再渡英どころではない。

熊楠はうつむきがちに、緩やかな足取りで岩場を進んでいく。鬱蒼とした羊歯をかき分け、角ばった石の上に乗る。草履越しに、石の凸凹が伝わってくる。

——いったい何のために、こがなとこにおるんじゃ。

気を抜くと、その問いが襲いかかってくる。

すべての行動は、熊楠の欲求に根ざしているはずだった。知りたいから、知る。根源にあるのは燃え盛る知識欲であった。だが、かつて天まで焦がす勢いだった業火は今、灰のなかでくすぶる埋《うず》み火と化していた。

どこまで歩いても、如来は現れなかった。

熊楠は唇を噛んだ。クラガリ谷には幾度か足を運んでいるが、この時季に来るのは初めてだった。きっと新たな発見があると見込んでいた。しかし木のうろにも、葉の裏にも、岩陰にも、水辺にも、衲衣《のうえ》を肩にかけた仏の姿はない。

――この辺はもう歩き尽くしたんかもしれん。

熊楠は沢沿いを離れ、木立の間へ分け入った。早く収穫を得て、大阪屋へ引き返したい。その一心だった。

岩場を離れたことで、歩きやすくはなった。地面には落葉や折れた枝、朽ちた蔓《つる》が敷き詰められている。踏みしめるとかすかに足が沈む。森の内部は木々が光を遮るため、沢辺よりもさらに暗かった。まるで日暮れ時である。

蟋蟀《こおろぎ》がすだく、尾を引くような声がした。熊楠は振り返り、その姿を確かめようとする。だが虫の姿はどこにも見えない。りりりり、という鳴き声だけが耳につく。

「どこじゃ」

熊楠は茂みを手でかき分け、枯葉を蹴飛ばした。だが蟋蟀は見つからない。踊らされている人間を嘲笑するように、鳴き声はさらに高くなる。りりりり、りりりり、という鈴のような音に耳が覆われた。

――虫まで、我《あが》を馬鹿にしくさる。

「黙れっ！」

熊楠はブリキの胴乱を力任せに投げつける。胴乱は木立にぶつかり、激しい音を立てて地面に落ちた。そんな脅しが虫に効くはずもない。蟋蟀たちの声は止まない。肩で呼吸をすると、吐息が煙のように白かった。

——無駄じゃ、熊やん。学問なんぞ無理やった。

——予備門も大英博物館も中途で抜けてきた半端者には、何もやり遂げられん。

——所詮、素人の猿真似じゃ。幻を追いかけるんはよせ。

「黙れ言うとるやろ！」

咆哮《ほうこう》が谷に響く。熊楠は無造作に胴乱をつかみ、大股でさらに森の奥へと進んでいく。口や鼻から煙のような息を漏らしながら、血走った目で左右を見やる。

己は常人とは違う、特殊な脳の持ち主じゃ。凡百の学者どもとは格が違う。我《あが》に学問ができんわけがない。我は、この世界のすべてを知る者じゃ。熊楠は独言しながら、怖気から逃れるようにがむしゃらに歩を進める。

——如来は、如来はおらんか。

光り輝く仏に出会えれば、再び己を信じられる気がした。山中で如来と出会えるような人間は自分だけのはずだ。だが幾度も見かけた如来の姿は、血眼になって探しても見当たらない。

その時、天から白いものが落ちてきた。水気をふくんだかけらは、手の甲に触れてすぐに溶けた。熊楠は空を見上げる。

雪であった。

次から次へと、頭上から雪が舞い落ちてくる。白い断片が木や石や土の上に落ち、消えていく。雪は熊楠の上にも降りそそぐ。全身を包み隠すように、顔といい腕といい足といい、あらゆる場所に雪は降る。

熊楠は歩くのを止め、呆然と森を見渡した。不思議と寒さは覚えない。むしろ心地よかった。雪が身体の表面を覆い尽くし、森と一つになれそうな気がした。人としての形が崩れていく。それも悪くないように思える。このまま朽ち果て、雪と一緒にぐずぐずに溶けて、水となって大地に染み込み、川を流れていく。那智の自然の一部となる。無益な学問をやり続けるより、そのほうがよほど幸せかもしれない。

しかし、雪は願いを叶えてはくれない。体温は雪のかけらを瞬時に溶かしてしまう。白い世界で、熊楠だけが除け者《のけもの》にされていた。

天から降る花を浴びながら、熊楠は悟った。

自分は、「燕石考」が採用されないことに落胆しているのではない。おびただしい知識がありながら空論を弄《もてあそ》んでいるばかりで、本質に一歩も接近できていない、そのような己に対して落胆しているのだ。

我《あが》は、我が知りたい。それが熊楠の学問の目的だった。だが熊楠は、いまだ己の正体の一端すら知ることができていない。

幼い頃に学問を志し、千万の生物を集め、古今の書物を読破してきた。だがそれは、世界の輪郭をなぞるような行為でしかなかった。己が傷つくことを覚悟のうえで、世界の奥深くまで手を突っこむような試みをしてきたか？　勝手気ままに己を満足させてきただけではないのか？

答えは熊楠自身がよくわかっていた。

雪はまだ止まない。熊楠の目は、硝子玉をはめ込んだように生気がなかった。大阪屋へ引き返す足取りはぎこちない。頭は振り子のようにふらふらと揺れ、墓石の間を漂う人魂じみていた。如来は、二度と現れない。

一際寒い夜だった。

離れの寝床で眠っていた熊楠は、仰向けに寝たまま覚醒した。意識は醒めているのだが瞼が開かない。それどころか手の指一本、動かすことができなかった。暗闇のなかで、熊楠はしばし木偶《でく》のように固まっていた。

——なんじゃ、こら。

やがて唐突に、身体が軽くなった。縛られていた縄を解かれたような心持ちである。起き上がると、布団の上にはもう一人の熊楠が目を閉じて横たわっていた。

——あれ！

熊楠は叫んだが、声にはならない。眠っている間に魂だけが身体を抜け出したようである。落ち着かず、畳の上を歩き回っていると、硯箱《すずりばこ》を蹴り飛ばしてしまった。どうやら物に触れることはできるらしい。

——これは、どがな理屈じゃ。

つぶやきは声に出せなかった。

このような出来事は初めてだった。だがもはや、熊楠は慌てない。那智に来てからというもの、この手の不可思議な現象にはいやというほど遭遇している。理屈で説明できずとも、出来《しゅったい》した事態は受け入れるしかない。

改めて、熊楠は眠っている自分を見下ろした。布団のなかで赤子のように丸くなっている横顔は、大阪屋に腰を落ち着けた時分に比べて痩せている。こけた頬が痛ましく、目を逸らした。

魂となった熊楠は広縁から庭に降りた。まとっているのは浴衣一丁だが寒さは感じない。冬の夜空は晴れており、月や星の光が冴えている。熊楠は正面口に回ってから、大阪屋の敷地を後にした。鳥居をくぐり、夜の神域へと進む。

足はひとりでに、一の滝へ向いた。夜の森は日中よりなお静まりかえり、鼓膜が痺れるほどだった。山道を歩いていると、じきに轟音が聞こえてくる。水は昼夜を分かたず流れ続ける。

途中、倒木の下でぼんやりと光るものを見つけた。如来かと期待したが、発光するきのこであった。いつもの癖できのこを一本もぎ取り、袂《たもと》に入れる。

夜の木々は、諸手を上げた物の怪のようであった。だが熊楠は知っている。こちらが厄介事を持ち込まない限り、彼らは決して襲ってこない。彼らにとっては、人間こそが物の怪なのだ。

熊楠は那智川の河原に出た。上流を目指して歩くと、滝の音はだんだん大きくなっていく。そういえば、以前ここで蕃次郎と会った気がする。

やがて、切り立つ崖の陰から一の滝が姿を見せた。

熊楠は迷いなく滝壺へ近づいていく。岩に手をつき、転びそうになりながらも、豊かな水のほうへと進む。雨のように飛沫が降りかかる。繁茂する羊歯をまたぎ、熊楠は滝から近い岩場の上に立つ。

そこには先客がいた。蕃次郎は外套を肩にかけ、澄ました顔で熊楠を待っていた。

――やはり、おったか。

驚きはしなかった。ずぶ濡れの蕃次郎は、静かに嘆息した。

「僕の言葉、忘れてもうたんですね」

――言葉てなんじゃ。

熊楠の声が、蕃次郎に聞こえているのかはわからない。ただ、彼は質問に答えなかった。

「悪《わり》こと言わん。山を下りてください」

古代から続く滝の音は、二人が話している間も絶えることがない。熊楠はゆっくりと首を横に振った。

――我《あが》にはもう、他に行くとこがない。

熊楠にはそうとしか答えようがなかった。いっそ、滝壺に身を投げようかと思った。だがそのような度胸がないことも、熊楠にはよくわかっていた。

「熊楠さんは、人と交わることを知らん」

蕃次郎の睫毛から雫が滴った。

「世界を知り尽くしたいと言うくせに、世のなかに背を向けちゃある。これは、矛盾やと思いませんか。世界を知りたければ、山を下りぃ」

――我《あが》には居るべき場所がない。

「場所がなければ、作ったらええ」

風に吹かれた梢のように、蕃次郎の姿が揺らいだ。

突然、ぱん、と何かが爆《は》ぜる音がした。熊楠はその拍子に目を覚ました。

気付けば、大阪屋の離れの布団に横たわっていた。わっ、と叫んで、勢いよく起き上がる。雨戸は開け放され、庭の隅では女中《およどん》が焚き火をしていた。先刻の爆ぜる音は焚き火から聞こえたらしい。

今しがた見たのは夢か、現《うつつ》か。もはやどちらとも判じられなかった。どちらでもよかった。

熊楠は惰眠を求めて、再び布団に潜り込む。そこで浴衣の袂に何かが入っていることに気付き、顔が引きつった。おそるおそる袂に手を突っ込み、なかに入っているものをつかみ出す。

熊楠の手には、一本のきのこが握られていた。

○

那智を出立したのは、翌一九〇四（明治三十七）年十月のことだった。

下山のわけは色々とあった。学者として西洋学界に一向に受け入れられず、渡英の算段も立たない。菌類の蒐集という、那智入りの本来の目的も果たしつつあった。

だが最大の決め手は、蕃次郎を夢に見たことだった。

——世界を知りたければ、山を下りぃ。

一の滝の岩場で蕃次郎から告げられた言葉が、耳から離れなかった。喧騒から離れ、自然に恵まれた那智は、研究にはうってつけの地だった。だが、那智が世界の一部に過ぎないのも事実である。熊楠の研究が核心に迫らないのは、人の世に背を向けてきたせいかもしれない。幻視や夢中遊行など、奇妙なことばかり起こるのも気がかりだった。これ以上那智にいれば、本当に狂ってしまいそうだった。

那智に腰を据えて二年足らずで、熊楠は下山を決心した。

その日、早朝に那智を出発した熊楠は、熊野古道の難所として知られる大雲取《おおくもとり》、小雲取《こくもとり》を歩いた。原生林をかき分け、壁のような急傾斜を登り、湧き立つ霧のなかを突き進む。この世であってこの世でないような場所を、熊楠は黙々と歩いた。那智という天界から、俗世へ下っていく心持ちであった。

熊野には、町とは異なる時間が流れている。苔むす匂いや眩《まばゆ》い木漏れ日には野性が漂い、近代化から逃れた時間が流れていた。

中辺路《なかへじ》を通り、田辺にたどり着いた熊楠はようやく腰を落ち着けた。

町に到着した翌朝、宿の寝床で目覚めた熊楠の頭で、唐突に「鬨の声」がこだました。

——お前《まん》、息まいて那智来たわりにいっこも成し遂げとらんじょ。

——生命の本質は諦めるんか。逃げたな、卑怯者《ひきょうもん》。

熊楠は掛け布団を蹴飛ばし、両耳を押さえて奥歯を嚙んだ。ぎりりり、という歯ぎしりの音が頭のなかで響く。板壁の隙間から差し込む朝の日差しのなかで、嘲るようにふわふわと埃が舞っている。

――熊やん、認めぇ。お前は挫折したんじゃ。

「ちゃう！　我《あが》は負けとらん！　死なん限り、我は負けやん！」

脳内の声を咆哮でかき消しながら、熊楠はじたばたと手足を動かす。その両目からは涙が流れていた。なぜ己が泣いているのかわからぬまま、熊楠は泣き喚いた。

己は、何者なのか。

命題の解は、いまだ得られぬままだった。

第四章

閑夜《かんや》

振り返った熊楠《くまぐす》は、呆然と立ち尽くした。

闘雞神社《とうけいじんじゃ》の境内から、春の風が吹いている。その風を浴びながら、目の前に立っている女は微動だにせず、背筋を伸ばして熊楠を見据えていた。彼女の視線の強さに思わずたじろぐ。下駄の下で、砂利が不愉快な音を立てた。

「南方《みなかた》熊楠さんですね」

凜とした声が境内に響いた。熊楠はへどもどしながら、挨拶の言葉を口走る。

「はあ、こら、どうも」

「田村松枝《たむらまつえ》です」

その名を聞いた熊楠は、あっ、と叫ぶと同時に、眼前に立つ女性が縁談の相手であることを理解した。

那智を降りてから二年が経った一九〇六（明治三十九）年の春、熊楠は三十八歳であった。

熊楠が定住地に田辺を選んだ理由は、いくつかある。旧友の喜多幅《きたはば》に誘われたこともあるし、父弥右衛門《やえもん》の知人が住居を貸してくれたこともある。南紀田辺は雨量が多く、植物や海の生物にも特色があることから、研究上も興味深い土地であった。また南紀の中心地でもあり、それなりの利便性もある。人と交わることを知らん、と蕃次郎《はんじろう》には言われたが、ここなら孤立するおそれはなさそうだった。

下山してすぐ、熊楠は鬱憤を晴らすように、田辺でできた飲み仲間たちと連日飲み歩いた。採集や読書は続けていたものの今一つ身が入らず、論文投稿もままならなかった。

そんななか、熊楠は仲間内の喧嘩に巻き込まれて顔に怪我をした。喜多幅は自分の医院で熊楠の手当てをしながら、渋い顔をした。

「お前《まん》、いつまで遊び歩いとるつもりじゃ」

「なんじゃ、喜多幅。説教か」

「お前もじきに四十じゃ。所帯でも持ったらどや。四十にして惑わず、言うやろ」

「我《あが》は端から惑うとらん。そこまで言うなら喜多幅が世話せぇ。ほいたら結婚でも何でもしちゃらあな」

「おお、言うたな熊やん」

喜多幅は不敵に笑った。

その場限りの戯言だろう、と高を括っていた熊楠だが、一年ほど経って、喜多幅は本当に縁談を持ってきた。熊楠の家に押しかけてきた喜多幅によれば、相手の田村松枝は二十七歳で、闘雞神社の宮司の四女だという。家柄は申し分ない。

「安心せぇ。熊やんのことは、ええように言うとる」

松枝の実家には「南方氏は長きにわたる洋行を経て、英米の雑誌に論文を多数発表した世界的学者にして、数々の新種生物を発見した博物学の大家なり」と伝えているという。嘘はないが、ずいぶん主観の混ざった言いようである。

この展開にたじろいだのが、当の熊楠だった。

「待ちぃな喜多幅。どがな女かわからんのに、よう返事せん」

「世話したら結婚するちゅう約束じゃ。忘れたか」

「ほんまに縁談持ってくるやつがあるか」

ここぞとばかりに「鬨の声」が湧き立つ。

——この機ぃ逃したら二度と結婚できん。喜多幅に従い。

——こら。顔も見てない女を妻に迎えられるか。

——相手が本性に気付かんうちに、早《はよ》う結婚してまえ。

結婚の是非を判じようにも、相手の素性を知らなすぎる。その日から熊楠は、松枝という女の面を拝むため、毎日のように闘雞神社の近くをうろついた。

神社とは元々縁があった。和漢書を借りたり、社殿裏の仮庵山《かりほやま》で採集をしたりしていたため、境内にいても不自然ではない。また、松枝の住む田村の家が一の鳥居の近くにあることもわかっていた。ゆえに熊楠は、幾度も境内と鳥居の間を行ったり来たりした。だが、肝心の松枝らしき女にはなかなか遭遇できなかった。

幾度目かの訪問も空振りに終わり、一の鳥居を抜けて自宅へ帰ろうとする熊楠に、背後から声をかける者があった。

その声の主こそが、松枝その人であった。

縁談相手を前に、熊楠はしばし呆然とした。

ただでさえ初対面の相手は苦手だ。そのうえ、眼前にいるのは近い将来、妻となるかもしれない女である。緊張するな、というほうが無茶な相談だった。一方の松枝は視線を逸らさない。

背後を見れば、彼女の実家である田村の家があった。どうやら家の前を通りかかった熊楠を見かけて、通りへ出てきたらしい。松枝は毅然とした口調で言う。

「喜多幅先生《せんせ》から、縁談の話は？」

「ああ。聞いてはおる」

熊楠は胸を張り、精一杯威厳を保った声で応じる。

「そうですか。では、よろしくお願いします」

いきなり低頭する松枝を前に、熊楠はぽかんとした。まるで、すでに縁談がまとまったかのような話しぶりである。

「待て。待たんか。我《あが》はまだ話を聞いただけで……」

「では、よう承知せんということですか？」

「そうは言うとらん」

「では、どうなさるおつもりで」

「思案中じゃ」

そう答えるのが精一杯だった。松枝は一歩近寄り、穴が空くほど熊楠の顔を見つめる。熊楠は反射的に顔を背け、一歩下がった。

「なんじゃ」

「南方さんは、博物学の大家と伺いました」

喜多幅の話を思い出しながら、熊楠は「それが何か？」と応じる。

「学者の妻というものは、どういう心構えでおればええもんですか。人の嫁入りは何度も見てきましたが、我《あが》はこの歳で一度も経験がないもんで。南方さんのお考えがあれば、前もって聞かしてもらえますか」

あまりに淡々と事を進めるので、熊楠は唖然とした。好きとか嫌いとか以前に、己は熊楠に嫁ぐ運命なのだと心から信じているようである。

――この女が、妻に？

無表情でたたずむ松枝を、改めて見やる。器量は悪くないように思える。これまでずっと家の手伝いをしてきたというから、家政全般にも通じているはずだ。断る理由はない。だが、さすがの熊楠も会って初日で詰め寄られれば、後ずさりたくなる。

「教えてください、南方さん」

松枝は質問の手を緩めない。照れ隠しに「知るかっ」と吐き捨てた熊楠は、ほうほうの体で逃げ去った。

――何たる頭の固い女。

心臓の拍動が耳のすぐそばで聞こえる。その鼓動が駆けているせいなのか、あるいは別の理由によるものなのか、熊楠には判断がつかなかった。

家に帰ってから、松枝という女についてとくと考えた。

熊楠にとって、彼女は初めて出会う種類の女性だ。実のところ、これまでにもいい仲になりそうな女がいないではなかった。しかし皆、熊楠の偏屈ぶりに愛想を尽かして去ってしまった。その点、どこまでも泰然としている松枝であれば、己を受け入れてくれるかもしれない。

――もう少し、会ってみないかん。

翌日も神社を訪れた。今度は、庭で捕まえた三毛猫を抱えていった。近隣住民から飯をもらって生き長らえている野良猫で、泥に塗《まみ》れ、毛は荒れている。身体を覆うぼさぼさの被毛《ひもう》のなかには、大量の蚤《のみ》が棲《す》みついていた。

闘雞神社へ足を運ぶと、彼女は一の鳥居の下で水を撒いていた。目が合うと、松枝はすぐに三毛猫へ視線をやる。

「飼い猫ですか」

「いや。近所に住んどる野良じゃ。たまにエサはやるが」

要領を得ない松枝は「はあ」と応じる。腕のなかで、なあお、と猫が鳴いた。

「悪《わり》が、この猫にくっついとる蚤を観察したい」

「はい？」

「この三毛に棲みついてる蚤は、普通やない。どうも、猫のくせに犬蚤《いぬのみ》を棲ませとるんじゃ。面白《おもしゃい》いやろ。しかし、顕微鏡でよう観察せな断定はできやん。そこで蚤を捕まえる必要があるが、我《あが》はこの通り爪を怪我しとる」

熊楠は右手を顔の横に掲げた。右手の人差し指の爪が少し剥がれている。数日前に標本の箱を開ける時、滑って負傷したのだった。

「せやさけ、我の代わりに蚤を集めてくれるか」

松枝は眉をひそめ、改めて三毛猫に視線を送った。汚れた猫が、なあお、と再び鳴いた。

「よろしく頼む」

このような頼みごとをすると、大抵の女は露骨に嫌悪するか、呆れ果てた末に去っていく。だが己の妻になる女なら、これくらいの雑用はやってもらわねば困る。それが無理なら、結婚したところでいずれ夫婦生活は破綻するだろう。

――松枝も他の女《おんな》と同じやろな。

熊楠は内心でそう思った。

しかし、案に相違して松枝はひょいと三毛猫を抱きあげた。彼女の着物が、泥や得体の知れない草の汁で濡れる。呆気に取られた熊楠に、松枝は平然と問う。

「採った蚤は、どこに置いといたらええんです？」

「ああ、うん……深い器にでも入れてけぇ」

松枝は「はい」と言い、猫を抱えたまま家のなかへ入ろうとする。だが玄関戸の前ではたと足を止め、振り返った。

「終わったら、猫に行水さしても構いませんね？」

「……好きにせえ」

一時間ほどして田村家を再訪すると、汚れた身なりの松枝が現れた。着物の袖や襟に染みがあり、妙に尿くさい。髪は乱れ、頰には生々しい引っ掻き傷ができている。一方、三毛猫のほうは水浴びをしたおかげか、汚れが落ちてさっぱりとしていた。

「なんじゃ、その顔」

熊楠が問うと、松枝は顔色を変えずに応じる。

「えらい暴れるんで、難儀しました」

「猫にやられたか」

「他に誰《だえ》がいますか」

松枝は綺麗になった猫と、椀を差し出した。覗き込むと、椀のなかでは十数匹の蚤がぴょんぴょん飛び跳ねている。生きたまま蚤を捕まえるのはなかなかの難事だ。

「お前《まん》がやったんか」

松枝はこくりと頷く。熊楠の胸の奥から、熱いものがこみ上げてきた。この女はひょっとすると、ひょっとするかもしれない。


翌日以降も、熊楠は何かと仕事を見つけては田村家を訪れた。

「紙箱を百個ほど、組み立ててくれるか」

「標本を貼る膠《にかわ》の調合を手伝《てつど》てくれ。膠は細かく砕いて、湯煎《ゆせん》の時は沸騰さすな」

「採集用の鋏《はさみ》と鑿《のみ》を研いでほしい。錆《さび》が残らんよう、頼む」

何度も通ううちに松枝の妹とも顔見知りになり、「またいらっしゃったんですか」と呆れられるようになった。

一方、松枝の態度は最初に会った時と同じく淡白なもので、熊楠を邪険にすることも、媚を売ることもない。落ち着き払って、頼みごとに応対するのみである。時には要望をうまくこなせないときもあったが、辟易するそぶりは一度も見せない。

最初は緊張していた熊楠も、慣れるにつれて雑談を交わせるようになった。

「学問に興味あら？」

「いいえ」

「粘菌は見たことあら？」

「粘菌がどのようなものか、知らんもんで」

「ほいたら、何に興味がある」

「何にも興味はありません。神事ならちぃとは知ってますが」

松枝の受け答えは気が利いているとは言いがたかったが、実直で真面目さを感じさせるものだった。応答は堅苦しいが、不思議と居心地は悪くない。

これまでいい仲だった女たちは、大なり小なり熊楠への憧憬があったように思う。凡人とはかけ離れた世界的学者として、熊楠を見ていた。だから付き合いはじめた頃こそ甲斐甲斐しく世話をするが、じきにその偏屈さに嫌気がさして去っていった。

しかし松枝は違う。彼女は最初から熊楠への憧憬など持ち合わせていない。松枝にとって熊楠はただの男であり、それ以上でもそれ以下でもない。だからこそ、失望される恐れがない、という安心感があった。

ある日、書物を借りるため闘雞神社へ足を運んだところ、神職が出払っていた。書物の場所はわかっているが、一人で立ち入るのは気が引ける。いい口実ができた、と田村家を訪ねると、案の定松枝が応対に出た。

「どうしました」

「社殿にある本が欲しい。ちぃとついてきておくれ」

松枝は素直に従った。田村の家から境内までは目と鼻の先である。二人で境内に入り、熊楠は無事に目当ての書物を手に入れた。歩きながら熊楠は話しかける。

「この神社は、実家みたなもんか？」

宮司の娘にとって、神社は生家も同様だろうと熊楠は思っていた。ええ、と無機質な答えが返ってくるものと予想していたが、意外にも松枝は考え込む。

「実家というよりも」

迷いながら、松枝は言葉を紡いでいく。

「故郷《ふるさと》と言うたほうがええかもしれません」

「ほう。何が違う」

「実家は、父母が亡くなれば消えてしまいます。しかし故郷は、縁者がおらんようなってもそこにあり続けます。この境内は、幼い頃からの遊び場でした。あの楠で木登りをして、そこの広場で桶の輪回しをしました。父へのお使いのため境内に来るんもしょっちゅうでした。社殿も、鳥居も、灯籠も、この神社にある物《もん》は何もかもが目の玉に焼きついてます。せやから……」

松枝は立ち止まり、裏山の方角を見た。

「我《あが》があの世へ行く時に思い出すんは、ここの風景かもしれません」

霞んだ春空と対照的に、松枝の双眸は澄みきっている。熊楠はしばし、その横顔に見惚れた。


熊楠が田村家へ日参するようになって、ひと月が経ったころ。再び三毛猫を抱えてきた熊楠に、玄関前で松枝は言い放った。

「いつまで続けるつもりですか」

猫を抱いたまま、熊楠はぽかんとした。

「いつまで、て？」

「もう、我《あが》を試すような真似せんでもええんちゃいますか。結婚するならする、せんならせん、はっきりしてください」

少しだけ開いた玄関戸の隙間から、松枝の妹がこちらを見ていた。熊楠は視線を感じつつ「しかし」と応じる。

「松枝、お前《まん》の気持ちはどうなんじゃ」

「縁談の話をもらった時から、こちらの肚《はら》はとうに決まってます」

松枝は見得を切るように、熊楠を見据えた。腕のなかで猫が暴れて、ひらりと地上に降り、どこかへ逃げていく。口ごもった熊楠は、「ちいと待て」と言いおいて、その場から立ち去った。

砂埃の立つ道を歩きながら、熊楠は考える。松枝の意志は固まっている。あとは己の選択一つだ。毅然とした松枝の顔を思い浮かべる。もはや、迷う余地はなかった。その足で喜多幅の医院を訪ねた熊楠は、患者たちの合間を縫って診察室に躍り込み、眦《まなじり》を決した。

「お前が勧めるなら、松枝を迎えてもええ」

意地を張る友に、喜多幅はまたもにやりと笑う。

「気に入ったか」

「せやさけ、言うとる。お前を信じて、あの女と結婚しちゃる」

翌週、熊楠は改めて田村家を訪れた。玄関先で名乗りを上げた熊楠の前に、怪訝そうな顔をした松枝が現れる。

「何ですの」

「これ、受け取りぃ」

熊楠が懐から取り出したのは、数珠である。この数珠は田辺湾に浮かぶ小さな島——神島《かしま》で採れた彎珠《わんじゅ》という植物の種子で作られていた。黒い種子は、一つ一つが艶やかに光っている。

「数珠を、我《あが》に？」

受け取りながら首をかしげる松枝に、熊楠は「うむ」と頷く。

「何ぞ贈ったろうと思てな。何がええかとさんざん考えて、お前が持ってへん物を思いついた。数珠じゃ。神社の娘やさけ、数珠は持っとらんやろ。これは彎珠《まん》で作った高級品じゃ。綺麗やろ」

「数珠くらい、神社の娘でも持ってます」

松枝は心持ち、むくれていた。その返答に熊楠は密かに落胆する。

「左様《さよ》か、持っとるか……」

「でもなんで、贈り物を？」

一度はしょげかけた熊楠だが、再び胸を張り、昂然と言い放つ。

「我《あが》の妻になる女に贈り物をして、何が悪い」

松枝はしばしきょとんとしていたが、遅れて意味を理解したのか、「それなら」と言い、几帳面に頭を下げた。

「よろしくお願いします」

松枝の手にした数珠が、じゃらっ、と鳴った。

その年の田辺祭りの二日後、二人は田辺の旅館で式を挙げた。熊楠三十九歳、松枝二十七歳であった。


松枝との結婚生活は、平穏無事とは言いがたかった。

妻としての松枝の最初の仕事は、散らかった熊楠宅の掃除だった。といっても、積み上げられた書物に触れることは一切許されない。そこで庭を埋め尽くしていた枯葉を掃き清めたところ、熊楠は烈火のごとく怒り狂った。

「あら、枯葉の裏に菌が棲んどるさけ、わざと残しちゃあるんじゃ！　それを勝手に捨《ほか》してよって！」

勢いよく飛び散る唾を浴びながら、それでも松枝は一歩も退かなかった。口では「すみません」と言いつつ、目はしっかり夫を睨んでいた。

研究以外に興味のない熊楠と生真面目な松枝とでは、何につけても考え方が違った。掃除の仕方や食事の献立など、些細なきっかけから二人は再々派手な喧嘩をやらかした。

ただ、そのうち松枝のほうが夫の扱いを心得たおかげで、徐々に諍《いさか》いは減った。世間知らずの夫に代わって礼状を書いたりと、社交面での補助をするようにもなった。

暮らしが落ち着くにつれて、熊楠の研究活動も安定した。近隣での採集、標本の作成と整理、読書、抜き書き、原稿の執筆などが生活の中心だ。生活や研究にかかる費用は相変わらず常楠《つねぐす》が頼りであったが、弟は天狗《てんぎゃん》たる兄のため、送金を続けた。

田辺の顔見知りが増えると、熊楠は銭湯で会う人や酒屋の主人から「南方先生《せんせ》」と呼ばれることが増えた。だが熊楠自身、呼び名にさしたる関心はない。むしろ先生と呼ばれると居心地が悪く、背筋が痒くなってくる。

「熊やんでええ。我《あが》は何の官位もない、一介の野人《やじん》じゃ」

何かにつけて、熊楠はそううそぶいた。

○

中屋敷町《なかやしきまち》の借家は、田辺湾の浜辺から歩いて十分ばかりの距離にある。潮まじりの風がそよぐ縁側で、熊楠は紙巻き煙草の「朝日」を吸いながら、愛用の顕微鏡を覗いている。広袖の白襦袢《じゆばん》を着て、下半身には腰巻をまとっていた。

熊楠は煙草をくわえたまま、口の端で器用につぶやく。

「踊っちゃあら」

レンズの下では、白褐色のアメーバ状の生き物が、肉眼では捉えきれぬ速さでゆっくりとうごめいている。

午前中、神島《かしま》で採取したばかりの粘菌であった。神島の森は、貴重な彎珠《わんじゆ》の産地であると同時に、熊楠にとってかけがえのない採集場所でもある。魚の生態を守る魚付《うおつ》き林《りん》として古くから保護されており、原始の姿のまま残っていた。

粘菌は、独特の生態を持つことで知られる。

変形体《へんけいたい》と呼ばれる時期には、粘菌は自ら動き回ってバクテリア等のエサを捕食する。現在熊楠が見ているのが、まさに変形体だった。しかしひとたび周囲に食物がなくなると、小型のきのこのような形状に変化する。子実体《しじったい》と呼ばれる状態だ。子実体となった粘菌は胞子を撒き散らし、そしてまた変形体となる。

このところ、熊楠には粘菌のことが気にかかって仕方ない。きっかけは、数年前に那智山中で大日如来を見たことであった。真言密教の本尊たる大日如来の正体は、粘菌であった。朽木の裏で一際輝いていた面影は、熊楠の脳裏に深く刻まれている。

——いっぺん、ちゃんと見たろか。

そう決めて無心に観察したところ、瞬く間に粘菌の生き様に引き込まれた。

最も興味深いのは、その生死の在り方だった。

一見、変形体の時期にある粘菌は不定形の痰のごときものであり、その姿はいかにも死物を連想させる。一方、子実体へと変わればあたかもすっくと「生えた」かのようであり、こちらこそが活物であると言いたくなる。粘菌の種属の判別も、主に子実体によって行われる。

しかし粘菌自身にしてみれば、変形体こそが活発に動き回りエサを捕食する活物としての時期であり、子実体は消耗を防ぐ死物としての時期である。死物こそが活物であり、活物こそが死物である。このように生死が裏返った生命は、熊楠が知る限り粘菌のみであった。

粘菌を見ていると、地獄の衆生《しゅじょう》を連想する。人の世で罪人が死にかかると、地獄では新たに衆生が一人誕生する。生と死の意味が逆転している。死ぬことは生きることであり、逆もまた然りであった。

塀の向こうから、子どもの歌う地唄《じうた》が聞こえてきた。熊楠は陶の灰皿に吸殻を捨て、しばし耳を傾けた。那智を下山して、この秋で五年になる。田辺の空気にもすっかり馴染んだ。

「しかし、暑いのう」

雨が多い田辺では、夏の蒸し暑さも格別に感じられる。

暑さのせいか、作業は今一つ捗《はかど》っていなかった。検鏡せねばならない標本は、山のように残っている。苛立ちを堪えつつ、額の汗を拭う。

ふいに、襖で隔てられた隣室から幼児のぐずる声がした。熊楠は「どれ」と身を起こす。作業はいったん中断することにした。

蚊帳のなかに二つの影があった。一人は妻の松枝だ。もう一人、松枝の膝に男児が顔を突っ伏している。二歳の息子——熊弥《くまや》は何が気に食わぬのか、猛烈な勢いで泣いていた。

長男が生まれたのは、結婚の翌年の六月である。熊楠と父弥右衛門から各々一字を取り、熊弥と名付けられた。熊弥が生まれてからの二年余、熊楠は息子の成長を毎日のように記録している。

振り返った松枝が眉をひそめた。

「昼寝から醒めたら、機嫌悪《わる》なってもて」

傍らを見れば、亀の焼き物のおもちゃが転がっている。熊弥が眠っている時にいつも握りしめているものだ。熊楠は亀のおもちゃを拾い上げ、熊弥に「どうした」と声をかけた。振り返った熊弥の顔は真っ赤だった。

――癇癪《かんしやく》持ちは、我《あが》に似たか。

熊楠がおもちゃを差し出すと、熊弥は躊躇するように受け取った。

「父《とと》ぅ、父ぅ」

「なんじゃ、ヒキ六め」

ヒキ六、というのは熊楠が息子につけたあだ名だった。生まれて間もない頃、仰向けに寝転がる姿がヒキガエルに似ていたためそう名付けた。熊弥は膝立ちで、父に向かって両手を伸ばした。

「抱っこ、抱っこ」

言われるがまま、熊楠は両腕で熊弥を抱きあげた。幼児の汗の匂いが鼻先をかすめる。安心しきった熊弥は体重を預けていた。熊楠の着ている白襦袢の左肩辺りが、涙と洟《はな》で濡れる。泣きやんだ熊弥は亀のおもちゃを握りしめ、洟をすすっていた。

「えらい重《おも》なった」

つぶやいた熊楠は、熊弥の顔に頬ずりをする。松枝は緩んだ顔でそれを見ている。こうしている間だけは、研究上の憂さも忘れることができた。ほんのひと時だが、観察中の粘菌も大量の標本も、熊楠の頭のなかから消え去ってしまう。

己に他人を愛でる感情が存在していたことは、熊楠にとって驚きですらあった。

数日後の夕刻、熊楠は再び粘菌の検鏡を行っていた。昨日採取した種の一つが、新種か否かを鑑別するためだ。レンズの下の子実体を観察しつつ、絵筆でスケッチを行う。これまでに記録した粘菌の図譜は百枚以上に上る。

その成果は、昨年『植物学雑誌』で発表した「本邦産粘菌類目録」にも反映されていた。日本ではいまだ粘菌に関する網羅的な報告がほとんど見られないため、熊楠は国内でみずから採集した粘菌を中心に、その属種を一覧にして報告した。

思いがけない成果もあった。熊楠が発見した粘菌が、新種と認定されたのだ。青錆《あおさび》色をした綿埃のような粘菌は、「アルキリア・グラウカ」――和名アオウツボホコリと命名された。この新種を発見したのは、近隣の稲成村《いなりむら》にある猿神社《さるがみしや》の林であった。

顕微鏡から顔を上げた熊楠は、スケッチを完成させてから煙草に火をつけた。盛大に吐き出した紫煙は天井近くを漂っている。強く吸い過ぎたせいか、口のなかには焦げたような苦味が広がっていた。

――そいにしても、歯《は》が《が》ゆい《い》。

熊楠の脳裏にあるのは、猿神社の現状だった。

アオウツボホコリを発見した猿神社は、二年前、政府が進める神社合祀《じんじやごうし》政策《せいさく》に則って近隣の大社に合祀されてしまった。神社林だけはしばらく残されていたものの、今ではその木々も伐採された。熊楠が新種を採った倒木も撤去された。消えた森は永遠に戻らず、そこに生きていた菌や植物も蘇ることはない。

神社合祀政策は、一町村一神社を標準とし、各集落に点在する神社を合祀するものであった。日本全国で推進されており、もちろん和歌山県も例外ではない。

昨日も、知人から同様の話を聞いたばかりだった。湊村《みなとむら》にある三つの神社が、いずれも合祀を勧告されたというのだ。熊楠も採集のためたびたび足を運ぶ神社であり、合祀されれば猿神社のように森林ごと失われかねない。

あぐらをかいた熊楠は、煙草をふかしながら苛立たしげに膝を揺らした。

——腹の立つ話《けったくそわり》じゃ。

闘鶏神社《とうけいじんじゃ》の裏山もそうだが、多くの神社は鎮守の森と呼ばれる豊かな自然林を備えている。そうした森林は熊楠にとって欠くことのできない採集の場だ。鎮守の森が破壊されることは、身を切られるに等しい苦痛であった。しかも官吏のなかには、私腹を肥やすために合祀へ誘導する者もいると伝え聞いている。悪徳官吏は、鎮守の森の木々を木材として売り払い、その一部を懐へ入れてしまうという。まったく許しがたい。

役人の側に正当な言い分があることも、承知はしている。神社を併合して一社あたりの規模を大きくしたほうが、威厳は持たせやすい。維持管理費も安く上がる。併合すればいいことずくめだという言い方もできるが、それはあくまで役人の論理だ。森が伐《き》られれば、そこに棲んでいた生物は失われ、二度と戻らない。

各地の神社には土地の伝説や歴史を語り継ぐ役目もある。合祀によって小社が一掃されれば、貴重な説話までもが消え去る。田辺は熊野への入口、口熊野《くちくまの》として知られる土地だ。霊場熊野に属する地でありながら、信仰を篩《ふるい》にかけるような真似は許せなかった。

ここぞとばかりに、脳内で声が上がる。

――黙っとってええんか、熊やん。合祀の後に残るんは草木の生えん更地だけじゃ。

――けども、止めてけぇ言うて止めてくれるんか。

――町長でも郡長でも、なんでもええから直訴しぃ。

熊楠は瞑目し、こめかみを掻いた。神の森と伝承を守るためにも、神社の合祀は断固止めるべきである。だがどうすればそれを実行できるのか、皆目見当がつかない。無職の熊楠は国内の学界では依然相手にされておらず、権威など微塵もなかった。

背後の襖が静かに開き、一服している熊楠の背に声がかかった。

「父《とと》ぅ、父ぅ」

振り返ると熊弥がいた。手にしているのは、新聞紙を折って作った舟である。松枝か女中《およどん》が折ってやったようだ。どうやら熊弥は、おもちゃを自慢するために部屋まで来たらしい。

「父、見て」

「ようできちゃある」

熊楠は紙の舟を手に取ってしげしげと観察するうち、いつもの習性で印刷された文字を読んでいた。それは『牟婁《むろ》新報《しんぽう》』であった。田辺で創刊された地方紙であり、毛利《もうり》清雅《せいが》という僧侶が主宰している。南方家では『牟婁新報』を取っていないから、隣家で反古にでもなっていたのをもらってきたのだろう。

紙面には、大浜台場公園《おおはまだいばこうえん》の売却反対に関する文章が綴られていた。台場公園というのは、田辺湾沿いの景勝地である。田辺町は女学校の建設費捻出のため、大阪の商人にこれを売却し、さらにはその跡地に石油貯蔵庫を建てるという話であった。主筆の毛利やその同志たちはこの方針に反対し、盛んに町政を批判していた。

——これは……。

いつしか、熊楠は夢中で紙面を読んでいた。文章は途中で折り目の内側に隠れてしまっている。熊楠は記事の続きを読むため、舟だったものを勝手に解体し、一枚の新聞紙に戻してしまった。

「父《とと》う、お舟ぇ！」

傍らで泣き叫ぶ熊弥を松枝に預け、熊楠は頬杖をついて記事を読む。実のところ、『牟婁新報』にしっかり目を通すのは初めてだった。毛利は社会主義の元活動家だという噂を聞いたことがあったが、紙面にそうした色はない。むしろ、お上の不調法《ぶちょうほう》を舌鋒鋭く批判するやり口は、熊楠の姿勢に近いものを感じた。

記事を読み終えた熊楠は、女中《およどん》に命じて近隣の住宅からありったけの『牟婁新報』を集めさせた。最初に記事を読んだ時の直感は、さらに補強された。毛利という男、そして『牟婁新報』の方針は、熊楠の思想と共鳴する。

「これじゃ」

身体の芯が火照《ほて》り、耳たぶが熱くなってきた。このような高揚は久しぶりだった。熊楠は入念に紙面を再読しながら、頭のなかで早くも原稿の構想を練った。

田辺を流れる会津川《あいづがわ》の堤には、養蚕農家の桑畑が広がっている。十月なかばとあって、葉を収穫した後の桑の木は寒々としていた。熊楠は一本一本注視しながら、木々の合間を歩く。

先刻、熊楠は用があって知人宅を訪ねたが、当人は不在だった。そのため帰ってくるまで待ちがてら、散策して暇をつぶしている。あわよくば、桑畑で新種の菌か虫でも見つけてやろうという腹積もりだった。

会津川の堤の上を、自転車に乗った男が走っていた。快調に走っていた男だが、熊楠と目が合うなり、両足を地面に踏ん張ってその場に停止した。三間（約五・五メートル）ほど離れた場所にいる男はやや歳下と見え、口髭を生やしていた。

相手は快活な笑みを弾けさせていたが、まったく見覚えのない風体だ。

「南方先生《せんせ》でっか？」

熊楠は怪訝な顔をしつつ、再度相手を見やる。

「毛利です。毛利清雅！」

虚を衝かれた熊楠は「あんたが」と返していた。毛利は喋りながら、自転車を引いて近づいてくる。

「原稿持ち込んでいただき、感謝します。こがな場所で会うとは、これも何かの縁ですなぁ。いや、あの原稿を初めに読んだ時は驚きました。先生が神社合祀に関心を持ってるとは露知らず。しかしあんまり長《なご》う書かれるから、私の原稿を載せる場所がなくなりました。あははは……」

毛利は初対面の熊楠に物怖じする気配もなく、速射砲のように言葉を吐き出している。

毛利が語っているのは、先月熊楠が寄稿した、神社合祀反対を主張する論説のことだった。とはいえ、『牟婁新報』から依頼があったわけではなく、自ら持ち込んだのだ。その日は毛利と会えず記者に預けたが、原稿はちゃんと記事になった。冒頭で、彼らが興味を寄せている台場公園売却に触れたのが効いたらしい。

神社合祀を阻止するために新聞を使う、という作戦は、われながら妙案だった。地方紙とはいえ、『牟婁新報』には地域一帯に情報を広める力がある。日本全土の合祀を止めるのは不可能でも、和歌山の合祀を妨害する程度のことはできるのではないか、と期待していた。

最初の記事が掲載された後も、熊楠は毛利と面識がないまま『牟婁新報』に寄稿を続け、合祀を主導する郡長を名指しで批判した。

「先生には早《はよ》う会いたいと思てたんです。これは僥倖」

四歳下の毛利が滑らかな弁舌を披露する一方、熊楠は「うむ」とか「よろしく」とか言うばかりで言葉少なだった。顔を合わせたところで、何を話せばいいかわからない。

「ほいで先生。こっからいかに運動を展開しますか」

「運動、か」

「私も神社合祀には反対です。あがな愚策をいつまでも放置するわけにいかん。しかし本腰入れて阻止するには紙面での主張はもちろん、多面的な活動が不可欠。先生はいかにお考えで」

その質問に、よくぞ訊いてくれた、とばかりに熊楠は鼻息を荒くした。

「明日《あいた》から、記録写真を撮る手筈じゃ。役所の連中が森を壊乱する証拠をしかと残す。それに伊勢には合祀を批判する神職がおるさけ、この神職の論文を記事に引く」

いずれも、『牟婁新報』への寄稿と前後して立案した策だった。毛利は腕を組んで頷きながら、熊楠の案を聞き届けた。いつの間にか、自転車は桑の木に立てかけられている。

「先生の計画はええと思います。が、やっぱり学者さんのやり方ですね」

「どういうこっちゃ」

かすかに嘲《あざけ》るような気配を感じ、熊楠は気色ばんだ。毛利は怒気をいなすように、「まあ聞いてください」と言う。

「こういうんは、周囲を巻き込まな話にならん。肝心なんは住民です。当人だけがのぼせ上がって、あの人ら何ぞやっとるわ、と思われたら損です。まずは身近な住民たちを味方につけるとこからはじめたしかええ。幸い、合祀に反対する氏子は少なくない。いっぺん火ぃつけたら、放っといても燃え広がります。手始めに演説会で一席ぶって、気運を盛り上げるちゅうんはどうです」

「おお、そらええ案じゃ」

熊楠はすかさず手を打った。

実践に裏打ちされているせいか、毛利の語る活動計画は説得力に満ちている。餅は餅屋、活動は活動家である。

それから二人はしばし、運動の展望を語り合った。熊楠は引き続き論文を寄稿しながら、県内で同じ意見を唱えている者たちに手紙を送って連携する。毛利は同志たちの意見を集約し、『牟婁新報』によって広く情報を発信する。

「我《あが》らは来年の町会議員改選での当選を目指してます。当選の暁には台場公園の売却だけでなく、神社合祀の件も必ず俎上に載せます」

毛利は拳を握りしめた。血管の浮いた拳を見つめながら、熊楠は胸にじわりと温かいものが広がるのを感じた。こんなにも近くに、意を同じくする者がいた。己は一人ではないのだ。

「無法な合祀は今後一切、阻止しよら」

ひとりでに、熊楠の口からは勇ましい言葉が転《まろ》び出ていた。


十一月に入ってすぐ、町政反対の演説会が開かれることとなった。登壇者は毛利が懇意にしている同志が中心で、熊楠も登壇するよう誘われた。だが、熊楠は自分が登壇することには及び腰だった。神社合祀だけならともかく、町政に関して語れることはさほどない。大勢の聴衆を前に演説するよりも、森や海で採集しているほうが、よほど性に合っている。

「まずは聴かしてもらう。演説はまたどっかで」

毛利にはそう答えてごまかした。

演説会の当日、自宅で出かける支度をしている最中だった。縦縞の袷《あわせ》に袖を通し、紫紺の角帯を締める。角帯は父弥右衛門の遺品であった。至る所ほつれているが、補修を重ねて今でも使っている。

そこに、松枝がやって来た。熊楠は何げなく「ヒキ六は？」と尋ねる。

「昼寝しとります。ちっと、よろしいですか」

熊楠のぎょろりとした眼《まなこ》が、松枝に向けられた。

「何じゃ」

「このところ神社の合祀にえらい反対なさってますね。今日も町会所で演説会とか」

「我《あが》は喋らんがな。それが？」

「この辺で、手ぇ引いてくれませんか」

松枝の一言を聞くや、見る間に熊楠の顔が朱に染まった。

「何やと！」

猛犬が吠えるかのような怒声にも怯まず、松枝は平然としている。

「我《あが》の姉妹やその夫が官職に就いてること、ご存じのはず」

松枝の姉は教職についており、妹の夫は裁判官であった。その事実は熊楠も知っている。

「お上に楯突くようなことしたら、身内に迷惑がかかります。それに神社合祀はずっと前に政府の偉い人らが決めたことです。今更反対したとこで、覆《くつがえ》りません」

熊楠は渋面を作った。松枝が合祀反対運動を快く思っていないことは、薄々感じていた。だが、身内に迷惑がかかるからという理由だけで、己の分身である紀州の森を失うわけにはいかない。

「仮にも神職の娘たるお前《まん》が、合祀に賛成するか。意に反して社を抹消される、神職や氏子の無念さがわからんか」

「難しいことは知りません。ただ、お上の決めたことには従うもんです。従わなあかんからお上と呼ぶんです」

「松枝、お前《まん》、お前は……」

久方ぶりに真正面から苦言を突き付けられた熊楠は、ぎりぎりと音が鳴るほど歯嚙みした。

「黙っとれ。お前は関係ない」

「黙れへんから言うてるんです。南方家のことで済むなら我慢もできます。けど、田村の家に迷惑がかかるんを、放っとくわけにはいきません」

「ほいたら、我《あが》に研究を止めよ、言うんか！」

「そがなこと言うてません。反対運動はしまいにしてください、と言うてます」

二人の応酬は小一時間も続き、ついには熊楠のほうが家を飛び出した。

——お上、お上とやかましい女め。

——所詮、松枝は学問を何らわかっとらん。考えとるのは体面だけじゃ。

——酒じゃ。酒で忘れよ。

憤慨する声々に焚きつけられ、熊楠は知人の家に転がり込んで、そのまま酒盛りをはじめた。ビールや清酒をしこたま飲み、夕刻にはすっかり泥酔していた。赤ら顔でくだを巻いていた熊楠だが、ふと、演説会がはじまっていることを思い出した。

「行かんならん」

慌てて飛び出した熊楠は、一目散に町会所へ向かう。

会場には百名ほどの聴衆が詰めかけていた。壁際では巡査が目を光らせている。見たところ、毛利は不在のようだ。演壇では顔見知りの弁護士が熱弁している最中だった。彼は千鳥足で入ってきた熊楠を発見すると、「皆さん」と声を張り上げた。

「世界的大学者、南方熊楠先生が駆けつけてくださった！」

聴衆の視線が、一斉に熊楠に向けられる。赤ら顔の熊楠は片手を挙げ、「やあやあ」とだみ声で応じた。町民たちのなかには、突如乱入してきた酔漢に侮蔑の視線を投げる者もいる。

壇上の弁護士は、熊楠に手を差しのべた。

「南方先生、よかったら一言いかがです」

「そうかよぉ？」

おだてられた熊楠は、へらへら笑いながら演壇へ歩み寄る。壇上へ上がろうとしたところ、段を踏み外してたたらを踏んだ。それを見ていた見知らぬ男が「酔っ払いは引っ込め」と野次を飛ばしたが、熊楠には聞こえない。

「えぇ、初めまして。南方です。少しばかり酒を嗜《たしな》んだとこでして」

熊楠は弁護士を押しのけ、呂律《ろれつ》の回らない口ぶりで語りだした。明らかに様子がおかしいとわかった聴衆がざわめきはじめる。熊楠は一向に構わず、「僭越ながら一節《ひとふし》」と断り、咳払いをして歌い出した。

「冬のぉ夜寒《よさむ》にぃ、身にそいねるはぁ、川で濡らしたぁ、破れ足袋《たび》ぃ」

自作の都々逸《どどいつ》が会場に響き渡ると、前列にいた男たちが顔をしかめ、耳を塞いだ。見かねた巡査が壇上に飛んできて、「降りなさい」とたしなめる。

「やかましい。官憲の手先がっ！　いてもうたら！」

熊楠は両手の拳を握りしめ、でたらめに振り回す。巡査は素早く背後に回り込んで、羽交い絞めにした。野次は止まらず、「引きずり下ろせ」「牢屋に入れぇ」などという怒声が壇上にまで届いた。

「こら！　しょうないこと言うたん、誰《だえ》じゃ！」

熊楠は両手を封じられながら、聴衆に向かって唾を吐きかけた。ぎゃあ、と悲鳴が上がり、町民たちが逃げ惑う。もはや収拾がつかない。熊楠は巡査によって無理やり演壇から降ろされた。

「なんじゃ、逮捕するんか。ええ。監獄に入れてみぃ、阿呆《あっぽけ》！」

啖呵を切る熊楠と巡査の間に割って入ったのは、偶然居合わせた飲み友達だった。「石工の友《とも》吉《きち》」であることから、石友《いしとも》というあだ名で呼ばれている五つ上の男である。石友は巡査に断ってから、仕事で鍛えた腕力で熊楠を出入口まで引きずっていった。

「熊やん。こがなとこ出て、あっちで飲もら」

「こいつ、この我《あが》を、逮捕しようとしくさんねや」

「わかった、わかった。もうええ」

「石友ぉ。小便が漏れそうじゃ」

石友はいまだに喚いている熊楠を「ええ加減にせぇ」と一喝し、町会所の外へ連れ出した。去っていく熊楠の視界に映ったのは、ざわついている聴衆と険しい顔の巡査、途方に暮れた顔の弁護士だった。

この騒動はすぐさま町中に知れ渡り、後日、『牟婁新報』の紙面に毛利による熊楠擁護の記事が掲載されることとなった。

松枝の反応は、言うまでもなく冷ややかである。毛利の記事が載った日、松枝は夕食の席で「えらい大騒ぎやったそうですね」と切り出した。熊楠は味噌汁の椀を片手に、首をひねってとぼける。

「何のこっちゃ」

「お上手な都々逸やったそうで」

挑発的な言いように、熊楠の顔は赤くなる。

「酔っとらんかったら、あがな失態はせん」

「だから、手を引いてくださいと言うたのに」

「関係ない。反対運動は続ける」

「巡査さんの手ぇ煩わすようなことは、控えてください」

教師のような物言いに、ふん、と熊楠は鼻を鳴らす。

「お前《まん》は森がなくなってもええんか。鎮守の森には、まだ我《あが》らの知らん生命が無数に息づいちゃる。その森を喪《うしな》うんは、日本の、人類の損失じゃ。今後も運動に口出すようやったら、この家から出ていきぃ」

当然、本心から言っているのではない。家を出ろ、というのは、松枝に腹が立った時の熊楠の口癖で、己は怒っているという意思表明のようなものだった。

実はすでに一度、松枝は実際に家出をしている。熊弥が生まれた翌年のことで、その時は実家の田村家に帰ったまま三か月戻ってこなかった。さすがの熊楠も、二度目は御免だ。

「そうですか」

松枝は抑揚のない声で答え、自分も味噌汁を啜る。二人の間に座っている熊弥が、父母の顔を交互に見やっていた。

それから半月も経たぬうち、熊楠と松枝はまたも派手な夫婦喧嘩をやらかした。熊楠が怒鳴り散らし、気丈な松枝は泣いて反論した。腹に据えかねた松枝は、とうとう熊弥と女中《およどん》を連れて飛び出した。石友の妻を頼って先方の家に泊まり込み、その夜は帰らなかった。

頭を抱えたのは熊楠である。とうとう、二度目の家出が起こってしまった。妻に帰宅を乞うのは癪だが、背に腹は代えられない。翌朝、石友の家へ迎えに行った熊楠は松枝の前で頭を下げた。

「我《あが》が悪かった。帰ってくれ」

こうして、何とか妻子は中丁《なかちょう》の屋敷へと戻った。

――我《あが》は、何をやっとんじゃ。

屋敷への帰り道、熊楠は嘆息せずにはいられなかった。

師走に入り、温暖な田辺にも寒風が吹きはじめた。

片町《かたまち》の銭湯で湯を浴びた熊楠が自宅に帰ると、『牟婁新報』の記者が待ち構えていた。雑賀《さいか》貞《てい》次郎《じろう》という、二十代なかばの若手である。刈り込んだ頭から湯気を立ち上らせた熊楠は、雑賀を部屋に通した。

「夜分遅くにすみません」

「ええんや、雑賀君」

雑賀が部屋を歩くと、少しずつ左側へと寄っていく。眼病のために左目が見えないことが影響しているようだった。彼の左目は右目と違う方角を向いており、その風貌のために揶揄《やゆ》されることもままあるという。だが雑賀は眼病を背負いつつも後ろ向きにならず、記者として仕事をやり抜こうとしている。その姿勢が、熊楠には好ましく思えた。

熊楠が『牟婁新報』へ寄稿するようになって以来、雑賀は県内の合祀の状況を調べたり、役場との連絡係を買って出たり、何かと奔走している。その雑賀が上目遣いに熊楠を見ていた。

「先生《せんせ》。駿河屋《するがや》でアンパン買《こ》うてきたんで、夜のお供によかったら」

「おお、気ぃ利くな」

熊楠は相好を崩して、紙袋を受け取る。徹夜の研究では、アンパン片手に書物を読んだり、顕微鏡を覗くのが常だった。「ほんで?」と熊楠が本題を促すと、雑賀は口元を引き締める。

「一昨日、横手《よこて》八幡《はちまん》が御霊《ごりよう》さんに合祀されたんはご存じですか」

「なんやと」

初耳であった。雑賀が言うには、近隣の八幡神社が蟻通神社《ありとおしじんじゃ》——通称「御霊さん」に合祀されたという。

雑賀いわく、これまで合祀された神社の大半で鎮守の森が伐られている。鳥居や石段が片付けられず、打ち捨てられている例も少なくない。この八幡神社も同様の顛末《てんまつ》をたどる見込みがあった。

とりわけ熊楠が気にしているのは、田辺湾に浮かぶ神島《かしま》である。

「いずれ、神島も丸裸にされる。早う何とか《なっとか》せんならん」

神島の神社も今夏に合祀され、すでに伐採の計画が進んでいると聞いていた。苛立たしげに紫煙をくゆらせる熊楠に、雑賀は「先生《せんせ》」と改まった口調で言う。

「毛利主筆にはいまだ内密にするよう言われとるんですが……実は先日来、主筆から中村《なかむら》代議士へ、反対運動に関する協力を要請しております」

熊楠は「ほんまか」と身を乗り出した。中村啓次郎《けいじろう》は、昨年の総選挙で選出された和歌山出身の国会議員である。中村の協力が得られれば、国会経由で政府に圧力をかけることができる。権力の類を忌み嫌う熊楠だが、もはや手段を選んではいられない。

「そこでご相談です。もしも中村代議士への協力要請が上首尾にいけば、国会での質疑もあり得ます。その時質疑の根拠となるんは、南方先生の論考です。先生にはそのつもりで、年明けから改めて神社合祀反対の論考執筆をお願いしたいのです。なんぼ長《なご》なっても構いません。紙面には分載します」

「なるほど。我《あが》はええが、毛利が承知するんか」

「却下はせんでしょう。仮に難色を示しても、私が何とか《なっとか》します」

雑賀は片頬を吊り上げて笑《え》んだ。応じるように、熊楠も歯を見せる。

――気骨のあるやっちゃ。

熊楠はしばし、雑賀と今後の展望について話し合った。合祀反対運動における熊楠の役割は定まりつつある。

一つは、記事の執筆を通じて運動の理論的支柱となること。ずば抜けた知識量を誇る熊楠は、鎮守の森の重要性を論じるだけでなく、他国の事例などを引きつつ、反対運動の正当性を主張することができた。

もう一つの役割は、県内に散らばる合祀反対者たちの情報網を築くことだった。各地に同志がいると知るや、熊楠はまめに手紙を出し、当地の様子をうかがった。頻繁に情報交換することで、運動を一地域の問題ではなく、和歌山県全土へ盛り上げようと画策していた。

話が一段落すると、熊楠は書物の山から一冊つかみ出した。

「こいは面白《おもしゃ》かった。雑賀君も読んだらええ」

手にしているのは『名家漫筆集』という随筆集だった。

「我はもう読んだ。あげるわ」

「ええんですか」

雑賀の顔がぱっと明るくなる。この表情が見たくて、熊楠はたびたび蔵書を雑賀に与えている。風貌はまったく異なるが、その目の輝きは、どこか少年時代の羽山《はやま》兄弟を思い出させた。

二時間ほどして雑賀は帰っていった。台所へ水を飲みに行くと、熊弥を寝かしつけた松枝と遭遇した。

「雑賀さんと、えらい盛り上がってましたね」

湿った目つきの松枝から視線を逸らす。熊楠は「左様《さよ》か？」ととぼけた。

「どうせ、懲りずに悪だくみしてるんでしょう」

――何が悪だくみか。

本当は一喝してやりたいところだが、熊楠は堪えた。水で口のなかをゆすぎ、苦い顔でそれを飲み下す。松枝はふん、と鼻から息を吐いて、寝床へ去っていった。心なしか、足音が平生より大きい。

――また出ていかれたらかなわん。

熊楠は暗い台所で首をすくめた。熊楠にも強情だという自覚はあったが、妻も負けず劣らずの頑固者である。

部屋に戻って煙草をふかしていると、「鬩の声」がした。

――嫁に説教もできんたぁ、熊やんもつまらない人間《あいそない》になった。

――こいも戦術じゃ。ええように言わしたれ。

――世界的大学者が聞いて呆れるろ。

熊楠は黙って紫煙を吐く。このところ、頭のなかの声を聞き流す術を覚えた。かつてはこの声が耳障りで、すぐにでも消えてほしいと願っていたが、今はそこまで気にならない。むしろ、聞こえなければ寂しいくらいだった。

「我《あが》はくだらん人間になったんか」

その問いに、熊楠はすぐさま否と答えることができなかった。ロンドンにいた頃の熱気も、那智に籠っていた頃の霊感もない。

だが、この数年で身辺は大きく変わった。妻子ができ、仲間に囲まれ、田辺の地に根を張りつつある。人は、居所を定めた熊楠を退屈になったと言うかもしれぬ。より鋭く、より眩《まばゆ》くあれ、と求めるかもしれぬ。ただ、熊楠は今の己が嫌いではない。

「これも、世界を知るためじゃ」

誰に聞かせるともなく、熊楠はつぶやいた。


年の瀬、熊楠は夢を見た。

瞼を開けると、砂浜に立っていた。

冷たい海風が絶え間なく吹きつける。浜辺には貝殻の破片や乾いた海藻が散らばり、黒褐色の岩が転がっていた。顔を上げると、灰色の空の下に師走の海が広がっている。透き通った海の底で、小魚が群れをなしている。海の向こうには鳥巣半島《とりのすはんとう》の陸地が見えた。熊楠は、その風景から己が立っている場所を悟った。

——神島《かしま》か。

背後には鬱蒼とした森が広がっている。熊楠は森のなかへ迷いなく足を踏み入れていた。地面は下草や枯枝に覆われ、油断すると蔓に足を取られそうだ。羊歯《しだ》を踏み、灌木を払いながら、熊楠は島の中心部へと進んでいく。

冬の森はひっそりとしていた。枝や葉を踏むたび、乾いた音がする。

森を抜けると、熊楠は崖の斜面に出た。そこには一面に蔓植物が密生していた。足元の落ち葉を拾い上げ、観察する。幅広い葉の先端は、大きくへこんでいた。蔓と葉の特徴から、この植物が彎珠《わんじゅ》であると知れた。

岩壁には黒々とした太い蔓が、びっしりと這っている。あたかも無数の蛇がうごめいているようであった。熊楠はその蔓に触れてみる。乾いてひび割れた表面が、指先にうっすらと傷をつけた。

ここには、求めるものはないようだった。そもそも己が何を求めているのかも、よくわからない。熊楠は来た道を引き返し、再び同じ砂浜へ出た。浜は曇天に覆われ、白灰色の小波が打ち寄せている。船はなく、人の姿もない。

異変を感知したのは、辺りを見渡した時だった。浜の端に先刻までなかったはずの鳥居が現れていた。熊楠は眉をひそめ、その前に立つ。灰色の柱は長らく風雨に晒されたせいか、粗い手触りだった。掲げられた神額《しんがく》には何か記されているが、文字がかすれて読み取れない。

熊楠は、己の記憶が間違っているのかもしれないと思いはじめた。合祀されたとはいえ、神島には確かに神社があった。その神社の鳥居が放置され、残っているだけなのではないか。しかし、こんな場所にあっただろうか――。

瞬きをした次の瞬間、熊楠は自宅の布団で目覚めた。

——こらいったい、何じゃ。

むしょうに胸騒ぎを覚えた熊楠は、早朝に自宅を発った。浜辺にいた知り合いの漁師に船を出してもらい、湾内の神島へ向かう。

冬の砂浜は夢と同じくらい寒く、寂しい気配が漂っていた。隈なく浜を歩き回ったが、どこにも鳥居はない。さほど広くもない浜辺には、味気ない石くれが転がっているだけである。熊楠は同行した漁師に尋ねた。

「この浜辺に、鳥居がなかったか」

「鳥居？　あった気ぃもするけど、どやろな」

煙草をふかしながら、漁師は首をひねる。彼は端から神島に興味がないようだった。

熊楠は浜辺に立ち尽くした。鳥居の役目は、俗世と神域を隔てることにある。夢のなかで鳥居を見たことは、天上からの啓示に思えてならなかった。声なき声で、神島を失ってはならぬ、と何者かが叫んでいる。

帰還する船のなかで、熊楠は波に揺られながら、遠ざかる島を見つめた。そして内心で誓う。必ずや、この島を守ってみせる、と。

年明け、熊楠は闘雞神社《とうけいじんじゃ》の裏にある仮庵山《かりほやま》の森で採集を行っていた。

反対運動の合間を縫って、熊楠はせっせと粘菌や隠花植物を集めている。他の神社と同様、闘雞神社の森も欠かせない採集場所の一つであった。

冬の日暮れは早い。辺りはすっぽりと闇に包まれていた。ブリキの胴乱を肩にかけた熊楠は、提灯も電灯も持っていない。夜目が利くとはいえ、手つかずの野山では足元が不安である。木の根で滑って転倒しても、助けを求める相手はいない。一歩ずつ、草履の裏の感触を確かめながら進む。

苦心して山の麓まで下ったところで、行く手の境内に灯が見えた。相手も熊楠の存在を認めたのか、こちらへ近づいてくる。その足音に聞き覚えがあった。だんだんと大きくなってくる灯のなかに、見知った顔が浮かぶ。

「お前《まん》か」

羽織を着た松枝は、ぴしりと背筋を伸ばし、提灯を手にしている。闘雞神社宮司の娘である松枝にとって、この境内は庭のようなものである。熊楠がどこから下りてくるか察したうえで、待ち構えていたに違いない。

松枝が夫の採集場所に姿を見せるのは珍しかった。境内に降り立った熊楠は、白い息を吐いて松枝の顔を見やる。

「なんじゃ。わざわざ出迎えか」

普段と違う行いをするということは、何か目論見があるに違いない。大方、合祀反対運動を取りやめろと小言でも言いに来たのだろう。熊楠はそんなことを考えたが、松枝の口から転び出た言葉は予想と違っていた。

「熊弥が父《とと》ぅ、父ぅ、と泣き止まんのです。早いとこ、帰ってください」

吐きかけた悪態を、熊楠はぐっと呑み込む。熊弥が寂しがっていると聞けば、従わないわけにはいかない。息子に罪はない。

人気《ひとけ》のない石畳の上を、二人肩を並べて歩く。社殿前の二の鳥居を通り抜け、参道をまっすぐに進む。霧のような呼気が生まれては消えた。なぜだか熊楠は、山中にいるときよりも寒く感じた。

松枝は前を見据えたまま、夫のほうを振り向きもせずに口を開く。

「一つ、訊いてもよいですか」

「ならん言うても、黙っとらんくせに」

熊楠は苦々しい顔で応じる。熊楠の出迎えに女中《およどん》を寄越さず、わざわざ自分で足を運んだのにはやはり理由があったらしい。

「そこまで神社合祀に反対する訳を、聞かしてくれませんか」

松枝は張り詰めた声で問うた。だが熊楠はその質問に答えず、足を動かし続ける。

夫婦は互いに沈黙したまま参道を進んだ。一の鳥居をくぐり、松枝の生家——田村の家の前に差しかかる。そこで熊楠は唐突に歩みを止めた。身体の向きを反転させ、神社に正面から相対する。社殿の背後には、黒々とした仮庵山の影がうずくまっていた。

「見てみぃ」

呼応するように松枝は提灯を掲げ、首をかしげる。何を見るのか、と夫に問うているようだった。

「お前《まん》、ほんまにこの風景が消えてもええと思うか」

言われた松枝は、目前に広がる光景を凝視した。

闘雞神社は夜の底で眠っている。冬風が吹き、枯葉が擦れる音が聞こえた。澄んだ夜空には、砕けた硝子片に似た星々がきらめいている。きんと冴えた空気には、無数の生命の息遣いが満ちていた。

傍らには、明かりを消した田村の家がひっそりとたたずんでいる。ここから見えるのは、松枝が幼い頃から幾千回と目にしてきた景色だった。

「闘雞神社が消えてなくなるて、言いたいんですか」

松枝の声は静かだが、隠しきれぬ憤懣《ふんまん》が滲んでいる。仮にも田辺の総産土神《そううぶすなかみ》である。合祀する側ではあっても、どこぞの神社に合祀されてなくなることは考えにくかった。それは熊楠も承知している。

「我《あ》らの代《が》で、それはない」

「ほいたら……」

「しかしよう。百年後、二百年後も続くかどうかは知らん。千年続いたかて、この先千年続くとは限らん。ここで食い止めな、歯止めが効かんようなる。いつ何時、日本全土の神社を廃止せぇと号令がかかるかもわからん。そうなってもたら、しまいじゃ」

合祀の勢いはいまだ緩んでいない。今後仮庵山の森が狙われないとは、誰にも言い切れなかった。

「神職の子ぉやったら知っとるやろ。合祀された神社は二度と戻らん。いっぺん消えたら未来永劫、蘇ることはない」

松枝はうんともすんとも言わず、黙って社殿の方角を見つめていた。彼女が生まれ育ったこの神社には、数知れぬ思い出が刻まれているはずだ。万が一、この社殿や鳥居、鎮守の森が失われるような事態になれば――。

熊楠は、ぼうと照らされた松枝の横顔を見た。

「我《あが》は、お前《まん》の故郷《ふるさと》を守りたい」

それは偽りなき本心だった。

松枝は結婚の前から、熊楠の厄介さをよく知っていた。身辺には無頓着で、酔って暴れ、たびたび知人と諍いを起こす。そういう人間であることを承知のうえで、妻となったのだ。派手に言い争い、時には実家へ帰ることがあっても、松枝はいまだ熊楠の妻であり続けている。松枝でなければとうに夫婦関係は破綻していた。それは熊楠自身、よくよく理解している。

熊楠には、松枝に返せるものが何一つない。豪勢な暮らしができる甲斐性もなく、誇れる肩書きもない。あるのは、脳味噌に詰めこんだおびただしい知識くらいである。ならばせめて、この知識を松枝の故郷を守ることに捧げたかった。

神社が消えれば、自然が消え、歴史が消える。それは研究の徒を自負する熊楠にとって許しがたい。ただ、神社は研究の場であると同時に、松枝の心の拠り所でもある。その神社が滅びるような事態は、万が一にもあってはならなかった。

「そがなこと、思《おも》てたんですか」

松枝はあくまで冷静だった。涙を流すことも、声を震わせることもない。ただ、提灯の灯が細かく揺れていた。

「行こら」

熊楠が声をかけると、松枝は頷いた。二人は歩調を合わせて歩み出す。

「駿河屋のアンパン、買うてあるか」

「五個で足りますか」

「十分じゃ」

これから、帰宅して研究の続きをせねばならない。熊楠は一の鳥居に背を向け、松枝とともに闇のなかをまっすぐ進んでいった。


四月、町議選挙の投票日。田辺は殺気立っていた。

現職のほか、町政刷新派として毛利清雅をはじめとする数名が立候補している。町議という立場を得れば、じかに町政に関わることができる。合祀反対運動にとって、大きな前進となることは間違いなかった。

町内では対立候補の支援者同士が殴り合い、そのたび巡査が駆け回り、ただならぬ気配が充満している。

熊楠は目下作成中の改訂版粘菌目録を完成させるため、自宅で標本を整理していた。だが選挙の結果が気になり、十分ごとに作業を中断する始末だった。

このところ、合祀反対運動への追い風が吹いている実感はある。

一月には、熊楠の運動を紹介する記事が『大阪毎日新聞』に掲載された。おかげで熊楠の存在は、和歌山県外にも広く知られはじめている。

先月は、中村啓次郎代議士が連名で「神社合祀ニ関スル質問主意書」を帝国議会に提出した。内務大臣の返答はそっけなかったが、中村は食い下がり、主意書の再提出と質問演説を行った。毛利いわく、中村は演説原稿の執筆にあたって熊楠の論考を大いに参考にしたという。

夕刻、検鏡の最中に庭で何かが動く気配があった。顕微鏡から顔を離すと、枯葉まみれの庭に一匹の猫がいた。茶色に黒い縞が入った猫は、注意深く様子を窺っている。熊楠は相好を崩して手招きをした。

「なんじゃ。飯食いに来たか」

この辺りに住む顔見知りの野良猫であった。台所にあった味噌汁を器に入れて庭に出してやると、猫はぺろぺろと舐めだす。

その姿を眺めながら煙草をふかしていると、盛大なくしゃみが出た。

――これは吉兆か、凶兆か。

洟をすすりつつ、熊楠はくしゃみに関する俗信を思い起こしていた。江戸時代後期の風俗について記された『嬉遊笑覧《きゆうしょうらん》』によれば、くしゃみはインドで不吉な兆候とされていたらしい。また、『トンガ諸島原住民についての報告』では遠出前のくしゃみは悪い予兆とされている。一方で清《せい》少納言《しょうなごん》の時代には、元旦のくしゃみは長寿を約束すると言われていた。結句、人の捉え方一つということである。

「毛利が負けるとは、よう思わんが」

己を鼓舞するようにつぶやいた直後、塀の向こうから、わっ、と快哉《かいさい》を叫ぶ声がした。開票結果が出たのだろうか。熊楠は腰を浮かせ、塀の外の会話に耳をそばだてたが、今一つ聞き取れない。猫が邪魔をするように、なあお、と鳴いた。

標本の整理も手につかず、ひたすら煙草を吸っていると、やがて玄関のほうから「南方先生」と呼ばわる声がした。『牟婁新報』の雑賀の声だ。熊楠は立ち上がり、玄関先まで飛んでいった。息を切らした雑賀が、膝に手をついて呼吸を整えていた。

「毛利は勝ったか」

「はいっ。刷新派は軒並み当選です」

熊楠は「よっしゃ！」と叫んで諸手を上げた。通りかかった女中《およどん》がびくりと肩を震わせたが、そんなことには構わず、熊楠は「万歳、万歳」と叫び続けた。

——ええぞ、熊やん。運動は着実に前へ進んでる。

——油断したあかん。鎮守の森は刻一刻と失われとる。

——しかし前進は前進。これで無茶《わや》な合祀はできやんようになる。

そのまま雑賀と立ち話をしていると、大声を聞きつけた熊弥がやって来た。足元にまとわりつき、構ってほしそうに熊楠を見上げている。

「ヒキ六、雑賀君に挨拶せぇ」

促すと、熊弥はもじもじしながら小声で「こんにちは」と言った。雑賀はしゃがみこんで熊弥と目の高さを合わせ、微笑みかける。

「こんにちは。歳、いくつ？」

「二つ」

熊楠は横から「六月で三つじゃ」と口を挟む。

「わんわん泣いとっても、書物を読み聞かせたら泣き止む。こないだは、ミミズ見て可愛《かえ》らし、可愛らし、言うとった。ヒキ六は見所がある。大きなったら、我《あが》を超える大学者になること請け合いじゃ」

べらべらと話す熊楠に、雑賀は真剣な顔で相槌を打つ。

「道理で、賢い顔をしている」

「せやろ」

いっそう浮かれる熊楠の横で、当の熊弥は退屈そうな顔をしていた。父親が客人とばかり話しているのが面白くないらしい。じきに、ぷいと去ってしまった。

「とにかく祝い酒じゃ。石友にも教えたらな」

熊楠は下駄を履き、雑賀を連れて外に出た。また泥酔して失敗せぬよう、このところ派手な遊びは控えている。だが今日だけは、見境なくはしゃぎたかった。

熊楠が和歌山市内の南方家を訪れたのは、八月のことだった。

弟常楠が経営する南方酒造の敷地内には、熊楠の標本や書物を保管するための蔵がある。アメリカにいた時分から今まで、常楠は兄が送ってくる雑多な品々を収蔵し、防虫剤の入れ替えまでやっていた。その間、熊楠への送金を怠ったこともない。また、研究用具や衣類を送り届けてやるのも常楠の役目だった。

熊楠が和歌山に来たのは、蔵に保管されている品を整理するためだ。なかには長らく放置しているものや、所在不明の標本もある。この一週間、熊楠は邸内の部屋で起居しつつ蔵の整理に励んでいた。当然、滞在中の食事などは常楠の世話になっている。

その夜は二人して、近くにある姉くまの嫁ぎ先を訪ねた。久々に顔を合わせたこともあって、くまやその夫を交えた酒席は盛り上がった。

夜更けに辞した熊楠と常楠は、酔い覚ましに元寺町《もとでらまち》の小路を散歩した。和歌山城の方角から、生ぬるい風が吹いている。兄弟はしばし姉夫婦の噂話などしていたが、ふと、熊楠は酔った目を弟に向けた。

「お前《まん》、酒蔵の経営はどうなら」

酒に酔った熊楠の足取りはおぼつかない。くわえた煙草の火は左右にゆらめいていた。一方の常楠は当主らしく、背筋を正して歩を進めている。手にした提灯はほとんど揺れていなかった。

「兄《にい》やんがそがなこと訊くとは、珍しわ」

常楠は、人前では「熊楠さん」と呼ぶが、二人きりになると少年の頃と同じように「兄《にい》やん」

と呼ぶ。

「さあよう。気になったから」

「一頃《ひところ》よりはマシやいて。二、三年前がどん底じゃ」

日露戦後の恐慌については、経済に疎い熊楠も耳にした覚えがあった。

「そうは言うても、南方酒造は順調やろ」

「兄やんは経営のこと、知らんだけじゃ」

常楠のため息には、言い知れぬ苦労と、兄に話したところで無駄であろうという諦めが滲んでいた。

「ほいたら、傾いてるんか」

「そがなことない。妙な勘繰り、やめぇな」

「お前《まん》が素直に認めんからじゃ」

兄弟は歩調を合わせて西へと歩く。提灯の光が映す弟の目尻はたるみ、思いのほか深い皺が刻まれていた。頭髪には白いものも交じっている。熊楠も最近、老眼鏡を使っている。今年で熊楠は四十三、常楠は四十であった。

「我《あが》らも年とったのう」

兄の視線に気づいた常楠が、そうつぶやいた。

「そうけぇ？」

「四十過ぎたら、己だけやなくて他人のことも考えやなあかん。子どもはまだまだ手ぇかかる、従業員の世話もある、銀行とも付き合わんならん。肩書きだけ偉なって、その実やってることは、我《あが》でなくてもええ雑用ばっかいじゃ」

常楠は放蕩者の長兄や異能の次兄と違って、経営の才に恵まれた常識人だった。父の遺した基盤を受け継ぎ、南方酒造という船を見事に操っている常楠の胸にも、悔恨の火はくすぶっているようだ。

「我は、兄《にい》やんが羨ましい」

常楠がぽつりとこぼした。

「兄やんは天狗《てんぎゃん》じゃ。凡百の学者では及びもつかん、図抜けた才の持ち主じゃ。我は金の勘定ならちっとばかしできる。でも兄やんにとっての学問みたいに、一生を賭けちゃら、と思えるもんがない」

熊楠は「そうか」と応じた。己のせいで常楠の人生をねじ曲げたのではないか、という罪悪感が、ほんの少しだけ軽くなった。

常楠は、はにかんだように笑う。

「兄やんが那智を出ると聞いたとき、ほんまのこと言うたら、ちっとがっかりした」

「お前《まん》が？」

「那智山は南方熊楠には似合いの舞台じゃ。里から離れた山中で、自然と対話しながら、人知れず研究に没頭する。まさに天狗《てんぎゃん》や。せやさけ下山するって聞いて、兄やんもやっぱり人の子ぉやったんやと思た」

熊楠は無言で煙を吐いた。

常楠にその気はないのだろうが、四十を過ぎて天狗天狗と言われるのは、むしろ貶《おとし》められているようだった。常楠の兄への憧れは、幼少期のまま止まっている。生身の熊楠はもうそこにはいない。妻を娶《めと》り、子をもうけ、田辺という町に根付いている。しかし常楠にとって、兄はいつまでも人智を超えた存在でなければならないらしい。

「天狗やない。我《あが》は人間じゃ」

熊楠は、当たり前のことを口にしたまでだった。だがそれを聞いた常楠は、不愉快そうに口をとがらせる。

「そら、せやけど」

「我は、那智から田辺に移ってよかったと思う」

建前ではなく、それが本心だった。

「那智では、他者と交わる術を知らんかった。お父《と》はんやお前《まん》の世話にはなっとったが、真剣に他者と向き合うことをせなんだ。けども、田辺に来てからようわかった。他者を凝視することこそが、己を見つめることになる。我は、孤独に生きる天狗にはなれん。群れて暮らす人間の一人じゃ」

いつしか常楠が立ち止まっていることに、熊楠は数歩行き過ぎてから気が付いた。提灯の光が届いていないせいで、弟の表情はわからない。

「常楠？」

ほのかな潮の香が鼻先をかすめた。香りは、すぐ近くを流れる市堀川《しほりかわ》から漂っているようだった。

「兄《にい》やんは、所帯が研究の妨げになるとは思わんか？」

常楠の声はいささか張りを失っていた。質問の意図はわからなかったが、熊楠は率直に答える。

「そら、松枝が我《あが》のやることに反対するときもあるし、熊弥がいたずらする時もあら。夜泣きなんぞされたら、徹夜の研究が邪魔されてかなわん」

「ほら。やっぱい、兄やんに所帯は向いてへん」

「けどな、もう松枝や熊弥のおらん生活はよう考えやん」

酒の酔いと、実弟への気の緩みが、熊楠の口を軽くしていた。

「たとえ研究が滞っても、松枝と一緒に熊弥を抱いとったら、それでええような心持ちがする。一人でできやんことは、毛利や雑賀君の力を借りたらええ。銭湯に入って、喜多幅や石友とビールでも飲んだら、しょうないことは全部《でんぶ》忘れられる。我はこがな世界、知らんかった。我は世界のことを何もかも知っちゃあるつもりやったけども、何も知らんかった」

常楠の応《いら》えはなかった。黙って再び歩き出した常楠は、真顔であった。兄を追い越し、市堀川にかかる伝法橋《でんぽうばし》を渡る。熊楠はその後を追いかける。行く手には、湊紺屋町《みなとこんやまち》にある南方酒造の建屋が見えはじめていた。

「つまらない《あいそない》」

ぼそりと口にした常楠の言葉は、かろうじて熊楠の耳に届いた。

「そがなこと言われても、嘘はつけやん」

「誰《だえ》が嘘つけ、言うた？」

「どうした、常楠。何ぞ好かんことでも言うたか」

常楠は振り返ることなくずんずん前へ進む。熊楠は煙を吐きながら、横に並ぶ。

「……下がりおって」

かろうじて、常楠がそう言ったのは聞き取れた。熊楠はかすかに聞こえた言葉をたぐりよせ、数秒後に弟が何と言ったのか理解した。

——凡夫《ぼんぷ》に成り下がりおって。

熊楠は、隣の常楠を見やる。こちらを見ようともしない弟の横顔には、傷心の色が濃く浮かんでいた。


一週間余の所蔵品整理を終え、田辺に戻った熊楠は、その翌朝に毛利のもとへ向かった。前夜訪ねてきた雑賀から、このような話を聞いたためである。

「ちょうど今、中学校で教育会主催の講習会をやっとります」

「なんじゃ、そら」

「遠方から先生らを呼んで、林学やら種々の講義をしてるみたいです。私もちっと顔出しまして。講義はまあ、それなりのもんですわ。明日《あいた》が最終日です」

さして興味をそそられなかった熊楠だが、進行役を務める県の役人の名前を聞いて、顔色が変わった。その男はかつて社寺係にいた折、強引な合祀を主導した人物だという噂を聞いたことがあった。顔と名前は知っているが、面識はない。

「いっぺん指導したらなあかん」

こういう時、頼りになるのは町議となった毛利である。雑賀から聞くに、毛利も講習会には出るという。ならばその場で紹介してもらえばいい。

熊楠は浴衣に信玄袋一つという、身軽な格好で『牟婁新報』の社屋へ立ち寄った。書斎で書き物をしていた毛利は、「長旅でしたな」と熊楠を出迎えたが、すぐに顔をしかめた。

「熊楠さん、酔うてるんでっか」

実は、早朝からビールをしこたま飲んでいた。夜通し読書をして喉が渇き、一本また一本と飲んでいるうち、十本以上の瓶を空にしてしまった。酔いのせいで熊楠の目は焦点が合わず、呂律も怪しい。

毛利に例の役人の紹介を頼むと、二つ返事で請け負ってくれた。

「閉会式が昼で終わるから、そしたら紹介します。それでどうです」

「わかった、わかった」

「我《あが》はこれから講習会に行きます。先生は午後まで寝たしかええ。一人で帰れますか?」

熊楠は「無論」と言って、毛利に手を振り外へ出る。途中までは自宅に向かっていたが、神経が高ぶり、このまま横になっても寝付けないと判断した。今少し酒を入れたいが、家にはもうビールが残っていない。

いつの間にか、足は馴染みの酒屋に向いていた。店主に清酒を用意してもらい、コップで三合ほど干した。店の隅で朝から酒を飲んでいるうち、だんだん怒りが込み上げてきた。

——なんで、我が出向いたらなあかんのや。

熊楠は以前にも、合祀反対の直訴のため役所へ出向いたことがあった。間違っているのは合祀を強行する役人であり、己に恥じるところはない。それなのに再三こちらが足を運ばねばならないのは、合点がいかぬ。泥酔した熊楠の脳内に、身勝手な声が湧く。

——あいつら《てきや》、毎度毎度偉そうに呼び出しくさってからに。

——役人が熊やんの家でひれ伏すんが道理じゃ。

——これから首根っこ摑《つか》まえて、家まで引きずったったらええ。

「我が、道理を教えたる」

熊楠はコップに残っていた酒をぐいと飲み干し、酒屋を出た。もはや、昼までひと眠りどころではない。すぐにでも県吏《けんり》を捕らえて、熊楠の自宅まで連行しなければ気が済まぬ。講習会など知ったことではなかった。

ひどく暑い日だった。往来を歩く熊楠の耳を、蟬の旺盛な鳴き声がつんざく。太陽は南中の位置に近づいていた。今にも火傷を負いそうな、烈《はげ》しい日差しだった。

田辺中学校に赴いた熊楠は、講堂の手前で退屈そうにしている受付係を捕まえた。

「進行役の役人がおるやろ。今すぐ、ここに出しぃ」

唐突に酒臭い息を吐きかけられた受付係は、戸惑いながら首を横に振る。

「閉会式の最中です。じき終わりますから、待ってください」

「そがなこと言うて、逃げる算段か！」

頭に血が上った熊楠は受付係を無視して、下駄履きのまま講堂内へと足を踏み入れた。講堂には五、六百人の聴衆が詰めかけている。県庁の役人たちはもちろん、郡長や町長、小学校校長、警察署長など、地元の名士たちが顔を揃えていた。壇上では、判事が閉会の辞を述べるところだった。

「なんや、誰《だえ》か来たで」

「南方先生《せんせ》ちゃうか」

下駄の足音に驚いた聴衆がざわめく。熊楠と演壇を隔てる数間《すうけん》の距離は、びっしりと人で埋め尽くされていた。仁王立ちで壇上を睨んでいた熊楠は、片隅に目当ての役人を見つけると、「こらぁ！」と怒号を上げた。

「そがな高いとこおらんと、降りて来ぉ！」

壇上の面々は呆然としている。熊楠は言葉にならぬ声を上げ、手にしていた信玄袋を放り投げた。演壇まで届くはずもなく、袋は聴衆の頭上に落下する。

「なんじゃ、なんじゃ」

「あいつ、何ぞ投げよった」

「乱暴《あらくたい》なやっちゃ。放っぽり出し」

騒然とする人々を前に、熊楠の血はさらに沸騰する。脳内で「鬨の声」が喚く。こがな連中、役場に尻尾振る雑魚どもじゃ。蹴散らしたったらええ。早《はよ》うせなやつが逃げるで、熊やん！

「お前《まん》が来んなら、我《あが》が行く」

熊楠は目の前の椅子を両手で持ち上げ、左右にぶんぶん振り回した。わあ、と悲鳴を上げて周囲の人々が逃げ惑う。熊楠は聴衆を遠ざけながら叫ぶ。

「邪魔《はちかんな》するな！」

群衆のなかから二人の男たちが飛び出した。一人は腕にしがみつき、もう一人は後ろから飛びつく。熊楠は腕に取り付いた男を振りほどき、背後の男を片腕で投げ捨てた。四十を過ぎたと言っても、採集で鍛えた膂力は健在である。椅子をつかんだ男を蹴飛ばし、足にすがりついた男の脳天に拳骨を食らわせ、腕を伸ばしてきた男を肩で弾き飛ばした。

大立ち回りを演じる熊楠の目には、壇上の役人しか映っていない。

「降りて来ぉ！　降りるまで我はやめん！」

飢えた熊のごとく暴れる熊楠を組み伏せたのは、石友であった。背後からしがみついてうつ伏せに引き倒し、背中に乗って羽交い絞めにした。さしもの熊楠も、年季の入った石工の剛腕には敵わない。すぐさま他の男たちが駆け寄り、手や足を押さえこんだ。その熊楠の前に、警察署長がしゃがみこむ。

「ちっと話そら、南方先生《せんせ》」

それでもなお、熊楠は聞く耳を持たない。

「やかましい、離せこらぁ！　神社を壊すな！　森を壊すなぁ！」

叫びながら、なぜか目の縁から涙が溢れてきた。熊楠は涙を流しながら絶叫する。

「お前《まん》らは想像したことあるか。どんなけちっこい茂みでも、草が生えて、菌が根付いて、虫が棲んでる。お前らは全部《でんぶ》根絶やしにする。数え切れんほどの生命を、皆殺しにしとるんじゃ！」

うっ、と嗚咽を漏らすと、熊楠はおいおい泣き出した。取り押さえていた男たちが、呆気にとられた顔でそれを見ている。人混みをかき分けてようやく現れた毛利は、むせび泣く熊楠を前に小声で独言した。

「せやから、寝とけと言うたのに」


家宅侵入の容疑で収監された熊楠は、二週間余りをそこで過ごした。

釈放されたのは九月上旬の日没直後であった。呼びに来た看守に対して、寝そべっていた熊楠は「もう終わりか」と言った。

「ここは静かでええ。読書が捗るさけ、もうちっとおれんか」

呆れ顔の看守に見送られ、熊楠は収監中に差し入れられた本を抱えて外へ出た。雨上がりの地面からは湿った匂いが立ち上っている。少し歩くと、提灯を持った女が夜闇にたたずんでいた。松枝であった。迎えの連絡などなかったため、熊楠はぎょっとして本を取り落とした。

「なんでお前《まん》、ここおるんじゃ」

「毛利さんに聞きました。今夜、釈放やと」

松枝は落ちた本を拾い、泥を払った。

収監されてからというもの、松枝とじかに話したことは一度もない。夫婦はしばし、本を抱えて無言で歩いた。かつての松枝なら、真っ先に文句を口にしていたことだろう。お上に楯突くからこうなるのです、などと口をとがらせていたに違いない。だが隣を歩く松枝は無言だった。

沈黙を貫く松枝に、熊楠は問いかける。

「ヒキ六はもう寝たか」

「起きてます。あの子、毎晩寝る前に、父《とと》は父は、と訊いてきて、おらん、と言うと泣き出す。会《お》うたってください」

刺すように胸が痛んだ。講習会に乱入したことにも、酔って暴れたことにも悔いはない。非常識ではあっても、あれは本心からの行動であった。ただ、熊弥に寂しい思いをさせた事実は、熊楠の心を苛《さいな》んだ。松枝が「裁判は？」と問うた。

「二週間後。起訴はされん、と毛利は言うとった」

「そうですか」

松枝の声には、わずかながら安堵の色が混ざっていた。

二人は話のとっかかりを失い、再び黙り込んだ。月明かりの下で、夫婦の影は薄く伸びている。

松枝は抱えていた本のうち、一番上にある書籍に視線を落としていた。それは柳田國男《やなぎたくにお》の『石神《いしがみ》問答《もんどう》』であった。

「我《あが》には、難しいことはわかりません」

松枝の言葉が、夜気へと溶けていく。

「けれど、そこまで心血を注いでる学問ちゅうんは、やっぱい素晴らしい《ほうかな》もんなんやろと思います。酔うて暴れて反吐《へど》吐いても、町の人らが先生《せんせ》、先生と言うんもわかります。替えが利かん人やから、皆、慕ってくれる」

松枝の横顔は、いつもと同じく毅然としていた。

「我は、菌や草の観察もようせん。けどそれでも、南方熊楠という人を支えたい。毛利さんや雑賀さんと同じように、我も仲間になりたいんです」

表情こそ変わらなかったが、彼女の目は潤んでいた。

熊楠は目を瞠《みは》った。以前なら考えられない発言だった。

松枝は生真面目で、お上に従順な堅物だった。だが、堅物も繰り返し衝突すれば角が取れてくるのかもしれない。熊楠が松枝の故郷を守りたいと思うように、松枝もまた、熊楠の研究人生を支えたいと願っていた。

咳払いをした熊楠は、「松枝」と呼びかけた。

「お前《まん》も明日《あいた》から、菌採ってこぉ」

「そんな無茶《わや》な」

「無茶やない。我《あが》は東洋で一番新種を見つけた男になる。松枝は、東洋で一番新種を見つけた女になるんじゃ。ええか」

松枝は答えなかった。だが、彼女の視線は前を向いていた。行く手を見据える松枝の横顔に、熊楠は内心で語りかける。

――それでええ。

熊楠と松枝が完全に理解しあう日は、来ないだろう。しかしそれを承知のうえで、互いに歩み寄ろうとし続けることこそが、夫婦という営みなのだ。熊楠はそう確信していた。

たった一つの提灯で辺りを照らしながら、二人は真っ暗な夜道を並んで歩き続けた。

○

神社合祀反対運動が落ち着いたのは、熊楠が運動に着手してからおよそ四年が経った、一九一三（大正二）年のことであった。

この年までに、熊楠は合祀を止めるためあらゆる手段を講じた。記事執筆の場は、地方紙である『牟婁新報』から、大手紙の『大阪毎日』や『大阪朝日』へと広げた。それに伴い、熊楠の存在は全国で知られるようになっていった。

並行して、著名な学者たちに反対意見を書き送り、運動を盛り上げるため腐心した。なかでも最も熊楠に協力的だったのは、民俗学者の柳田國男である。柳田は熊楠の執筆した長文の書簡二通に『南方二書』という題を付して印刷し、役人や学者たちに配った。

合祀が下火になってからさらに時が経った一九一八（大正七）年三月、貴族院で神社合祀の廃止が決議された。名実ともに合祀が終結するまで、熊楠が運動をはじめて約九年がかかった。決議の翌日にこの報を知った熊楠は、拳を掲げ、歓声を上げた。

「これで壊乱はしまいじゃ！　神島《かしま》は守られた！」

熊楠の知るいくつもの神社が合祀の憂き目に遭った一方、田辺湾の神島は正式に魚付き保安林《うおつき》に指定され、辛くも破壊を免れた。貴重な生態系を持つ神島を保護できたことは、熊楠にとって何よりの成果であった。

神社合祀の廃止を祝し、熊楠は菌類研究の徒である仲間たちを連れて神島へ渡った。田辺には在野で菌類の研究に励む教員らがおり、熊楠はかねてから彼らを指導していた。いわば、熊楠の門弟とでも呼ぶべき存在である。

熊楠たちは、田辺の南にある鳥巣半島から漁船に乗った。浜辺にたどり着いた熊楠は、真っ先にあるものに視線を奪われた。

「鳥居じゃ」

浜の端には、古い鳥居がそびえていた。熊楠は門弟たちがいることも忘れて駆け寄った。灰色の柱に風化した神額。何もかも、かつて夢で見た通りの姿であった。以前、神島に渡った時には見つけることができなかったのに、なぜ。

——我《あが》への啓示か。

熊楠は、この鳥居を神島の森からの伝言として受け取った。壊乱は終結し、神島の森はこれからも神域であり続ける——そのように、島そのものが意思を示しているようだった。震える指で鳥居の柱を撫で、神額を見上げる。

熊楠は怪訝な顔をした門弟たちを振り返り、問いかける。

「お前ら、この鳥居を知っとったか」

門弟の一人が「いえ」と応じる。

「あったかなかったか、気にしたことはないですが……合祀された神島明神のものでしょう。半端に壊されたもんで、鳥居だけ残されとるんでしょうなぁ」

「違わ」

熊楠の言葉に、門弟が「はい？」と応じる。

「この鳥居は、打ち捨てられた遺物とは違わ。これからも、神島が神の森であり続けることの証拠じゃ」

浜辺に早春の風が吹く。熊楠は、濃緑色に茂る森を見やった。森は応答するようにざわざわと揺れる。彎珠《わんじゅ》の眠る森に、新たな一日が刻まれようとしていた。

第五章

風雪《ふうせつ》

黒灰色の雲が、空を塞いでいる。

一昨日から和歌山《わかやま》市に降りはじめた雨は、昨日の朝止んだものの、天には依然として分厚い雨雲が居座っていた。漂う空気は湿り気を帯びており、いつまた降り出すかわからぬ気配だった。

一九二五（大正十四）年一月。

和歌山城からほど近い湊紺屋町《みなとこんやまち》の屋敷の一室では、差し向かいに座した兄弟が沈黙を守っていた。障子と襖は閉ざされ、外から他者が様子を窺うことはできない。

兄は南方熊楠《みなかたくまぐす》、弟は南方常楠《つねぐす》であった。

五十七歳の熊楠と五十四歳の常楠は、互いに土色の顔を伏せている。もはや双方くたびれきっていた。この一年余、ずいぶんと揉めた。今日は二人きりで決着をつける見込みだったが、どれだけ話しても解決の糸口すら見出せずにいる。

「我《あが》にはよう、金は出せやん」

先に沈黙を破ったのは、常楠だった。常楠は世を儚《はかな》むようなため息を吐《つ》き、白髪の増えた頭《かぶり》を左右に振った。

「あの奉加帳《ほうがちょう》見て、ようわかった。我がおらんでも、兄《にい》やんには助けてくれる人がようけある。弟にたかるような真似せんでもええやんか。ここらで清算しよら。我にも、我と家族の生活がある」

「たかっとるんちゃう。正当な要求じゃ」

常楠は「ならん」と取り付く島もない。熊楠は貧乏ゆすりをはじめた。

「また、お前の細君《まん》がなんぞ言うてるんやろ」

「こら、我の意思じゃ。我は一銭たりとも出資する気ぃはない。兄やんはもう、天狗《てんぎゃん》と違うんやさけ」

——またその話か。

常楠の目からは、少年時代のきらめきが失われていた。兄に向けられていたはずの憧憬は、影も形も見当たらない。山を下り、所帯を持ち、仲間に囲まれた天狗には、もはや輝きを感じないということか。

「ほいたらせめて、寄附金は約束通り拠出せぇ」

「無理じゃ」

「この、嘘吐きめが！」

激高する熊楠に、常楠は「嘘は吐いとらん」と氷雨よりも冷たい視線を送る。その視線が、さらに熊楠の怒りを掻き立てた。

「奉加帳に名前書いてる者《もん》が、その通りに金を出さん。これが嘘とちゃうかったら、何が嘘か！」

兄弟間の諍いは、熊楠が研究所設立のために寄附金を募ったことに発端があった。熊楠たちは、寄附者の一覧を「奉加帳」と呼んでいる。その奉加帳には、自筆で常楠の名前が記されていた。金二万円という、誰よりも高い寄附額とともに。

常楠は目をすがめ、口を尖らせた。

「何遍言わす。そら、毛利に言われて見せ金として書いたんじゃ。我《あが》は心からそがな大金、拠出するつもりはなかった。せやさけ、捺印もしとらん。法律家に訊いてみ、誰《だえ》でも我が正しい言うわ」

「法律やない。人の情の問題じゃ」

「人の情ならなおのこと。本意でない弟に金を出させるなんぞ、人道を外れちゃる」

常楠は一歩も退かない。もはや、決心は固いようであった。

三年前の十一月から、常楠は兄への送金を止めている。そのため熊楠の生活は困窮し、研究もままならぬ状況であった。それを知ってなお、常楠は態度を改めようとしない。弟の顔は、十代から続く兄への奉仕に疲れきったようにも見えた。

熊楠は拳を握りしめ、「情の薄いやっちゃ」と唾を飛ばした。

「我《あが》らたった二人、残された兄と弟じゃ。協力しおうて生き延びなあかんと思わんか」

女遊びと相場の失敗の末に破産した兄弥兵衛《やへえ》は、昨年、移り住んだ広島で亡くなった。和歌山の他家に嫁いだ姉くまが亡くなったのも昨年だった。末弟の楠次郎《くすじろう》も四年前に故人となった。妹は二十数年前に亡くなっている。熊楠の兄弟姉妹のなかで、存命なのは常楠ただ一人であった。

兄の哀願に対して、常楠の視線は冷たかった。

「協力しおうて？　兄《にい》やんは、南方酒造の商いにいっぺんでも協力したかえ？」

「お父《と》はんが遺した、我の遺産を使い尽くしといてよう言う」

「言いがかりはやめぇ。うちの家が何十年、兄やんに金を工面しとると思とんじゃ。どう頼まれても、出す金はない。去《い》んでくれ」

野良犬を追い払うように、常楠は手を振った。お前は獣《けだもの》じゃ、と宣告されたような気分だった。

「常楠、貴様《おんしゃ》ぁ！」

理性で抑え込んでいたものが一気に噴き出し、熊楠は弟に飛びかかった。ぶるぶると震える手で、袷《あわせ》の襟をつかんで引き寄せる。常楠は後ずさりつつ、目の前で歯嚙みしている兄の顔をじっと見据えた。

「兄やんに殴れんのか。ええ？」

常楠は肝が据わっていた。その風貌には、南方酒造の当主として、和歌山の財界を渡り歩いてきた迫力が備わっている。常楠は兄の足元にちらと視線を落とす。

「足、悪いんやろ」

熊楠の顔が赤らむ。実際のところ、常楠を殴れないのは良心の呵責《かしやく》というより、足の痛みのせいだった。長年の採集で酷使してきたせいか、十年ほど前から足が痛むようになった。日によって調子の善し悪しはあるが、今日は朝から膝に痛みがある。熊楠は弟の襟をつかんだまま、身動きが取れなかった。

――兄《にい》やんは、天狗《てんぎやん》やから。

かつての常楠は、それが口癖だった。幼い日、神隠しに遭った常楠を連れて帰った熊楠は、弟にとっての英雄だった。その弟が今では、頑《かたく》なに兄への援助を拒んでいる。

――我《あが》らは、どっから間違えた。

熊楠は強情な弟の顔を凝視しつつ、この四年余りの出来事を思い返していた。

○

神社合祀反対運動を機に、熊楠は独立独歩の学者として名を馳せていた。自然と、話を聞きつけた在野研究者たちが熊楠のもとに集まったことで、一門とでも呼ぶべき門弟たちの一群が形成されつつあった。

とりわけ粘菌の分野では、日本郵船幹部の小畔《こあぜ》四郎《しろう》、実業家の上松蓊《うえまつしげる》といった名士たちが研究を支援していた。彼らは資金面での援助を惜しまず、熊楠に研究用具や書籍の世話をしてくれた。

門弟たちは精神的な支えにもなり、熊楠の学界での孤立感を紛らしてくれた。

そんななか持ち上がったのが、植物学研究所の設立計画である。

「南方先生は溢れるほどの叡智に恵まれながら、余りに遠慮深すぎる」

田辺を訪れた折、そう憤慨したのは農学者の田中長三郎《たなかちょうざぶろう》という男だった。田中は熊楠の数多《あまた》いる文通相手の一人だったが、田辺で数日をともにするうち意気投合し、熊楠を所長とした研究所の設立を企図するようになった。

「アメリカでは、農務省が博物館の役を果たしています。日本にも農業に関する研究所や博物館のようなものが必須です」

アメリカから帰国したばかりの田中はそう力説した。そして、研究所の代表となるべき人物は熊楠を措《お》いて他にはいない、とも。

膨大な標本を保存するための施設が欲しかった熊楠としては、渡りに船の提案だった。蒐集した植物標本は一万を超えており、この辺でまとまった成果として世に問うてみたいとも考えていた。

一九二一（大正十）年に入り、設立計画は具体性を帯びていった。熊楠と田中は、主な出資者である常楠も同席のうえ、和歌山でたびたび会合した。田中は植物学研究所の設立意図を説明しつつ、こう付け加えた。

「研究所の基金は、先生の生計の足しにしていただいてもよろしいかと」

「おお、そうかぇ」

その提案は熊楠だけでなく、常楠にとっても朗報だった。もし実現すれば、数十年にわたる多額の送金がついに終わるかもしれない。兄のためなら助力を惜しまぬとはいえ、妻子から事あるごとに不平を聞かされていた常楠にとって、出費は止められるものなら止めたい、というのが偽らざる本音だった。

「しかし、その基金はどないして集めれば？　大金が要るでしょう？」

常楠の問いに、田中は渋面で応じる。

「寄附を募る他ないでしょうな」

田中は不安げだったが、熊楠には寄附の当てがないではなかった。和歌山中学や予備門の同級生のなかには、出世した者も少なくない。海外滞在中に知り合った者も、軍部や実業界で各々名を馳せている。頼る先はいくらでも思いついた。

話し合いの末、寄附額の目標は十万円と設定された。当時の大卒初任給が平均で五十円程度であったことを踏まえると、途方もない額と言えた。

田中は趣意書の草案を残し、仕事のため再びアメリカでの長期滞在に向かった。残された熊楠は、田中の不在中もとにかく計画を前に進めようと決心した。

ところが、である。

アメリカに到着した田中は、高名な植物学者の蔵書を五千ドルで買い取る、という計画を独断で立ててしまった。日本円に換算して一万円以上の高額である。

田中にとっては、国のため、殖産のための植物学研究所であり、設備を充実させるための合理的な投資であった。しかし熊楠にとっては寝耳に水であり、そもそもそんな大金はまだ集まっていない。しかも熊楠は、研究所をあくまで己の研究成果の保存発表を目的とした施設と考えていた。

ここに、熊楠と田中の根本的な考えの相違があった。

熊楠は不承不承だが、常楠にまとまった金を用意してもらい、田中へ送った。しかし五千ドルの支払いには足りず、結局この一件を機に田中とは実質的に絶縁した。いまだ、本格的な寄附すらはじまっていないにもかかわらず。

事の次第を知った常楠は、困惑顔で詰め寄った。

「兄《にい》やん、これからどないする」

「研究所は作る。これは、我《あが》の悲願じゃ。我の研究を世に知らすには研究所が要る」

熊楠は強弁したが、常楠はなおも言い募った。

「研究所の基金は兄やんの生活費の足しにする、言うてたな。あら、ほんまか」

「ほんまじゃ。せやさけ常楠は、誰《だえ》よりも寄附せぇ」

翌年三月、熊楠は募金活動のため上京した。途中まで毛利清雅《もうりせいが》が同行し、高橋是清《たかはしこれきよ》首相、徳川頼倫《とくがわよりみち》侯爵など、錚々たる顔ぶれから寄附を取り付けた。その後も採集旅行を挟みつつ八月なかばまで東京に滞在し、総額三万五千円を超える寄附を得た。

奉加帳に記された人々の名前を見ながら、熊楠は悦に入った。

「こんなけあら、上等じゃ」

奉加帳の先頭には約束通り常楠の名も記されていたが、なぜか通例の捺印がなかった。

——常楠め、こがな大事な帳面で判子忘れよって。

ともかく、この寄附金に熊楠所有の土地の売却額などを加えれば、十分に研究所を運営できる額になりそうだった。

熊楠は田辺《たなべ》に戻ってからも、原稿を執筆したり、事務作業を片付けたり、今後の計画を毛利に相談したりと、忙しい日々を送った。


そして十一月、唐突に常楠からの送金が止まった。

それまでも送金が滞ることは再々あった。いずれまた送られてくるであろう、と楽観視していた熊楠だが、ひと月経ってもふた月経っても、金は送られてこない。それどころか、寄附金の二万円も入ってこない。

熊楠は小畔らから金を借りて当面やり過ごし、仕事の合間を縫って和歌山へ向かった。対面した常楠に、熊楠は怒声を浴びせた。

「お前《まん》、何考えちゃる」

腕組みをした常楠は悪びれる風もなく、兄を睨んだ。

「兄《にい》やん、嘘吐いたな」

一瞬、腹の底が冷たくなるほどの鋭利な視線だった。

「何がや。奉加帳にはお前《まん》の名ぁが書いたある。約束は守らんか」

「我《あが》の名ぁと二万円は、毛利からは見せ金やと聞いた。寄附する者《もん》から金を引き出すためのな。せやさけ、名前と額だけは書いたけども、捺印はせんかったんじゃ。我は寄附そのものも承知しとらん」

熊楠は呆気にとられた。

「なんちゅう姑息な言い訳」

「姑息なんはどっちや。見せ金や言うて書かしといて、後になってここに書いたある通り払えなんて、無茶苦茶《わやくちゃ》な」

「そがな話、我は聞いとらん」

後からわかったことだが、毛利は熊楠への相談なく、常楠に名前を書かせていた。そのため常楠の主張は正当なものだったが、弟は出資するに違いない、と端から思い込んでいた熊楠にとっては裏切りでしかなかった。

「月々の金はどないした」

「基金が集まったんやさけ、もういらんやろ」

「生活費を基金から金額出すなどと、誰が言うた」

ここでも双方の目論見違いがあった。熊楠は研究所の設立基金を「生活費の足し」にするとは言ったが、それですべてを賄うつもりはなかった。常楠からの月々の送金は、それとは別に受け取れると考えていたのである。

「話が違わ。基金が集まったら、自立してやっていけるちゅう話やったんちゃうんか」

「仮にそうやとしても、基金が集まるまでの生活費は払うべきじゃ！」

赤鬼のごとく顔を充血させる熊楠に、ふん、と常楠は息を吹きかける。

「もうええ。嘘吐かれてまで、兄《にい》やんを助ける気ぃないわ。家族からも、ええ加減益のないことは止めろ、言われてる。うちの家かて楽やない。我《あが》の一万円と、侯爵様の一万円は違わ」

「おい、常楠」

「我でなくとも、兄やんには援助する人がある。門弟もようけあるんやろ。その人らに助けてもろたらええ。金輪際我らから金は出さんさけ、そのつもりで」

常楠の態度は一挙に硬化した。

熊楠が住む田辺の自宅は常楠が購入したもので、近々家主の熊楠へ譲渡することになっていたが、その譲渡額についても異を唱えはじめた。また、熊楠名義の土地だと思っていたものもそうでないことが判明した。

いずれの交渉事に関しても、弟は一歩も退くつもりはないようだった。

熊楠も、あくまで強気の態度を崩さない。己は東西のあらゆる知識に通じ、他のどんな学者も及ばない脳力がある。弟の常楠が学問のために金を出すのは、世のためだと主張した。だが頭のなかで響く声々は、繰り返し熊楠を苛んだ。

——何十万と世話になっといて、さらに出せちゅうんは虫が良すぎるんちゃうか。

——仮に常楠がおらんかったら、熊やんなんぞとっくに横死《おうし》しとる。

——常楠は哀れな杜鵑《ほととぎす》じゃ。

熊楠が以前読んだ『日本伝説集』では、岩手のある説話が紹介されていた。

昔、ある兄と弟がいた。弟は毎日、山芋の真ん中の美味いところを兄にやり、己は端の不味いところで我慢していた。しかし兄は疑心を抱き、美味い部分を隠しているのではないかと執拗に弟を責めた。さんざん泣かされた弟は、ついに杜鵑に姿を変えて飛び去った。その後もこの鳥は「端《ガ》しか食《ン》べて《食》いな《う》い」と鳴き、潔白を訴え続けている――。

やかましい「鬩の声」を、熊楠は歯ぎしりしつつ無視した。たとえ恨まれようが泣かれようが、常楠に頼る他、生計を立てる手段はない。物書きとしての稿料もあるが、それだけでは食っていけない。熊楠は毛利に仲介役を頼みつつ、常楠に幾度も書簡を書き送ったが、いまだ送金再開の見込みは立っていない。

――金がない。

その事実は、かつてないほど熊楠の肩に重くのしかかっていた。

○

結局、常楠との談判は不首尾に終わった。

兄弟だけでなく、松枝《まつえ》も田辺から出張っていた。さらには松枝の実家の田村《たむら》家、常楠の妻や子までも巻き込んだ侃々諤々《かんかんがくがく》の応酬があったが、双方の主張はいつまでも平行線のままであり、熊楠と松枝は田辺へ帰らざるを得なかった。

去り際、熊楠は互いの妻が見守るなか、弟の足元に唾を吐きかけた。

「この有財餓鬼《うざいがき》めがっ！」

常楠は何も言わなかった。ただ、悲しげに兄の顔を見つめていた。その目は偉大な兄ではなく、俗塵にまみれた凡夫を見るものだった。

田辺へ戻った熊楠は、しばらく自宅の離れに引っ込んだ。中屋敷町《なかやしきまち》三十六番地にあるこの邸宅に住んで、もうすぐ九年になる。住みはじめた当初、熊楠はわざわざ離れを増築し、そこを己の書斎とした。また、標本や書物は土蔵に収納し、庫内には電灯を設えた。すべては研究のためであった。

畳の上に寝転んだ熊楠は、いやでも金のことを考えてしまう。小畔や上松の助力もあり、何とか暮らすことはできているが、この先窮乏するのは目に見えていた。差し当たって金がかかるのは、熊弥《くまや》の進学だ。

熊楠と松枝の間には二人の子がいた。今年十八になる熊弥と、その四歳下の妹文枝《ふみえ》である。熊弥は田辺中学に、文枝は田辺高女にそれぞれ在籍しているが、熊弥は再来月に卒業する見込みだった。

——いっぺん、話さんならんな。

田辺へ帰った数日後、熊楠は母屋にいた息子を呼んだ。熊弥は机に向かい、間近に迫った卒業試験の勉強をしている最中であった。

「ちっとええか」

振り向いた熊弥の表情は硬かった。まるで、父が何を言おうとしているのか察しているようである。熊弥は熊楠に似て鼻が高く、目が大きかった。凜とした佇まいだが、そこにはしつこく抱っこをねだってきたヒキ六の面影がかすかに残っている。

「はい」

熊弥は素直についてきた。周囲に聞かれたくない話をする時は、離れに人を呼ぶのが熊楠のやり方である。書物や標本が積み上げられた部屋で、父子は差し向かいに座した。熊楠はマッチで煙草に火をつけ、口にくわえた。飼っている亀が、壺のなかでかさかさと動く音がした。

「勉強は滞りないか」

「順調です」

いくらか顔色が優れないようだったが、卒業試験を前に緊張しているのだろう、と熊楠は理解した。

「目ぇ盗んで、女子《おなご》と遊んどらんか」

熊弥は見るからにむっとしたが、「いえ」と短く応じた。熊楠の言葉は、田辺中学の学生が寺で女子学生と逢引をしているという噂から発したものだった。

「受験するんは、高知《こうち》でええな」

その問いかけに、熊弥は「お願いします」と座ったまま一礼した。

熊弥の学校での成績は、文句なしに上々、とは言いがたい。だが高等学校への進学を諦めるほどでもなかった。受験に疎い熊楠と松枝は、この数日で慌てて願書を取り寄せた。熊弥とも話し合い、高知高校を受験する、と決めたのはつい昨日のことであった。

「その、受験やけどな」

しばし熊楠が言い淀んでいると、熊弥のほうから「お父《と》はん」と切り出した。

「叔父《おい》さん《やん》のこと、話したいんちゃいます？」

そう言われると、重々しく首肯するしかない。常楠との間の揉め事を子どもたちに話したことは、一度もなかった。だが、松枝との会話を漏れ聞いたり、夫婦揃って常楠宅へ行ったりしていることから、大方の事情は察しているようだった。

「叔父さんが、もう金は出せやんと？」

「まだわからんが、難しぃなるかもしれん」

「我《あが》は、高校には行けやんのですか」

「いや。そうは言うとらん。ただ……学費が続く保証がない」

熊弥は眦《まなじり》を決して父を見つめている。ごまかしは利かない。熊楠は一つ咳ばらいをして、正面から言い放った。

「はっきり言うて、うちにはほとんど金がない。我《あが》の稼ぎで足りん分は、借財やらで補塡しとる。しかしそれかて限度がある。当面は何《なっ》とか《とか》なるが、来年再来年のことはよう約束しやん」

「それは、お父はん……」

「学費が出せんようなったら、退学しかないやろな」

他人事のような口ぶりになったのは、熊楠の意図ではない。合理的に考えればそうせざるを得ない、というだけの話だった。熊弥は「退学」と言ったきり絶句した。急激に顔色が白みを増していく。

「心配いらん。我《あが》かて予備門中退じゃ。学校の一つや二つ、中退したとこで死にはせん。ただ、一応こうして先に言うといたるんが筋やと思てな。後々になって話がちゃうと言われても難儀するやろ」

熊楠としては励ましたつもりだったが、熊弥からは「はあ」と気の抜けた答えしか返ってこなかった。

――性根の読めんやっちゃ。

毅然とした態度で応じたり、憤慨したりしてくれれば、熊楠もやりやすい。だが熊弥は、無言でうつむいているだけだった。今一つ気概を感じない、というのが、前々から熊楠が抱いていた本音だった。

「とにかく、高校に受かることが先決じゃ」

熊楠は灰を落としながら息子の様子を窺う。熊弥は励まされるどころか、一層顔色を悪くしていた。唇を噛み、しきりに瞬《まばた》きを繰り返している。

「どないした」

「いえ……」

「案ずる必要はない。お前《まん》は熊楠の息子なんやから、煩《わずら》わんでええ。どがな学校行ったとこで絶《でっ》対《たい》学者になれる。父親として請け合《お》うちゃる」

熊楠の息子、というのは事あるごとに熊弥にかけている言葉だった。熊弥には、曲がりなりにも学者である己の血が入っている。学問の素養がないはずがない。熊楠は心からそう信じていた。

瞑目した熊弥は、膝の上で拳を握り、思い詰めた表情で畳の縁を見ている。熊楠はその態度に焦《じ》れ、くわえ煙草で「なんじゃ」と問うた。

「言いたいことがあるなら、言うてみ」

少しの間を置いて、熊弥はがばっと顔を上げた。

「我《あが》は、学者にはようなれやん」

「あん？」

「我にはお父《と》はんみたいな学問の才はないです。役人になるしか、まだ向いてる」

「なんやと」

熊楠は眉間に深い皺を刻み、口を歪めた。

熊弥は役人という言葉を、わざと使ったように聞こえた。熊楠の役人嫌いは、家族ならずとも周囲の人間なら皆知っている。熊弥は父の逆鱗に触れるとわかっていて、あえて口にしたのだ。

「何を臆しとる。そら、学校の成績はちっと物足りんかもわからん。しかし学問の才はそがなとこに表れるだけのもんやない。なんなら、我《あが》が実地に指導したる。粘菌でも、植物でも、昆虫でも……」

「せやから、学者なんかなりたないんじゃ！」

唐突に熊弥は絶叫した。ぽかんとする熊楠を、燃えるような目で見据える。

「お父《と》はんは己の研究しか考えとらん。我《あが》の人生なんぞ頭から関心がない。ただただ、南方熊楠の名ぁを後世に残す、その一事にこだわってるだけじゃ」

「熊弥」

「研究所作ろうとしとるんも、息子に学者やらすんも同《おんな》しことじゃ。我はお父はんの研究道具やない。それに所詮、我には無理じゃ。高等学校に受かる能もない。我は、熊楠の息子なんかと違わ」

「熊弥ぁ！」

大喝した拍子に、くわえていた煙草が口から落ちた。熊楠は畳の上の灰を払い、吸殻を灰皿に捨ててから、大きく息を吐いた。何か言わねばならぬ。だが、何を言っても無益な応酬になるのは目に見えていた。

「話はしまいじゃ。去《い》んでええ」

熊弥の拳はいまだ小刻みに震えていたが、それ以上の反論はなかった。離れを去る息子の背中を、熊楠は黙って見送る。

庭で飼っている鶏が、こここ、と鳴いた。


三月、田辺には朝からそぞろ雨が降っていた。

「うん、うん……もうちっと……違う、こっちじゃ」

独り言をつぶやきながら、熊楠は離れできのこの筆写に没頭していた。白灰色のきのこは傘が小さく、軸は細長い。英字で特徴を記しつつ、時おり顕微鏡を覗きながら、丁寧に輪郭を描き出していく。研究に熱中しているときだけは、悶着による苛立ちも忘れることができた。

きのこは松枝が闘雞神社《とうけいじんじゃ》の付近で採取したものであった。

菌類を提供してくれる協力者は、松枝だけではない。田辺の知人たちは、きのこや地衣類を見つけるとこぞって熊楠に差し出してくれた。ただし松枝が採集した菌類の数は、群を抜いている。採ってきた菌類のなかには、目を皿にして歩かねば気付かないような小さい代物もあった。

――松枝は、東洋で一番新種を見つけた女になるんじゃ。

古い約束を守ろうとするかのように、松枝は今でも熱心に菌を採集している。

仕事はまだまだ山積していた。図譜だけでなく、粘菌目録も作成せねばならない。

熊楠は一、二年のうちに、国内粘菌目録の決定版を出すつもりであった。最初の目録を発表して以後、幾度か改訂を重ねてきたが、小畔ら門弟たちの奮闘もあって標本数はいまだ増加している。この辺りで成果を取りまとめて公表し、博物学者としての足場を確立するつもりだった。粘菌に関して、この国で熊楠の右に出る者はいない。それは自他ともに認める事実だった。

夕刻、切りのいいところで手を止めて一服する。雨はいつの間にか止んでいた。

熊楠は煙草を吸いながら、煙の向こうに広がる庭を見やった。手前には楠、奥には栴檀《せんだん》などを植えている。左手に生えているのは安藤蜜柑《あんどうみかん》の木だ。あっさりとして爽やかな甘みがあり、冬が来るたびに食べるのを楽しみにしている。木々の下では鶏が羽をばたつかせていた。

――そろそろ着いたころか。

二日前、熊弥は田辺を発った。問題なければ高知に到着している時分だ。出発前にはちょっとした騒動もあった。二月、長女の文枝を除く家族三人が手ひどい流感にかかってしまったのだ。はじめに熊楠が寝込み、続いて松枝が感染、さらには卒業試験を控えた熊弥にまでうつってしまった。熊弥はどうにか卒業試験に合格したが、ずいぶん長い間流感をこじらせた。

熊楠の親友兼主治医である喜多幅《きたはば》から「治ってるから、行って構わん」という診断が下ったのは、出発の前日だった。

このひと月、熊楠は弟との悶着について毛利や門弟への手紙を書くのに忙しく、また互いに病にかかっていたこともあって、熊弥とはまともに話していない。父子の間の溝は、埋まるどころか余計に深まっている。

熊弥が田辺に戻り次第、話し合わねばならぬ。それははっきりしていた。だが、熊楠には熊弥と何をどう話せばいいのか見当がつかない。熊弥は学者にはなりたくないと言った。己にその才はないと断言した。

猛々しい雨音のように、脳内でいくつもの声がこだまする。

——訳がわからん。熊弥は緊張して、弱気になっとるに過ぎん。

——成績が芳しくないんを熊やんのせいにしとるんちゃうか。ただの言い訳じゃ。

——親に反発したなるんは若者の癖よ。受験が済んだら元に戻る。

熊楠は声々の意見を吟味したが、いずれも腑に落ちなかった。これまで、熊弥が親に対して反抗的な言動を取った記憶はほとんどない。しかしだからと言って、あの発言を一時の気の迷いと一蹴してよいものか。相応の覚悟と葛藤がなければ、父が怒るとわかりきっている言葉を口にながどできない。それは、己が少年時代に父弥右衛門《やえもん》と話した時のことを思い返しても瞭然であった。ともかく、今は受験が成功することを祈るしかない。話はそれからだ。

検鏡を再開して五分と経たぬうちに、叫び声がした。

「えらいことや。熊弥がぁ！」

熊楠が顔を上げると、母屋から人影が飛び出してきた。血相を変えた松枝である。手には電報の送達紙を握っていた。草履を履くのも忘れて、裸足で泥を撥ね散らし、庭を横切ってくる。熊楠が縁側に出ると、松枝は送達紙を突き付けた。

「高知からこれが。早う見てください、ほら」

ひったくるように紙を奪い、送り主を確認すると、熊弥と一緒に高知へ行った同級生の名である。短い本文を一読し、熊楠は息を呑んだ。

――クマヤビヨキスグコイ（熊弥病気すぐ来い）

真っ先に思ったのは、流感のことであった。しかしあの流感は快癒したはずだ。何か別の症状に見舞われたということか。

「どないしますか。ねえ、どないしたらええ」

取り乱している松枝を「静かにせぇ」と叱りつけ、熊楠はしばし考えた。

わざわざ打電してきたのだから、すぐにでも高知へ向かわねばならない。しかし熊楠は足が悪く、病人を介抱しながらの長旅は耐えられそうにない。松枝にしても体力に不安が残るし、文枝の世話もある。

「石友《いしとも》と宇吉《うきち》に頼む」

言うが早いか、熊楠は下駄を履いて家を出ていた。飲み友達の石友はすでに六十を過ぎて石工を隠居していたが、熊弥とも面識があって心強い。同じ敷地内の借家に住む、仕立屋の宇吉もやはり信頼が置ける男だ。手先が器用で、日頃から標本箱を作ってもらったり、顕微鏡の具合を調整してもらったりしている。二人は熊楠の頼みを快諾した。

さらに熊楠は知人を介して高知にいる教員に世話を頼み、自らも文通相手に手紙を書いた。諸々の手配を済ませ、深更、倒れるように布団へ入った。

それからしばらく、熊楠はじっと熊弥の帰りを待つしかなかった。石友や宇吉からの打電もない。松枝はさめざめと泣いて過ごし、家のことにも手がつかない。文枝も口にはしないが、不安げに過ごしている。熊楠は強いて平生と同じように過ごそうとしたが、どうしても熊弥のことが頭から離れず、ろくに眠ることもできなかった。

三日後。いまだ熊弥が戻っていないなか、二通の葉書が届いた。

熊楠は女中《およどん》から受け取った葉書を、離れで確認した。差出人はいずれも「南方熊弥」である。おそらく高知に到着してすぐに投函したのだろう。無事に到着した旨の報せだろうか、と思いつつ葉書を裏返した熊楠は、書き出しに目を見開いた。

〈嗚呼《ああ》私ハ此世《このよ》ヲ去リマス〉

その後、世を儚む文章が延々と続く。それはどこからどう読んでも、家族に向けた辞世の挨拶に他ならなかった。

〈父母様不幸ナワタクシノ死ヲ惜マズ……〉

〈私ハ今夜逝シテ花ト共ニ此ノ世ヲ去リマス……〉

〈私ハオ父サンニモオ母サンニモ不孝デシタ……〉

二枚の葉書にまたがった文面は、〈地ノソコカラ祈ツテイマス〉という一言で締めくくられていた。熊楠は立て続けに三度、葉書に目を通した。幾度目を通しても、文面に変わりはない。まるであの世から届いた手紙のようであった。

口がからからに乾き、舌が張り付いている。どっと噴き出した冷や汗のせいで、背中に襦袢が張り付いていた。

——熊弥が、自死を望んだ。

思わず「なんで」とつぶやいていた。受験の重圧はあったかもしれない。熊楠の息子という立場への嫌悪も。しかし、自死を選ぶほどの心痛とは思いもよらなかった。指先に汗が滲み、葉書が湿った。

熊楠は慌てて、母屋にいた女中《およどん》を捕まえた。

「おい。さっきの葉書、松枝と文枝に見したか」

「いいえ」

「葉書が届いたことは絶対《でったい》言うな。ええか」

この文面を見れば、松枝は卒倒しかねない。ただでさえ息子を思って泣き暮らしているのだ。文枝も心配するし、すぐに母へ告げるだろう。熊弥の辞世の挨拶は秘事とすることにした。

熊楠の脳裏には、ある推測が浮かんでいた。熊弥がかかった病気《ビョキ》の実情については、いまだ何の報ももたらされていない。肺炎や盲腸炎かもしれないし、流感がぶり返したのかもしれない。だが、あの葉書を読んだ今、思い当たる病気は一つしかなかった。

熊弥は翌日の夜、帰着した。

石友と宇吉に連れられた熊弥は、一見して無事であった。怪我の類は一切ない。ただ、顔つきは出立前と比べて幼く見えた。顔貌ではなく、身体の内部が別人になってしまったかのようである。

熊弥はしばし玄関先に立ったまま、迎えに出た熊楠や松枝の顔をぼうと見ていた。目の焦点が合わず、口は半分開かれている。

熊楠の心臓は、緊張にぎゅっと縮んでいた。己の推測が的中していないことを祈りつつ、力強く声をかける。

「よう帰った」

幾度声をかけても熊弥の反応はなく、棒切れのように突っ立っている。背後では、疲弊した石友と宇吉が悲しげに押し黙っていた。

「おい、熊弥。我《あが》が見えるか」

「……ここは、どこたいか」

数日ぶりに聞く熊弥の声の後、ひゅっ、と松枝が息を吸う音が聞こえた。

「何言うちゃある。我らの家じゃ」

熊弥は熊楠の言葉を噛みしめるように、もごもごと口を動かしていたが、やがてぺこりとお辞儀をした。

「よろしくお願いします」

――やはり、そうやったか。

熊楠は固く瞼を閉じ、闇のなかへと逃げた。堪えきれず、松枝が土間に下りて熊弥の両肩を揺すった。

「熊弥。ここはお前《まん》の家やして。ほら、お母《か》はんや。忘れてもうたんか。熊弥、熊弥！」

何を呼びかけても応答はない。松枝は執拗に身体を揺すり、泣きながら息子の名を呼んでいる。文枝は立ちすくみ、青白い顔で兄を見ていた。熊楠は瞑目しながら、瞼を開けたらすべてが元通りになっていますように、と願っていた。

熊弥が患ったのは、精神の病であった。


戸を開け放した縁側に、師走の風が吹き込む。

木綿の綿入れをまとった熊楠は、座卓に向かい、筆を動かしていた。庭は実験畑を兼ねており、その様子を観察するため、よほどの悪天候でもない限り戸は開け放している。冬場は常に寒いが、研究のためには致し方なかった。

熊楠の傍らでは、熊弥が標本の収納に使う紙箱の補修をしている。遅々とした動きで刷毛《はけ》を操って糊を塗り、紙を貼り合わせる。その横顔は真剣そのものだった。熊楠は時折息子の様子を見つつ、手紙を書く。

熊弥の発病から半年少々が経った。今でこそ落ち着いているが、発病以来、病状は一進一退である。

当初、熊弥の病状はさほど重いとは思われなかった。高知で発作を起こしたものの、田辺に着く頃にはかなり穏やかになっていた。記憶の混濁や言語不明瞭な点はあれど、会話が成り立つこともあった。

四月には親戚の若者に頼み、ちょっとした旅行に連れていってもらうくらいまで回復した。だがその旅先でまたも発作が起き、和歌浦《わかうら》病院に入院することになった。五月に入り、熊弥は田辺の自宅に引き取られた。自宅での療養を選んだのは、精神を病んだ者は自宅で養生させるべし、という医師の話を聞いたためである。

寝込みがちだった熊弥はその後、記憶をかなりの部分取り戻すまで軽快したが、夏に再び調子を崩した。客人が見舞いの言葉を述べると、激高して喚き散らすこともあった。

「なんで我《あが》が見舞いなんぞ受けなあかんのや。我は正気じゃ。何の間違いもない。それやのに、お前《まん》らは病人やのなんのと言いよる。お前らは幻覚じゃ。我は幻覚を見とんのじゃ。幻覚から逃げるには、死ぬしかない」

発言は支離滅裂であったが、本人にとっては筋が通っているらしく、家族がどう説得しても

「死ぬ、死ぬ」と言って聞かないことが度々あった。そのため熊楠も安易に客人と会うことができず、門を閉ざすようになった。

ここに及んでようやく、熊楠は病と向き合う覚悟を決めた。常楠との金銭問題もあるが、それはひとまず措《お》く。長患いに終止符を打つためには、じっくりと養生し、少しずつ快方に向かわせるしかない。

ある朝、熊楠は所在なげに庭をうろついている息子に「熊弥」と声をかけた。

「こっち来い。一緒に観察しよら」

毎朝九時から夜九時まで、熊楠は熊弥を離れに同室させた。絵入りの書物に親しませ、ともに標本の片付けをした。調子がいい時は顕微鏡を覗かせたり、藻類の写生をさせたりもした。そうして日中を離れで過ごし、熊弥が寝付いてから午前三時頃まで、本来の仕事に取りかかった。

病には野菜を摂るのがよいと聞いてから、一家は菜食中心になった。願掛けのつもりで酒も煙草も断った。慢性的に金欠が続いていたため、倹約にもちょうどいい、と己に言い聞かせた。

何が奏功したのかはわからぬが、現在、病状は徐々に快方へ向かっている。会話は十全とは言えないまでも、表情や身振りを通じた意思疎通はかなりできるようになった。ついでに、最近は熊楠の足の調子もよい。

——このままなら、近々全快じゃ。

紙箱の補修を終えた熊弥に書物を与えると、畳に置いてじっと見つめた。思いきって熊楠は話しかけてみる。

「のう、熊弥。我《あが》の助手にならんか」

発言の意味を測りかねたのか、熊弥は難しい顔で首をひねる。

「仕事を手伝《てつど》うてほしいんや。やらなあかん作業がどっさり残っちゃら」

熊楠が粘菌の次に狙いを定めているのは、長年蒐集してきた淡水藻の目録作りである。そのためには図譜を作り、標本を精査し、種を同定する必要があった。

「お前《まん》には、淡水藻の観察と筆写を任したい」

絵筆を扱う熊弥の手つきは、なかなか悪くなかった。同定は難しくとも、図譜の作成では大いに力を発揮するはずだ。もし熊楠の助手として働いてくれるなら、熊弥の養生をしつつ、熊楠の研究も加速できる。あわよくば、熊楠と熊弥の連名で淡水藻の目録を刊行したいと考えていた。

発言の意味を解したのかは不明だが、熊弥ははにかむように笑んだ。その微笑には見覚えがある。那智《なち》山中で幻視した、大日如来だ。

熊楠は絶句し、穴が空くほど息子を見つめた。熊弥はすぐに口をとがらせ、目を逸らしてしまう。だがほんの一瞬、確かに熊弥と大日如来が重なった。那智の山中にこもっていたころ、如来が熊楠を導いてくれた記憶が蘇る。

熊楠の胸は期待に躍った。これから、熊弥が熊楠の人生をよき方向へと導いてくれるかもしれない。楽観的であることは承知していたが、それでも頬の緩みは堪えられなかった。

庭の向こうに広がる冬空に目をやる。水色の空には糸のような雲が一条、たなびいていた。

翌年、一九二六（大正十五）年二月。寒風吹きすさぶ離れで、門弟の小畔四郎から届いた書簡を一読した熊楠は我が目を疑った。脳天が発火するように熱くなり、口元が自然と引き締まる。

「えらいことが起こった」

小畔の書簡というのは、粘菌標本の提供に関する相談だった。学者や愛好家たちの間で標本をやり取りするのは、珍しいことではない。熊楠はたびたび国内外の研究者に標本を送っているし、逆に専門家から検鏡を依頼されることもある。

問題は、提供する相手である。

摂政宮裕仁親王《せっしょうのみやひろひとしんのう》。今上天皇の長男、つまりは皇太子である。

当然、学者間の授受とは意味合いが異なる。標本は裕仁親王へ進献され、御用掛《ごようがかり》の菌学者服部《はっとり》広太郎《ひろたろう》による講義に活用されるとのことだった。日本郵船の関連会社に勤める小畔は、職場に服部の親戚がいる縁でこの件を持ちかけられたという。そして、その標本選定を研究の師である熊楠に依頼できないか、と尋ねてきたのだった。

ここぞとばかりに、「閧の声」が喚きだす。

――大出世じゃ。とうとう、熊やんの名ぁが天下に知れ渡る。

――阿呆《あっぽけ》。何より、皇太子殿下に標本を御覧いただける栄誉やろうが。

――百でも二百でも献上したらええ。さあ、忙しなら。

だが、熊楠にはその声がまともに聞こえていなかった。さしもの熊楠も、在野研究者である己と、皇太子との間に交点が生じるとは想像もしていなかった。

物音に振り返れば、すぐ傍では熊弥が黙々と絵を描いている。発話こそままならないものの、病状は概ね安定していた。その視線はこの世を離れ、天界を見つめているようでもある。この朗報は、もしかすると熊弥という名の大日如来がもたらしてくれたのかもしれない。

「熊弥。ええ報せじゃ」

熊楠は勢いのまま事の次第をまくし立てたが、熊弥は口を開いたまま黙然としている。それでも構わなかった。天上の如来が返事をくれるとは限らないのだから。

興奮に包まれていた熊楠だが、熱が冷めてくるに従い、歓喜だけでなくこの仕事の難儀さも見えてきた。

仮に百の粘菌標本を選定するとして、そのためには土蔵の奥深くまで分け入り、門弟たちからも標本を集めねばならない。さらには、そのすべてを仔細に点検する必要がある。何しろ皇太子へ進献する標本である。万が一にも不備があってはならない。

一方、熊弥は病状が安定しているとはいえいまだ目が離せない。退屈すると立ち歩いたり、騒いだりすることもあった。熊弥の面倒を見ながら、細心の注意を要する仕事を進めるのは至難の業である。

——そうかと言うて、やらぬ選択はない。

迷う余地はなかった。ひょっとすると、己はこの時のため、おびただしい数の標本を蒐集してきたのではないかとすら思えた。熊楠は十代の頃、父弥右衛門に向かって啖呵を切ったことを今でも覚えている。

——我《あが》が学者として大成したら、南方の名ぁを北から南まで知らしめられる。これでようやく父との約束を果たせるかもしれぬ。どのような難業だろうと、やり遂げる他に道はなかった。

その夢を見たのは、難航する標本選定の最中であった。小畔の相談から三か月が経過していた。熊楠はいつも通り、離れで単式顕微鏡を覗いていた。遠目には青茶けた汚れにしか見えないが、それは確かに粘菌であった。熊楠の眼前には、小さな子実体の連なりが広がっている。なぜか熊弥はいなかった。

「こがなもんか」

顔を上げた熊楠は、すぐさま異変に気が付いた。傍らに見覚えのない新聞が落ちている。手に取ってみると、それは『牟婁《むろ》新報《しんぽう》』であった。『牟婁新報』は昨年毛利が廃刊したはずだが、なぜか日にちは今日付けになっている。

何気なく新聞を広げた熊楠は、うえっ、と嘔吐に似た声を上げた。一面に「粘菌の新種大発見」という見出しが躍っている。記事には写真も掲載されていた。その写真は、まさに今しがた検鏡したばかりの青茶けた粘菌の子実体であった。

「なんで、これが」

この粘菌はまだ公表していないはずだ。それなのに、なぜか粘菌の写真が新聞に掲載されている。見ず知らずの何者かが、発見者の功を横取りしたのだ。熊楠は身体の震えを堪えて、もう一度顕微鏡を覗く。やはり、新聞に掲載された写真とまったく同じであった。この標本の存在を知っているのは熊楠と一部の門弟だけのはず。いったい誰が外に洩らしたのか。

「腹の立《けったくそわり》つ！」

熊楠は新聞紙を丸めて庭へと投げ捨て、せかせかと煙草をふかす。門弟たちには、標本を他の者に見せるなと注意していたのに。これで、新種発見の手柄は赤の他人に奪われてしまった。名声を得る機会が失われた。

「そがなこと、どうでもいいでしょう」

熊楠の耳に何者かの声が届いた。立ちこめる紫煙の向こうに佇んでいるのは、浴衣を着た羽山《はやま》繁太郎《しげたろう》であった。安藤蜜柑の木の下に立つ繁太郎は険しい顔をしている。触れるのもためらわれるほど美しい眉間に、陰影が刻まれていた。

「繁太か。久方ぶりやの」

「熊楠さん。そがなこと、どうでもいいでしょう」

繁太郎は同じ台詞を繰り返す。

「新種がどうとか目録がどうとか、そがな功名、熊楠さんには些細なことじゃ」

「些細やと？　この標本を作るんに、どんなけの手間と時間と……」

「この世を知り尽くし、己を知る。それが熊楠さんの目標やったんちゃいますか」

熊楠は口をつぐんだ。急所を突かれたからである。この世のすべてを知る、という大願を引き合いに出されると、新種の一つ二つに拘泥している己が急に小さく見えてくる。繁太郎は木陰に立ったまま、なおも言い募る。

「熊楠さんはいつから、普通の学者になってもうたんですか」

「繁太、ちゃうんや」

「金がないからですか。それとも、粘菌に名ぁがついたからですか」

数年前、熊楠が庭木から採集した粘菌は新属と認められ、「ミナカテルラ・ロンギフィラ」と命名された。南方の名が研究史に刻まれたのである。その事実が、誇らしくないと言えば嘘だった。

「聞かんか、繁太。我《あが》は粘菌に関しては当代一の学者じゃ。皇太子が我に標本を献上せぇ言うちゃある。こがな栄誉、凡百の学者ではよう辿り着かん。我は成功した。お父《と》はんとの契《ちぎ》りを守ったんじゃ」

「ほいで？」

繁太郎の口ぶりには、体温が感じられなかった。

「ほいで、熊楠さんは己をどう思てるんですか。誰《だえ》かに認めてもらわな、誰かに褒めてもらわな、満たされんような器ですか」

熊楠は拳を座卓に打ち付けた。硯が落ち、墨が黒々と床を濡らす。

「認められたあかんか。褒められたあかんか。我《あが》はもう、独りきりは嫌なんじゃ。家族がおって、仲間がおって……そがな普通の生き方も許《き》さ《ば》れ《れ》な《ん》い、ちゅうんか」

わかっている。繁太郎の指摘は、この十数年、熊楠が見て見ぬふりをしてきたことだった。門弟に囲まれ、皇太子から標本を求められても、それは博物学者として評価を得ているに過ぎない。己が何者かを知る道程は、いまだ半ばであった。

繁太郎は応答せず、長い睫毛をしばたたかせている。その目はくっきりと蔑みの色に染まっていた。

熊楠は来年、六十歳になる。長生きするとは己でも思っていない。すでに人生の終盤に差し掛かっている自覚はあった。おそらくはあと数年、保《も》って十年といったところか。

時が残されていないことは理解している。だが、今や熊楠は自由の身ではなかった。

「我には、熊弥がある」

絞り出すように呻くと、背後から、こここ、と鳴く声がした。振り返ると、庭の栴檀《せんだん》の木の下で鶏が枯葉をついばんでいた。手前の縁側には、あぐらをかいてその鶏を眺める男の姿がある。

熊弥であった。白い顔には、何らの感情も浮かんでいなかった。熊弥はこのところ一語も発さず、動き回ることもなくなった。血の通った人形のごとく静かに座し、動物を眺めて一日を過ごすことが多かった。

「熊弥を見捨てて、好き勝手に暮らすことはできやん」

繁太郎は熊弥と熊楠を交互に見て、ふん、と鼻を鳴らした。

「そない新種が大事なら、後生大事に標本を抱えとったらええ」

熊楠は思わず耳を塞いだ。これ以上繁太郎の言葉を聞けば、今の生活をかなぐり捨てて、何処《いずこ》かへ駆け出してしまいそうだった。我《あが》は父親じゃ。そがなこと、できやん。つぶやく端から、言葉は虚しく消えていった。

夏になるにつれ、熊弥の病状は激しくなった。

早朝四時前に起き出し、日が変わるころまで歌を歌うようになった。切手貼りなどの簡単な役目を与えても、すぐに飽きて勝手に屋上へ上り、歌い出す。そのたびに熊楠や石友が連れ戻すが、少し目を離せばまたどこかへ行ってしまう。とても落ち着いて仕事をするどころではなかった。

秋が深まると、熊弥は再々、自邸を飛び出した。

近隣に住む他人の家に無断で立ち入って、戸棚を探ったり、住人を驚かしたりするようになった。ある時には仏壇を開き、鉦鼓《しょうこ》を仏像に打ち付けて大騒ぎになった。植木屋から貴重な鉢植えを勝手に持ち帰り、自宅の庭に並べたこともあった。

事が起きるたび、熊楠や松枝、石友が駆けつけ、連れ戻し、住人に詫びを入れる。熊弥を叱責しても意味はない。むしろ厳しい言葉をかけるほどに熊弥は混乱し、病状が悪化するようだった。熊弥は名前を呼ばれたり、書かれたりすることにすら敏感で、熊楠が書く書簡に己の名前を見つけると、横から奪い取って破り捨てた。他人からの手紙も同様であった。

腰を据えて作業ができるはずもなく、熊楠は日中の大半を看視に費やし、熊弥が眠ってから起きるまでの時間に少しずつ仕事を進めるしかなかった。そのような状況でも、小畔を通じて服部からの催促が入る。熊楠は睡眠不足を押して、進献のための標本整理をじりじりと進めた。

どうにか三十七属九十点の標本を揃え、小畔に宛てて表啓文《ひょうけいぶん》を送付したのは、十一月初旬のことであった。献上者には位階勲等の資格が必要であったため、元陸軍中尉の小畔がこの役を務め、熊楠は品種選定者として表啓文に名を連ねた。熊楠が表啓文に記した一語を服部に修正されたことは腹立たしかったが、それよりも解放感の方が強かった。

「やっと済んだ」

任務を果たした熊楠は疲弊しきっていた。しばし仕事の手を休め、熊弥の介抱に専念することにした。幸いというべきか、熊弥は外出を止めたが、代わりに家のなかを昼から夜まで走り回るようになった。長患いは一年半を超えていた。

——これでも、自宅で養生せなあかんか。どこか入院さしたらええわいしょ。

——入院さすにも金がかかる。その金があら?

——熊弥を見捨てるんか。熊やん、それでも親か。

頭のなかでは「閨の声」が始終議論を交わしている。京都の岩倉《いわくら》に精神病を専門とする病院がある、という話は聞いていた。だが、熊弥を入院させる踏ん切りはつかなかった。金の問題よりも、情の問題である。

ある日、珍しく熊弥は大人しく図鑑を見ていた。机に向かうのは春以来であり、熊楠も松枝も喜んでいた。

様子が変わったのは夕刻のことである。工事のため、隣の家の屋根に上った職人たちが木遣《きやり》を歌い出した。歌声は熊楠の家にまで届き、それを耳にするなり、熊弥は声の限りに絶叫した。その叫び声は、見知らぬ獣の咆哮のようであった。なだめてもすかしても、落ち着く気配はない。

家族はなす術なく、熊弥が力尽きるのを待ちながら見守るしかなかった。

熊楠は『和漢三才図会《わかんさんさいずえ》』を思い出していた。同書では実在の動物に交じって、空想上の生き物たちが画入りで紹介されている。麒麟《きりん》、白澤《はくたく》、猩猩《しょうじょう》、蛟龍《みずち》……子どもの頃は見知らぬ生物の姿に心躍らせ、その鳴き声を想像したものだった。今、目の前で息子が発している声は、存在しない獣の鳴き声と似ているのかもしれない。そう思うことで、熊楠はどうにか、この不明瞭な声に意味を見出そうとした。

熊弥の絶叫は夕六時から九時まで続き、とうとう、喉が嗄《か》れた。

松枝に付き添われて寝床へ向かう熊弥を見送り、熊楠は一人、離れで葉書を見返した。それは発病直前、熊弥から送られた二通の葉書であった。

〈嗚呼私ハ此世ヲ去リマス〉

看病が辛くなるたび、熊楠はこの葉書を読み返す。そして、熊弥が病にかかったのは己のせいなのだと思い直す。

自業自得。そう思ったところで楽にはならないが、放り出すわけにいかない、という責任感は掻き立てられる。この葉書は、辛さからどこかへ逃げてしまわぬよう、熊楠自身を縛りつけるための縄であった。

葉書を座卓下に置いた熊楠は、中途になっていた門弟への手紙を書きはじめた。粘菌標本に関するやり取りのためだ。長らく放置していた目録の完成は、大詰めにさしかかっている。いいかげんこれも公表しなければならぬ。熊楠は苦笑した。

「ならぬ、ばかりじゃ」

自己を律し、責任を果たし、その先にいったい何が待っているというのか。少なくとも、幼少期の夢から遠ざかっていることは確かだった。家に閉じこもって息子の世話をするばかりでは、世界を知ることはできない。

門弟への手紙を書いている最中、いつの間にか熊楠は眠っていた。

意識を取り戻した熊楠の目に映ったのは、積み上げられた書物だった。その向こうに誰かが立っている。涎が紙の上に染みを作っていた。寝起きのぼやけた視界が、少しずつ澄んでいく。

──あかん、眠《ねぶ》っとった。

上体を起こして人影に目を凝らすと、それは松枝であった。妻が手にしたものを目にした途端、うっ、と呻き声が上がった。松枝の両手には、熊弥からの葉書があった。涼風が彼女の耳際《みみぎわ》の毛を揺らしていた。

返せ、というより早く、松枝が「なんですの、これは」と言った。

「勝手に読んだんか」

「なんで、すぐ見してくれんかったんです」

「お前《まん》や文枝に見したら、要らん心配する」

「あの子、死ぬつもりやったんですか」

「わからん。気の迷いかもしれん」

「辛かったんちゃいますか。熊楠の息子やとか学者になれとか色々言われるから、気ぃ重かったんちゃいますか」

「そがなこと、今更言うても病は治らん」

両目に涙を溜めた松枝は唇を噛んでいた。熊楠は立ち上がり、葉書を奪い取る。

「もう、忘れぇ。こがなもん」

松枝は動こうとしなかった。目の端から涙がこぼれ落ち、喉の奥から嗚咽が漏れた。歯を食いしばり、口を左右に精一杯開き、獅子のような形相で夫を睨む。爪で皮膚が破れそうなほど、強く両手を握りしめていた。

「あんたのせいや」

決然とした口調だった。

「あんたのせいや。あんたのせいで、熊弥はおかしなったんじゃ！」

松枝の口から飛んだ唾が、熊楠の顔にかかった。熊楠は拭おうともせず、正面から松枝を見据える。否、とは言えない。ただ黙って立っていることでしか、応じようがなかった。松枝は熊楠の右腕をつかみ、激しく揺すった。

「熊弥を返しぃ！　熊弥を返しぃ！　早《はよ》う、早う熊弥を……」

じき、松枝は膝を折ってその場にうずくまった。両手で顔を覆い、畳に額を擦りつける。おう、おおう、と言葉にならない慟哭が離れにこだました。

「お願いします。お願いします。何でもするから、金も家も何もいらんから、どうか、どうか熊弥を返してください。おかしなってしまう前の熊弥に戻してください。お願いですから。お願いですから……」

熊楠はしゃがみこみ、松枝の背中に手を置く。二枚の葉書は畳の上に散らばっていた。

その年の暮れ、元号が大正から昭和へと変わり、皇太子は天皇となった。

年が変わり、一九二七(昭和二)年の春に至っても、熊弥の病状は一進一退であった。野山や浜辺を走り回り、大声で歌う日があれば、熊楠の語りかけに応じて淡水藻の図譜をじっと眺めている日もあった。

熊楠の頭髪には、以前に比べて白髪が目立っていた。松枝は派手に怒ったり泣いたりすることが増え、文枝は勉強が手につかないようだった。熊弥の発病から二年が経っていた。

五月、熊楠はいつものように玄関先で番をしていた。熊弥は時折大声を上げながら、家のなかを歩き回っている。出入口の前に座り込み、敷地の外へ出ないよう見張るのが熊楠の役目だった。最近では、息子が朝起きてから夜眠るまでこうしている。始終見張っておかなければ、熊弥が勝手に外へ出てしまうからだ。走ったり歌ったりするだけならまだいいが、よその家に侵入し、破壊や盗みを働くおそれもある。熊楠が作業を開始するのは熊弥が就寝してからで、眠れるのは長くとも四時間、短いと二時間にも満たなかった。

それでも博物学者としての仕事は絶えていなかった。英語論文は断続的に投稿していたし、二月には粘菌研究の集大成として「現今本邦ニ産スト知レタ粘菌種ノ目録」を発表した。掲載された種は百九十六を数えるが、未発表の標本もまだ残っている。これらも機を見て公表するつもりであった。

ただ、その機があとどれほど残されているのか、甚だ心許ない。

――眠《ねぶ》たい。

寝不足で眼球の奥がじんじんと疼く。言葉がすんなりと出てこない。明らかに脳の回転が遅い。身体が重く、動作はのろくなった。この生活があとどれだけ続くのだろうか。考えるだけで憂鬱だった。

――岩倉の病院か、もしくは和歌浦にでも……。

熊楠の心は揺れていた。自宅での療養は限界だった。熊楠と松枝は熊弥の父母だが、同時に一人の人間でもある。人間のできることには限りがある。ならば、いっそ入院させたほうが家族皆のためにいいのではないか――。

幾度、同じ自問を繰り返したかわからない。だがどんなに迷っても、毎度熊楠の結論は同じだった。あと少し。あと少しだけ自宅にいさせ、それでも難しければ入院させよう。そう決めるたび、不思議と熊弥の調子は少しだけ快方に向かう。その様子を見て、熊楠たちはかすかな希望を抱く。そして後日、必ずまた悪化する。その繰り返しだった。

昼下がりの陽気に誘われて眠りに落ちかけた、その刹那。離れから絶叫が聞こえた。

熊楠ははっと顔を上げ、肉体に鞭を打って駆け出す。居間の松枝は縫い物をしながら居眠りしていたようで、寝ぼけた顔で夫を仰ぎ見た。行かなければ、とわかっていても身体が動かないらしい。

熊楠は下駄をつっかけ、大股で離れへ近づく。熊弥の咆哮が徐々に大きくなる。また室内をどたばたと走っているのか。あるいは、標本箱でもひっくり返しているか。できるだけ被害が少ないことを祈りつつ、熊楠は離れの戸を開けた。

そこには、紙の雪が降り積もっていた。

ざざっ、ざざっ、と耳障りな音を立てながら、熊弥は一心不乱に紙束を引き破っていた。畳は足の踏み場がないほど紙片が敷き詰められている。一目見て、熊楠はその紙の正体がわかった。全体を見ずとも断片で十分だった。何しろそれは、熊楠が数十年を費やして描いてきた粘菌図譜だったのだから。

「熊弥っ!」

蒼白になった熊楠は、すぐさま熊弥に飛びかかった。

「図譜だけは、それだけはやめえっ!　やめてくれえ!」

熊楠は背後から羽交い絞めにしようとしたが、若い熊弥の腕力には敵わず、突き飛ばされて尻餅をついた。腰に痺れるような痛みが走る。それでも諦めるわけにはいかない。今度は熊弥の右腕を、抱きかかえるように両腕でつかんだ。

「言うこと聞き、こらぁ!」

熊弥は絶叫して腕を振りほどき、またも図譜を破り続ける。熊楠が幾度制止しても聞かなかった。憑かれたように、熊弥は父が丹念に作り上げた図譜を破壊する。

図譜は顕微鏡で観察しながら丁寧に描いた絵と、その形態を記録した文章から成る。熊楠にとっては生物研究の最重要記録であり、生きた証と言ってもよかった。その図譜が引き裂かれるのを、熊楠はただ見ているしかなかった。黄や橙に美しく彩色された子実体が、欠片と化して散っていく。

熊楠は畳に両手をつき、額をこすりつけた。

「熊弥、勘弁してけぇ。我《あが》を蹴っても、殴ってもええ。殺したいんやったら殺したええ。でも図譜だけは壊すな。それは、それは我の人生なんじゃ」

返ってくるのは咆哮だけであった。熊楠の目から落ちた涙が図譜の破片を濡らした。青錆《あおさび》色の絵具が滲む。

「熊弥……熊弥ぁ！」

息子は決して手を止めない。図譜だけでなく書簡に至るまで、あらゆる紙という紙を破り、裂き、ちぎる。膝をついて呆然と眺める熊楠の頭上に、絶え間なく紙片が降る。

――因果なんか。

熊弥は熊楠の大日如来だった。そうだとすれば、この仕打ちも大日如来の差配のはずだ。何らかの因果が働き、図譜が破却されている。そう考えねば、正気を保つことができなかった。

「何しとんねや」

声に振り返ると、顔を赤らめた石友がいた。老齢の石友は熊弥の正面に回り、両腕をつかんで説得を試みた。もう止《や》めぇ、気ぃ済んだやろ。幾度か同じことを話しかけると、熊弥は沈黙し、ようやく破壊を止めた。

「先生《せんせ》、無事か」

身体に目立った傷はない。だが、無事とは到底言えなかった。肉体の一部を断ち切られるよりも、よほど痛かった。

熊楠の大日如来は、どこまでも虚ろな目で父を見下ろしていた。


眠りにつくたび、熊楠は祈る。

目が覚めたら、熊弥の病が治っていますように。この悪夢のような日々が終わり、すべてが元に戻りますように。せめて、会話が成り立つ程度に軽快していますように。

だが、祈りは必ず裏切られる。早朝、邸内に響き渡る熊弥の叫び声を聞くたび、闇へと真っ逆さまに落とされる気がした。また長い長い一日がはじまる。これから起こることを考えるだけで、全身が鉛のように重くなる。

一九二八(昭和三)年二月。

熊弥が発病してもうすぐ三年が経とうとしていた。この半年、ほとんど研究は進展していない。それどころか、熊弥には図譜に加えて標本の一部まで破壊された。年月を重ねて作り上げた成果でも、壊すのは一瞬である。

忍耐はとうに限度を超えていた。最後に安眠したのはいつだったか思い出せない。介抱している家族までもが、病人のように青い顔で過ごしていた。

このところ、松枝と顔を合わせるたびに入院の相談をしている。

入れるとすれば、設備の整っている京都の岩倉病院が望ましい、という点で夫婦の意見は合致していた。そして二人とも、いずれこの生活を終わらせねばならないことも悟っていた。仮に五年十年と熊弥の病が治らず、父や母が先に逝ってしまったら、熊弥はどう暮らしていくのか。もはや、徐々に病状が軽くなっていけば——などと言ってはいられなかった。快癒の見込みが極めて薄いことは、家族が最もよくわかっている。

熊楠が隠していた熊弥の葉書について、松枝はあれ以来、一言も口にしていない。まるで、そんなものは見ていない、とでも言わんばかりの態度である。しかし、妻があの葉書の文面を忘れていないことを熊楠は知っている。

夜間、熊弥の寝床から松枝の声が聞こえてきたことがあった。

——なんで、死のうと思た。なんで、言うてくれんかった。

妻のすすり泣く声を思い出すたび、熊楠は責められている心持ちがする。

その日、熊弥は朝から寝込んでいた。一月に熊楠が手ひどく叱って以来、寝床から動かない日が増えた。

きっかけは年初、宮内省の封筒で届いた便りだった。差出人は服部広太郎。内容は、未発表の粘菌に関する問い合わせであった。そこには標本の写真まで同封されていた。おそらく小畔が迂《う》闊《かつ》に見せてしまったのだろう。未発表の標本は人に見せるな、と言い含めておいたのに。

本音を言えば、返信したくはなかった。服部は新種発見の功を横取りするつもりちゃうか。こがなもん無視してまえ。「閑の声」はそのように喚いたが、宮内省からの問い合わせとあらば応じないわけにいかない。

熊楠が気力を振り絞って返信を綴っている最中、熊弥は幾度も離れへ来て父の様子を窺った。何をするでもないが、戸を開《あ》け閉《た》てしては辺りを歩き回る。熊楠は、熊弥がいきなり書簡を奪って引き裂くのではないかと気が気でなかった。苛立ちは頂点に達し、すぐ傍まで近づいてきた熊弥につい声を荒らげてしまった。

「お前《まん》が来ると汚《けが》れる。あっちゃ行きっ！」

父の怒声に、熊弥は身体を震わせて立ちすくんだが、やがて静かに去っていった。その日熊弥は夜まで寝込んでしまい、食事も粥一杯しか摂らなかった。

あの日怒鳴ったことを、熊楠は悔いている。そして「汚れる」からと遠ざけたことも、熊楠を鬱々とさせた。熊弥はただ、戸を開閉して様子を見守っていただけだ。余計な手出しなどしていなかった。無意識だったとはいえ、己が息子を信用していない、という事実を突き付けられた。

――熊弥は汚れとらん。汚れとるんは、我《あが》の心じゃ。

だがこの生活が続けば、今後も二度、三度と熊弥を罵ることになってしまうだろう。それは誰にとっても不幸な展望であった。

熊弥が大人しくしている隙に、熊楠は溜まっている雑誌に目を通した。ろくに採集へ行けない熊楠が情報を得るには、手紙のやり取りをするか、新聞や雑誌を読むしか手立てがない。

頁《ページ》をめくっていると、唐突に服部広太郎の名が現れた。記事の題目は「日本に知《しら》れざりし變形《へんけい》菌《きん》の一種に就《つい》て」。

そこには、天皇裕仁の粘菌研究について記されていた。天皇は粘菌に強い興味を抱いており、赤坂離宮や那須御用邸で自ら粘菌を採集しているという。熊楠は胸のうちに、ほんのりと温かなものを感じた。己や小畔が進献した標本が、天皇の研究に役立てられている。その事実が感じられ、誇らしかった。

記事の後半には、天皇が国内未発見の種を発見したことが記されていた。赤坂離宮の枯れた椋《むく》榎《えのき》の幹に付着していたもので、日本で見つかった例はない。誌面には子実体の写真も掲載されている。

あぐらをかいていた熊楠は、途中から正座で記事を読んだ。

「陛下は、本物《ほんもん》の研究者じゃ」

熊楠はつぶやき、二度、三度と記事に目を通した。美しく撮影された写真に見とれ、粘菌を発見した天皇の興奮に己を重ねた。それは、熊弥の看病のために長らく忘れている感覚であった。

――我《あが》は、何をやっとるんじゃ。

この三年、熊楠の生活の中心は常に熊弥であった。執筆活動は続けていたが、それはなかば生活費を稼ぐためであり、本来熊楠がやりたい採集や抜き書きからは遠ざかっている。学者を名乗っていながら、その実、学問からはずいぶん離れていた。

記事からは天皇陛下の学究の喜びが伝わってくる。それだけに、己の置かれた現状が余計に虚しかった。

熊楠は雑誌を閉じ、布団の上に仰向けに寝転んだ。文字を読む気力すら湧かなかった。このまま溶けて泥になり、人知れず消えてしまいたい。そうすれば熊弥のことも、研究のことも考えずに済む。

「疲《き》れ《け》た《た》」

その一語に尽きた。

石像のように、熊楠は微動だにしなかった。もう指先すら動かせない。自分の心臓が動いているのか、それすら心許なかった。

縁側に置いた壺のなかで河鹿蛙《かじかがえる》が鳴いた。昨年、熊弥が庭で捕まえた一匹だった。そのときは熊楠と松枝で喜びあったものだ。ひょっとすると回復の兆しかもしれない。これから生き物に興味を示し、助手として働いてくれるかもしれない。当時はまだ、そんな期待を抱いていた。

ここに至って、熊楠ははっきりと理解した。

熊弥は家族の手には負えない。もう、一緒に暮らすことはできない。

熊楠は天井に向かってつぶやいた。

「すまん、ヒキ六」

その名を口にしたのは十数年ぶりだった。

瞑目すると、瞼の裏に幼い熊弥が浮かんだ。父ぅ父ぅ《とと》と、遊んでほしそうに己を見上げる熊弥。幾度も抱っこをせがんできた熊弥。時を経た今、熊楠はその熊弥から目を背けようとしている。

「すまん、すまん……」

熊楠は一人きりの離れで、延々と謝罪の言葉を繰り返した。

五月、熊弥は岩倉病院に入院した。発病から三年二か月が経っていた。

およそ一週間後、熊楠は岩倉病院を訪ねた。医師らと会話したものの、熊弥とは一度も顔を合わせることなく、病院を後にした。


その年の暮れ。日高郡《ひだかぐん》の妹尾《いもお》官林《かんりん》には、雪が降っていた。降雪のほとんどない沿岸部と異なり、和歌山県内でも内陸部、とりわけ北部の標高が高い地域では雪が珍しくない。

官林の事務所にある客座敷に、熊楠はいた。戸板の上に紙を載せ、鉛筆を動かし、採取した地衣を無心で描いている。筆は凍って針のように固まってしまうため、描画にはもっぱら鉛筆を用いていた。

厳しい寒気は室内にまで入り込んでいた。熊楠は時おり指に息を吹きかけ、温めながら絵を描き続ける。薄着好きの熊楠には珍しく、綿入れをまとい、厚手の股引を穿き、腰巻までしていた。懐に入れた灰式懐炉《はいしきかいろ》が一層の温もりを与えてくれる。いずれも、喜多幅の助言に従って松枝が送ってくれた品であった。

十月から、熊楠は日高に滞在して採集を続けている。自動車でここへ来る途中、塩屋村《しおやむら》を通過した。塩屋といえば羽山兄弟の出身地であり、今も兄弟の妹が暮らしていると聞く。熊楠は採集の帰り、塩屋村へ立ち寄ってみる腹積もりであった。

長期の採集は数年ぶりだった。冬の山林で採れる菌類や地衣類は、田辺で手に入るものとは趣きが異なっている。初めて目にするものも多かった。この二か月ばかりの間に描いた種は、三百にも上る。

夜八時頃、腰から背中にかけての痛みに耐えかね、熊楠は作業を中断した。先月から断続的な痛みに襲われている。手紙で喜多幅に症状を訴えたところ、リウマチであろう、という返信だった。寒中の採集のせいで、手指や足指には凍傷も負っている。だが採集ができることの歓びに比べれば、その程度の痛みはさしたる障害ではなかった。

熊楠はすぐに描画を再開する。遅れた研究を取り戻すかのように、一言も発することなく作業に没頭する。

夜九時過ぎ、泊まり込みの事務員たちが就寝のため照明を落とした。やむなく熊楠も切りのいいところで作業を止める。部屋は襖一枚隔てただけであり、間借りしている立場上、遅くまで照明をつけていることは憚られた。

懐炉に灰を入れ直し、暗闇のなかで横になる。夜が来るたび、寝床で考えるのは同じことだった。羽山兄弟の思い出である。

夢で数え切れぬほど会っているせいか、繁太郎と蕃次郎《はんじろう》の姿は鮮明に思い出すことができた。美しい顔貌も、滑らかな肌も、艶めかしい声も、何もかも。二人は十代の少年のまま、熊楠のなかで生き続けている。

最後に兄弟と会ってから、四十年余が経過していた。その間、あまりにも色々なことがあった。アメリカへ行き、ロンドンへ行き、帰国して那智に籠り、田辺へ移住し、結婚し、息子と娘が生まれた。そして、息子は――。

そのことはなるべく考えないようにしていた。熊弥との記憶に深く潜り込むほど、己を責め、悔やむ。考えるだけ不毛なら考えないほうがいい。ただ、簡単には割り切れないのが人の性《さが》でもあった。

その夜は、羽山兄弟と熊弥のことを交互に想い、なかなか寝付けなかった。

床下から寒気が這い寄ってくる。衣類と懐炉のおかげでどうにか凌げているものの、氷の板の上に寝ているも同然だった。昼に降りはじめた雪はまだ止まない。時おり壁の向こうから、ひょう、と風が空を切る音が聞こえる。

酷寒のなかでも、命の息吹は決して絶えない。白雪に覆われた妹尾官林にも、無数の生命が脈動していた。樹木や雑草、苔や羊歯《しだ》、地衣や菌。それらの生き物も、人も、命という意味では等しく、何らの格差も存在しない。

熊楠は次第に、物言わぬ命に抱かれるような温かさを覚えた。皮膚は冷たいが、身体の芯が温《ぬく》い。そのまま、いつしか眠りに落ちていた。

目が覚めたのは早朝だった。外は暗いが、壁の隙間から薄明かりが差し込んでいる。風の音はまだ絶えていない。襖の向こう側はしんとして、物音一つ聞こえなかった。再び眠りに入ろうとするが、目が冴えて眠れない。

――起きよか。

朝食前に辺りを散策することにした。室内で漫然と過ごすよりは、採集の下見でもしたほうが有益である。小畔から送られたチョコレートをかじり、事務員に借りている藁沓《わらぐつ》を履いて外へ出た。

森は一面、銀世界であった。倒木は白い膜に覆われ、枝の根元に雪塊がうずくまっている。昨日からの吹雪は依然、続いていた。熊楠は雪上に足跡を残しながら、森のなかへと踏み入っていく。

染みの浮かぶ頰に雪混じりの風が吹きつける。熊楠は目を細めた。ゴザを被ってくればよかった、と思いつつ、雪を払いながら歩を進める。冷気が引き金となったのか、足と腰が痛んできた。剝き出しの手の甲はひび割れている。それでも歩を緩めることなく、夜明けの森に分け入る。

吹雪は一層勢いを増していく。笛のような風音が鳴り、睫毛に溜まった雪が視界を塞いだ。熊楠は足を止め、うつむいて顔の雪を払い落とす。

再び正面を向くと、木々の間に蕃次郎が立っていた。

蕃次郎は吹雪のなかにあって平然としていた。袴は風になびき、角袖外套《かくそでがいとう》には薄く雪が積もっている。両手をだらりと下げ、数歩先から熊楠をじっと見ていた。

「熊楠さん」

蕃次郎の声には少年らしからぬ色気がある。風切り音にかき消されそうなその声には、鋭く研がれた棘が潜んでいた。

「熊楠さんは、熊弥が病んでもうたんが怖いんとちゃう」

まずい、と直感した。制止するより早く、蕃次郎は続く言葉を口にする。

「己が病んでまうんが、怖いんでしょう？」

鳩尾《みぞおち》に痛みを覚えた。立っていられなくなり、熊楠は雪の上に片膝をつく。

「学問のおかげでかろうじて熊楠さんは平常でいられる。しかしいつ、熊弥と同《おんな》しようになるかわからん。それがわかってるから、熊弥を懸命に看病したんでしょう。いずれ絶対《でったい》治るはずやと、信じてたんでしょう。ほんで、治らんとわかるや視界の外に追い出した」

「熊弥は息子じゃ。息子を介抱して何が悪い」

歯を食いしばって反論するが、蕃次郎は聞こえていないかのようだった。

「熊弥は、もう一人の熊楠さんじゃ。二人の間を隔てるもんは雪の膜よりも薄い。一皮剝いたら何も違わん。せやさけ、怖いんでしょう」

片膝立ちの熊楠は精一杯、蕃次郎の名を呼んだ。だが相手はそれに応じない。さらに強くなる吹雪が蕃次郎の姿を隠していく。熊楠は痛みに耐えて立とうとするが、身体が言うことを聞かない。

「そもそも熊楠さんは、ほんまに己を知りたいんでっか？」

雪の壁の向こうから、蕃次郎の声が届く。

「己を知った先にあるんは、どん詰まりとちゃいますか。そがなもん、本心から知りたいと思ってますか」

「黙りぃ」

「熊楠さんは、己を知りたいんとちゃう。己が、己のまま生きられる術を知りたいんじゃ」

烈しい風雪が、蕃次郎の姿を覆い隠した。白銀の壁に阻まれ近づくことができない。吹雪が止むと、目の前にはもう誰もいなかった。鳩尾の痛みが嘘のようになくなり、熊楠は肩で息をしながら立ち上がる。靄《もや》のような白い吐息が、生まれては消えていく。

「蕃次郎」

声は空気中に吸い込まれていった。森は沈黙している。熊楠は水疱《すいほう》の浮いた手を擦り合わせ、息を吐きかけた。天上から放たれた雪は、すべての生命に等しく降りそそいでいる。

——己が、己のまま生きられる術。

蕃次郎の言葉は、消えない痣《あざ》となって身体のなかに残った。

年が明けた、一九二九（昭和四）年一月。

採集を切り上げて妹尾官林を発った熊楠は、帰途塩屋村に立ち寄った。繁太郎と蕃次郎の妹、信恵《のぶえ》に面会するためである。信恵は村の豪家《ごうか》山田《やまだ》家に嫁いでおり、四十代なかばであったが見目《みめ》はそれより若かった。

山田家に辿り着いた熊楠は、道中で草履が凍り付いたため新しい草履を所望した。信恵は快く応じ、代わりに「当家一代、祀《まつ》ります」と言って、受け取った草履を丁重に新聞紙で包んだ。

客間の上座に通された熊楠は、信恵やその亭主に歓待された。

「しかし、ほんまに似ちゃる」

熊楠は無遠慮に、信恵の相貌をまじまじと見つめる。彼女の美しく端整な面持ちは、記憶のなかの繁太郎、蕃次郎とよく似ていた。信恵は恥じ入るようにうつむき、「そうですか」と控えめに応じた。

「兄たちは幼い頃に亡くなったから、どがな顔か覚えとらんのです」

信恵が生まれたのは、熊楠が最後に繁太郎と会った日だった。その日の早朝、熊楠は川辺に立つ繁太郎に見送られ、船に乗って塩屋を後にした。夢に見る繁太郎は、今でもそのときの姿である。

熊楠は出された酒を飲み、凍傷を負った手を時折さすりながら、兄弟との思い出を話した。

「あの二人はな、我《あが》に研究の歓びを教えてくれた」

信恵と亭主が興味深そうに頷いた。熊楠は少年時代の兄弟を思い浮かべながら、訥々《とつとつ》と語る。

「繁太郎と蕃次郎は、我の訳した鉱物の研究書を嬉しそうに受け取ってなぁ。こっちまで嬉しなってもうて。顔赤らめて、大変《がい》なこっちゃ、お礼せんならん、言うとった。しかし我にはその、赤らめた顔こそが礼やった。我は独りやない、我のことを理解する者《もん》がおる。それだけで、腹の底がカッカした」

熊楠は兄弟との記憶を手繰りながら、酒を飲んだ。小一時間ほど語ったところで、下瞼に涙を溜めた信恵が「南方先生《せんせ》」と言った。

「兄たちは早うに逝ってもうて……生前の様子を知る縁《よすが》も限られてるもんで。まだ病に侵されとらん、生き生きとした姿を聞くことが、望みでした」

「そらよかった」

「繁太郎も蕃次郎も、志半ばで亡くなりました。けど、先生のなかで生きちゃあるんやったら、兄たちの生にも意味があったんや思います」

熊楠は酒を飲む手を止め、「信恵」と名を呼んだ。

「無駄な生など、ない」

人間に限らず、すべての生には由来がある。親から生まれたにせよ、種子から芽吹いたにせよ、命には必ず根源がある。生命は一個人のものではない。熊楠も、繁太郎と蕃次郎も、太古から続くひとつながりの奔流の一部であった。その意味で、命の間に区別などつけられるはずがなかった。

――ほいたら、熊弥はどうなる。

耳の内側から聞こえる声々が、心臓を叩く。熊やんは、熊弥の命に区別をつけたんちゃうか。人に世話任して、会いにも行かん薄情な父親じゃ。無駄な生などない、と偉そうに言えた立場か。

熊楠はありったけの力をこめかみにこめ、声を封じた。意識を混濁させるために酒を流し込む。からからに渇いた喉が熱く燃えた。

そのまま山田家に宿泊した熊楠は、翌日色紙への一筆を頼まれた。しばし思案した末、熊楠は一気に書き上げた。

〈われ九歳の程より菌学に志さし　内外諸方を歴遊して息《や》まず　今六拾三《ろくじゆうさん》に及んで此地に来り寒苦を忍び研究す　これが何の役に立つ事か自らも知らず〉

信恵は色紙を目にして、少し驚いたようだった。

「先生、えらいご謙遜なさって。ええんでっか」

笑いかける信恵に、熊楠は「ええんじゃ」とだけ応じる。

学者として崇められることも、多くの人に感謝されることもない。そのような己の研究が世の役に立っているとは、到底主張できなかった。それは謙遜ではなく、熊楠の本心であった。

〇

三月、南方邸を高名な生物学者が訪れた。

名は服部広太郎。生物学御研究所主任にして、天皇の生物学の師である。

熊楠はあまり気が進まなかった。これまでさんざん、服部には標本をせがまれている。またぞろ、面倒な頼みごとをされるのではないかと気を揉んでいた。

だが、客間の座布団に腰を下ろした服部の一言で憂鬱は吹き飛んだ。

「仮にだが、陛下への生物学御進講を担うよう依頼されれば如何《いかが》する」

熊楠は絶句した。

――陛下て、天皇陛下か。

何度考えても他に心当たりがない。確かに皇太子時代、粘菌標本の進献はした。だが直接対面するとなると、話は別だ。服部は真面目くさった顔で熊楠を見ている。冗談を言っているとは思えなかった。

「御進講ちゅうんは、その、博物学やら何やらを、我《あ》が天皇陛下に話せと？」

「仮にだ」と服部は短く答える。

熊楠の首筋に汗が噴き出た。やはり、勘違いではないらしい。

服部いわく、国内にいる粘菌の研究者は一握りであり、服部を除けば、粘菌に関して陛下に御進講が可能な人物は熊楠の他にいないという。標本の献上に協力し続けた甲斐あってか、服部は熊楠を粘菌研究の第一人者だと認めていた。

無位無冠《むいむかん》の民間人が天皇に拝謁し、さらには学問講義をするなど前代未聞のことである。熊楠は、かねてから粘菌に関して己の右に出る者はいないと自負していた。だが、だからといって天皇を相手に講義をするなど考えもつかなかった。

もっとも、否やがあるはずもない。御進講の大役を務められるとあれば、これほどの栄光はなかった。

「謹んで、お受けいたします」

平伏した熊楠に、服部は真顔で「仮にだと言っている」と応じた。

その日は仮定の話を出ないまま、服部との面会は終わった。

服部の帰宅後、熊楠は真っ先に松枝のもとへ向かった。松枝は台所に立ち、女中《おどん》とともに食事の支度をしている最中だった。

「松枝」

振り返った妻は青白い顔をしていた。熊弥が入院して以後、彼女は力を落としている。熊楠はことさら破顔してみせた。

「陛下に拝謁できるかもしれん」

「はい?」

事の次第を説明すると、松枝は首を傾げたまま再度「はい?」と口にした。

「陛下への御講義? 誰《だえ》が?」

「我《あが》の他に誰がある」

そこまで話して、松枝はようやく事情を吞み込んだ。幽霊のように血色の悪かった顔が、興奮で朱に染まる。

「えらいこっちゃ。衣装は? 洋装ですか。宇吉さんに相談せんと」

「落ち着き。まだ仮の話じゃ」

そう言いつつ、熊楠は口角が持ち上がるのを止められなかった。

四月になって、御進講を正式に打診する書簡が届いた。書簡が届いた時、熊楠はちょうど客人と食事をとっていた。中座して内容を一読した熊楠は歓喜し、すぐさま客人に話した。

「天皇陛下が、とうとう田辺湾においでになる!」

喜びのあまり、熊楠は踊るように手足を動かしながら語る。そのせいで前垂《まえだれ》はめくれ、着物がはだけ、股座《またぐら》が露わになった。客人は顔をしかめながらも、乱舞する熊楠を「まあ落ち着いて」となだめた。

御進講の手筈はこうである。天皇は田辺湾神島《かしま》で熊楠と対面し、当地で粘菌採集。その後、田辺湾に碇泊《ていはく》した御召艦《おめしかん》において御進講。採集場所に神島が選ばれた裏に、島特有の貴重な植生があることは明らかだった。仮に神島の森が伐採されていれば、天皇陛下がこの島に降り立つこともなかったかもしれない。

——熊楠、ようやった。

幻想であると承知しつつ、天皇から賛辞を賜った気がした。

急遽、熊楠は生物標本の準備に取り掛かった。御進講で何を話し、どのような標本を使うか、至急検討せねばならない。田辺という地で話すのだから、この地に特有の生き物は外せなかった。熊楠は町民たちの協力も得つつ、田辺湾の生物を集めた。

以前読んだ雑誌記事を思い起こすまでもなく、天皇陛下は本物の生物学者である。生半可な講義をすれば、底の浅さを見抜かれる。生物標本を前に、熊楠はほとんど眠ることなく御進講の筋書きを作った。

途中、日程変更の知らせを県庁がせき止めるなど、くだらない妨害もあった。熊楠は腸《はらわた》が煮えくり返るほど怒ったが、民間人熊楠が天皇に拝謁することは、官史が嫌がらせしたくなるほどに異例の出来事なのだろうと思えばどうにか納得できた。

世間がままならぬことはいやというほど知っている。会いたいときにもう相手はおらず、欲しいときに金はない。人だけでなく、菌も植物も意のままにはならない。功名も思うようには立たない。思いどおりになることのほうが、はるかに少ない。

だがそれでも、熊楠と天子《てんし》の対面を止めることは誰にもできなかった。

六月一日、正午過ぎ。

熊楠は松枝に洟をかんでもらってから、自宅を出立した。身につけているのは在英時代に愛用していたフロックコート。頭には山高帽を被っている。

コートを含め、衣服は仕立屋の宇吉に整えてもらった。常日頃から、宇吉は己の仕事をほっぽり出してでも、熊楠のために尽くしてくれる。高知で発病した熊弥を迎えに行ってもらったときも、そうだった。補修したフロックコートを差し出しながら、宇吉は感極まった様子で涙を堪えていた。

「熊楠先生の栄誉は、我《あが》らの栄誉じゃ」

霧雨の降るなか、熊楠は背筋を伸ばし、大股で浜へと歩いた。歩きながら、歌舞伎役者よろしく見得を切っている。何しろ一世一代の大舞台だ。

――見てるか、お父《と》はん。

脳裏に浮かぶのは父弥右衛門の面影だった。南方の名を天下に知らしめると約束した日のことを、熊楠は今も覚えている。万が一、弥右衛門が存命であれば、少しは心痛を和らげてやることができただろうか。

浜辺では喜多幅をはじめ、多くの友人知人が待っていた。彼らが見守るなか、熊楠は漁師の操る船に乗った。田辺湾には御召艦長門《ながと》をはじめ、いくつもの艦艇がひしめいている。

船は海上に滑り出し、そのまま待機することとなった。雨中の神島を見やるうち、熊楠の脳内で声が響く。

――天皇陛下の御前で粗相したら、どがな目ぇ遭うかわからな。

――もっぺん湊かんどったしか、ええ。

――服に妙な染みついとらんか。顎に剃り残しないか。

熊楠には、声々を気にする余裕すらなかった。ただ、これから天皇が上陸するであろう小さな島を一心に見つめている。

先月、熊楠は『大阪毎日新聞』で「紀州田辺湾の生物」と題した連載原稿を書いたが、その冒頭で神島に触れていた。

〈諸島中最も大きく、周《めぐ》り九町、二つの小山東西にわかれ立ち、岩平らかな地峡で維《つな》がれ、大潮毎《ごと》に地峡も海と成つて一つの島を両分する。東の山は樹木蓊鬱《おううつ》古来斧で伐《き》られず。西の山は明治十五年ごろ一度禿《はげ》にされたが今はまた茂りをる。二つながらこの地方草木の自然分布の状態をみるに最好の場所である〉

神島は田辺湾の象徴である。この地に天皇が降り立つことは、熊楠にとって自らの懐に天子を抱くことと同義であった。

やがて御座船《ござぶね》が島へと接近をはじめた。それに合わせて、熊楠を乗せた漁船も神島へ向かう。浜に到着した後漁船を降りようとしたが、持病の足痛を覚えた。仕方なく、熊楠は漁師に背負ってもらって砂浜へ降り立つ。浜辺ではすでに複数の人影が待ち構えていた。

群衆の最前列には、侍従《じじゆう》に傘を差しかけられた何者かが立っていた。その人こそ、採集着に身を包んだ天皇裕仁であった。

漁師の背から降りた熊楠は、目の前に立ち、深々と頭を下げた。天皇も一礼した。そろそろえ塩梅《あんばい》か、と熊楠が顔を上げると天皇はまだ低頭していたので、慌ててもう一度お辞儀をする。今度は天皇が顔を上げ、熊楠のつむじを見ると再び頭を下げた。その様子を、熊楠を背負ってきた漁師が不思議そうに見ていた。

天皇と相対した熊楠は、つっかえながらも「南方熊楠で、ございます」と名乗った。それを受け、天皇が微笑を浮かべる。

「よろしくお願いします」

「お目にかかることができ、恐悦至極《きょうえつしごく》」

熊楠は低頭しつつ、風呂敷で持参した献上品の説明をはじめた。海洞に棲息する蜘蛛類、珍種のヤドカリ、そして百十点に上る粘菌標本である。

「こちらが粘菌でございます」

上ずった声で言いながら、熊楠はボール紙製の化粧箱を差し出した。箱の表には彩色された絵図が印刷され、側面には〈森永ミルクキャラメル〉の文字が躍っている。

「この箱は?」

「キャラメルの容器です。丈夫で軽く、開閉が容易でございます」

横で控える侍従は啞然としていた。天皇への献上品は桐箱に収めるのが通例である。それにもかかわらず紙箱、それも使用済みのキャラメル箱を使うなど、考えられないことであった。だが当の天皇は「なるほど」と頷いた。

「こういう保管法もあるのだな。理に適っている」

その後、天皇は神島の森での採集に向かった。足の悪い熊楠は随行できず、代わって門弟たちが伴った。霧雨のなかに消えていく後ろ姿を見送りながら、熊楠の総身は小刻みに震えていた。

──陛下と言葉を交わした。この我《あが》が。

だが、ここまでは序章に過ぎない。これから二十五分間の御進講が待っている。熊楠は神島から直接長門へ向かった。

夕刻に至り、御進講がはじまった。

艦内に設えられた一室で、熊楠は机を挟んで天皇と向き合った。天皇の向かって右には岡田《おかだ》海軍大臣や奈良《なら》武官長、熊楠の右側には鈴木《すずき》侍従長や加藤《かとう》海軍軍令部長ら、総勢二十余名が陪席していた。

錚々たる顔ぶれを前にしても、熊楠の心は凪いでいる。それは、本当の意味での講義の相手が天皇ただ一人だとわかっていたからだ。

──我はしかつめらしい顔で聴いちゃある連中のために話すんとちゃう。陛下御一人のためだけに、ここにおるんじゃ。

講義の内容は多岐にわたった。熊楠は、長年採集してきた隠花植物の標本、妹尾官林で作成した菌類図譜、そして大量の粘菌標本などを見せながら説明を加えた。何しろ時間が限られているため、自然早口になる。天皇は時折御下問《ごかもん》を挟み、熊楠がそれに答えるため、時間はさらに磨り減っていく。脂汗を流しながら、熊楠は持ちうる限りの知見を吐き出した。

規定の二十五分に差し掛かろうかというころ、側近の一人が口を開いた。

「今少し延長せよ」

熊楠ははっとした。天皇は白刃《しらは》のごとく真摯な目で標本を見つめている。もっと聞かせてくれ、と視線が語っていた。側近はその内心を察し、延長を申し出たようだった。だが粘菌の話は大方終えている。熊楠は死に物狂いで頭を働かせた。延長した時間で何を話すか。再度、粘菌の話か。あるいは――。

「神島には、彎珠《わんじゅ》なる植物が自生しております」

気が付けば、口が動いていた。

「神島に自生する彎珠の実は上等の数珠になりますが、どこでも採れる代物ではございません。きわめて貴重な植物であり、根絶やしにすれば二度と戻りませぬ。幸い保護林に指定されたことで絶滅の難は逃れたものの、いつまた危機に瀕するか。そして事は彎珠のみではないのです。あらゆる植物、あらゆる生物が、この瞬間にも危機に晒されているのです」

侍従がわずかに首をかしげたが、天皇の表情は変わらない。

「我《あが》は、生命とは、流転《るてん》そのものやと思《おも》とります」

興奮のあまり紀州弁が混ざっていることにも気付かないまま、熊楠は語り続ける。

「動物は血の巡りが止まれば息絶えます。植物は養分が行き渡らんようになれば、枯れ果てる。流転を止めた瞬間に生命は終わる。神島の森も同じです。どこか一つ切り捨てられたら血が巡らんようになる。たとえ黒松一本であっても、伐った途端に森は均衡を崩すかもしれん。そのせいで彎珠がなくならんとは、誰《だえ》にも言えんのです」

講義の風向きが変わったことに違和感を覚えたのか、陪席者たちが無言で視線を交わしていた。だが天皇は、依然背筋を正して熊楠を見据えている。

「生きることは死ぬこと、死ぬことは生きることです。人間が生きるためには、他の生命が死なんならん。我《あが》も、ここにおる皆々様も、何者かが死ぬことで生かされちゃある。それは決して忘れたらならんと思とります」

侍従が眉間に皺を作り、あからさまに不快感を示した。受け取りようによっては、天皇の命でさえも「他者の犠牲の上に成り立っている」と強調するような発言だったからだ。天皇に忠誠を尽くす侍従が、苛立ちを覚えるのも無理はなかった。

だが当の天皇は和やかに頷くばかりだ。熊楠は、その頷きが己の言を肯定しているのだと確信した。刻限に達し、御進講を終えた熊楠は深々と頭を下げる。

「拙い講義を陛下にご清聴いただいたこと、心より光栄でございます」

天皇は、最後まで穏やかな笑みを崩さなかった。

紋章入りの菓子を受け取った熊楠は、御用船で浜へと帰った。

夜の浜辺では、松枝や喜多幅たちが帰還を待っていた。大役を終えた熊楠は放心状態で船に揺られ、砂浜に降り立ってからも心ここにあらず、という有様だった。ふらふらと数歩進み、膝からくずおれる。

「気遣いないか、熊やん」

喜多幅が肩を揺さぶった。その背後では携帯電灯を手にした松枝が、心配げに眉をひそめている。熊楠は呆けた顔で彼らを見やった。

「陛下が、我《あが》を認めてくださった」

思い込みと言えば、単なる思い込みでしかなかった。認めるも認めないも、天皇はそのようなことを口にしていない。けれども熊楠には、微笑や頷き、全身から発する気配で十分だった。学問に聖俗はない。出会うはずのなかった二つの人生は、学問という一点において明確に交わった。

はは、と笑いが漏れた。熊楠が笑んだのを見て、喜多幅も笑った。その様子を見た友人知人が喝采を送った。熊楠はフロックコートの裾についた砂を払い、立ち上がる。そこに松枝がしずしずと近づいてくる。

「我らの御役目は、無事に果たしたんですね」

我《あが》ら、と松枝が言ったのは、熊楠が知る限り初めてだった。「ああ」と応じると、松枝の目元から力が抜けた。緊張が解けたせいか、彼女の手からするりと携帯電灯が放たれ、砂浜に落ちた。上を向いた電灯が天を照らす。

重圧と闘っていたのは、熊楠一人ではなかった。御進講の役を果たしおおせたのは、差し伸べられた数々の手の上に立っていたからだった。

少年だった己が、父に宣したことを思い出す。

——お父《と》はんが大きした南方の名ぁを、我《あが》がまっとぉ大きしちゃる。

熊楠は両の拳を握りしめた。奥歯を嚙みしめ、固く目を閉じると、目尻から涙が一滴絞り出された。

両親に心配をかけ、延々と金を無心した。定まった職にもつかず、自由気ままに研究だけをして暮らしてきた。無法な生き方であることは自らがよくわかっている。しかしながら、そのような身であっても天皇陛下への御進講をやり遂げられる。日陰にいる者にも天日《てんじつ》を仰ぐ日が来る。

いや、日陰か日向《ひなた》かは関係ない。最も肝心なのは、熊楠が己を偽ることなく、頑なに学問をやり通したことだった。天皇裕仁は、同じ学究の徒であるという一点をもって、熊楠を対等な存在とみなした。

——我のやってきたことは、間違っとらんかった。

神島の方角から潮風が吹いた。熊楠の涙は風に吹かれ、湿った砂浜に落ちる。

刹那、ぼうと宙を見つめる熊弥の顔がよぎった。この栄光の場に熊弥がいないことが、とてつもない咎《とが》のように思えた。

続いて浮かんだのは、常楠の憂い顔だった。御進講にあたっても、弟には何一つ連絡を入れていない。常楠宅がある和歌山市は田辺から距離があるとはいえ、これほどの大事が耳に入っていないはずはない。だが、向こうからの報せは今日に至るまで一切なかった。

栄光の眩《まばゆ》さに比して、その狭間《はざま》にある暗さが際立つ。周囲の仲間たちが騒ぎ立てるほど、熊弥や常楠の不在が濃密に感じられた。祝福する人々のなかに、なぜ彼らがいないのか。息子と離れ、弟と縁を切ったのは、己の選択だ。ただ、己の意思だからといって悔いがないわけではなかった。

——すまん。

心の表層に滲み出るのは、その言葉だけだった。

眼前には、見知らぬ世界が広がっていた。晴れやかさと後ろめたさが入り混じり、灰色の濁流となっている。

濁流に呑まれながら、熊楠は初めての感情を覚えた。

——己を知るんが、恐《おと》ろし。

世界を知り、己を知ることこそが、熊楠にとって生涯をかけた命題だった。だがその命題を解こうとするほど、背後を振り返り、こびりつく暗い影を覗き込まなければならぬ。

喝采の真ん中で熊楠の足はすくんだ。栄光の光が強くなるほど、影は色濃くなる。光のさすほうへ進む覚悟が、闇を直視する覚悟が、本当にあるのか——。

乱暴に目尻を拭うと、細かな水滴が砂の上に落ちた。

こぼれた涙に頓着することなく、熊楠は新たな一歩を踏み出す。その一歩が重いのは、砂浜に足を取られているせいではない。

だがどれだけ足が重くとも、前へ進む他に選択はなかった。

最終章

紫花《しか》

中屋敷町《なかやしきまち》の邸宅の庭では、栴檀《せんだん》が藤色の花を咲かせていた。頭上には黒い雲がかかり、湿気た空気が漂っている。

一九四一(昭和十六)年六月。

戸を開け放した八畳の離れに、男女の人影があった。女のほうは、横たえたテングタケを肉眼で観察しながら、紙の上に絵筆を走らせている。その傍らで、老いた男が顕微鏡を覗きこんでいた。

老人――齢七十四の南方熊楠《みなかたくまぐす》は、地衣類の検鏡に集中していた。まだ夏には早いが、襦袢に腰巻という出で立ちである。貫禄のあった腹回りは細くなり、顔はこけていた。短く刈った髪は残雪に似た色をしている。

熊楠は時おり顔を上げ、隣で絵を描いている娘——文枝《ふみえ》の手元を見やる。

「もうちっと、黄味を濃く描きぃ」

文枝は顔を上げずに頷き、筆先で絵具を溶く。今年三十歳になる文枝は、今も実家に住んで両親の世話をしていた。熊楠の研究を手伝いながら、床に伏しがちな松枝《まつえ》の面倒も見ている。

熊楠は目が悪くなってからというもの、もっぱら菌類の描画を文枝に任せている。かつてのように明瞭な線を引くことができず、細かい彩色にも難渋するようになったせいだ。文枝は絵が得意で、進んでこの役を引き受けた。

本棚の冊子を取るために、熊楠は立ち上がろうとした。膝を立て、座卓に手をつき、慎重に身体を持ち上げる。左膝に針を刺したような痛みが走り、呻き声が漏れた。元々足はよくなかったが、三年前、庭での採集中に転倒してからはろくに動かなくなった。一歩踏み出すたび膝が痛み、顔が歪む。

冊子を手にして顕微鏡の前に戻ると、文枝が庭のほうを見ながら言った。

「もうじき、降るんとちゃいます」

庭では実験をしている最中だった。生木の表面に粘菌を付着させたり、枯葉のなかに地衣類を移植したりして、正常に育つか確認しているのだ。雨が降れば、実験は無効になる。菌類は雨に弱い。

「家んなか、入れときましょか」

「ええ。我《あが》がやる」

熊楠は苦悶の表情を浮かべつつ、縁側へと歩を進めた。

熊楠にとって自宅の庭は貴重な実験場であり、他者が介入することは許されない。その考えは、七十を超えても変わらない。

熊楠は庭下駄を履いて、一つ一つ菌を回収した。広げた風呂敷に木の皮や枯葉をしまっていく。文枝は離れで作業を続けながら、時おり顔を上げ、庭の老父を心配そうに眺めていた。

——気遣いないわ。

熊楠はそう心のなかで思うが、口にはしない。老境と呼ばれる年齢に差し掛かっていることはわかっていた。不安に思うのも無理はない。同世代の仲間は多くが鬼籍に入った。熊楠の脳裏に、この世を去った友人たちの面影が映し出される。

身辺の世話をしてくれた石友《いしとも》は、十年以上前に亡くなった。他の飲み友達も大半が他界した。盟友の毛利《もうり》清雅《せいが》は三年前にこの世を去った。

和歌山中学からの付き合いだった喜多《きた》幅武三郎《はばたけさぶろう》が亡くなったのは、三か月前のことだ。田辺《たなべ》の名医として知られた喜多幅の葬式は盛大であった。その日、熊楠は式に参列せず、日暮れまで離れに籠って経を上げた。

数年前、熊楠夫妻が医院に行った際、松枝が喜多幅にこう漏らしていた。

——この人だけ我《あが》らのとこ残されたらかなわんから、もし先生《せんせ》が先に逝ってもうたら、さっさと迎えに来てくださいね。

任しとき、と喜多幅は快活に笑っていた。

熊楠は、喜多幅が義理堅い男だと知っている。田辺に来るよう誘ってくれたのも、結婚の世話をしてくれたのも喜多幅だった。おそらく彼はそう遠くないうち、約束通り迎えに来るだろう。

実際、熊楠の体調は良好とは言いがたい。身体は重く、ちょっとした動作も大儀に感じる。数年前、医者には萎縮腎《いしゅくじん》と診断された。

残された時がごくわずかであることは承知していた。だからこそ、最後の瞬間まで学問を究めていたかった。


作業をはじめて二時間ほど経ったころ、玄関の方角から物音がした。熊楠の耳ではよく聞き取れなかったが、誰か客人が来たらしい。すぐに文枝が飛んでいった。

「ああ、雑賀《さいか》さん」

応対に出た文枝が、そう言うのが聞こえた。耳はずいぶん遠くなったが、不思議と聞こえるときがある。熊楠は「通しぃ」と叫ぶが、しわがれた小さな声は届いていないのか、しばらく誰も現れなかった。

客人が離れにやってきたのは、来訪から三十分ほど経ってからだった。

「雑賀君。久しぶりやな」

『牟婁新報《むろしんぽう》』の記者だった雑賀貞次郎《ていじろう》は、村会議員を経て、長らく田辺町会議員を務めている。出会った時は若者だった雑賀も、すでに五十代後半に差し掛かっていた。

「具合はどないですか、先生」

母屋から下駄を履いてきた雑賀は、離れに上がるなり目尻を下げた。手術で除去した左目には眼球が入っていなかった。

雑賀は若い時分から、断続的に熊楠のもとを訪れている。熊楠のほうも雑賀はとりわけ気に入りで、来訪のたびに町内の様子を聞いたり、学問上の議論を戦わせたりしていた。雑賀にも嫌がるそぶりはなく、頻度は落ちたが、今でも熊楠のもとをたびたび訪問している。

「今、文枝か誰《だえ》かと話しとったか？」

「まあ、少し」

「水臭い。隠し事か」

熊楠はむくれてみせるが、雑賀の来訪に喜びが隠しきれず、頬が緩んだ。雑賀は少し迷っているようだったが、促されると素直に話した。

「熊弥《くまや》さんの看護人のことが、気になったもんで」

緩んでいた熊楠の頬が、幾分引き締まった。

京都岩倉病院に入院していた熊弥は、四年前、看護人の引退に合わせて和歌山県北部の海南市《かいなんし》藤白《ふじしろ》へと転居していた。家を借り、住み込みの看護人と一緒に暮らせるようにしたのだ。居宅があるのは、熊楠の命名の由来となった子守楠神社《こもりくすのきじんじゃ》のほど近くである。転居の手配は、懇意にしている野口《のぐち》という陶器商がすべて担ってくれた。入院直後を除いて、熊楠が熊弥のもとに足を運んだことは一度もなく、代わりに野口が世話役を務めていた。

その住み込みの看護人が急死したという報が入ったのは、昨年末のことだった。代わりの看護人を探して手配したのも野口である。

「引き続き、熊弥さんは藤白に住まわれるとか」

「そうみたいやな」

熊楠は淡白な口ぶりで応じた。

息子のことが気にかからないわけではない。ただ、無邪気には語れない、というのが本音だった。所詮、己は熊弥を理解できなかった父である。親として堂々としていることへの罪深さは、胸の奥に巣食っていた。

微妙な空気を察した雑賀が、「そういえば」と話題を転じた。

「男色《なんしょく》研究の彼からは、まだ手紙が来ますか」

「岩田《いわた》君か」

「そう。そんな名前でしたっけ」

鳥羽に住む男色研究家の岩田準一《じゅんいち》とは、十年来文通をしている。きっかけは、岩田が雑誌に連載していた「本朝男色考」を熊楠が一読し、興味を持ったことにあった。以来、時おり書簡のやり取りを行っている。

「半年ばかり来とらんな」

熊楠はぽつりとつぶやいた。かねてから、男色関連の文献目録を作成していることは聞き及んでいる。その作業が佳境に入っているのかもしれない。

仮に岩田からの手紙があったとして、返事の確約はできなかった。最近は手紙が送られてきても返さないことが増えた。神経痛を患う熊楠にとっては、書状一つ書くのも楽ではない。視界も常にかすんでいる。

「男色には浄と不浄がある」

熊楠は思いつくまま言葉を口にする。それは、かつて岩田への書状で記したことだった。

「塩屋《しおや》の出で、羽山繁太郎《はやましげたろう》、蕃次郎《はんじろう》ちゅう兄弟がおってな。それはまあ美しく優秀な兄弟やった。我《あが》は米国に行く前、二人と契《ちぎ》りを交わしたんじゃ。あら、浄の男道《だんどう》やった。二人とも若くして結核で亡くなった……」

すでに幾度も聞いたはずの話を、雑賀は真剣な面持ちで聞いていた。話している傍から、熊楠の頭のなかではいつも通り「閑の声」が騒ぎはじめる。

――浄の男道やなんや言うちゃあるが、己を弁護しとるだけのこと違うか。

――そこに恋情は、淫欲は、欠片もなかったんか。

――兄弟と遊んだんは、ほんまに友情のためだけやったんかのぉ。

熊楠は、声々の喚くに任せていた。耳が遠くなり、他人の声を聞き取りにくくなった今でも、己の内側に響く声だけは透き通って聞こえた。

気が付けば、熊楠は朝霧の立ち込める川べりにいた。襦袢に腰巻という出で立ちだった。痩せ衰えた両足で砂地を踏みしめ、川辺に佇んでいる。杖は持っていない。なぜだか足は痛まなかった。

硝子玉を転がすような、軽やかな水音が聞こえる。ちゃぷちゃぷと音を立てているのは、繋がれた一艘の舟であった。

熊楠はこの場所を知っている。繰り返し、夢のなかで見た光景だった。これから何が起こるかも理解している。

霧の向こうから現れたのは、案の定、浴衣を着た繁太郎であった。幼さが残る十代の姿のまま、繁太郎は老いた熊楠の前に立つ。

「辿り着きましたか」

紅顔の繁太郎は、まっすぐに目を見て問うた。熊楠は躊躇した後、「いや」と答えた。

「我《あが》は、辿り着けんかった」

どこに、と問うまでもない。何を意味しているのかはわかっていた。この世のすべてを知り尽くすという夢は、とうとう叶わなかった。

学者としては、少なからぬ成果を残した。世界中の文献を渉猟し、執筆してきた数々の論文。日本産粘菌目録の作成。天皇陛下への御進講。辞退したが、昨年は学術功労者として紀元二千六百年式典に招かれた。在野の一研究者でありながら、南方熊楠の名は日本全土に広く知られるようになった。

だが――。

「我にはとうとう、我が何者《なにもん》かわからんかった」

繁太郎の顔には何の感情も浮かんでいなかった。侮蔑も嘲笑も落胆もない。その無表情が槍となって胸に刺さった。痛みを振り切り、熊楠は迷いなく断言する。

「我《あが》は近いうち、この世から去《い》ぬ」

それは予感ではなく、確信だった。繁太郎は熊楠から視線を逸らし、川の向こうに広がる森を見た。木々が深緑色の絨毯となって、丘を覆っている。

「このまま去んでもて、いいんですか」

繁太郎の言わんとすることはわかる。熊楠はまだ大願を果たしていない。だが、時はすでに残されていなかった。熊楠は老いとともに少しずつ、苦い諦めを呑み込んでいた。

「熊楠さんは、死ぬにはまだ早い」

繁太郎の張りのある頬には皺一つない。

「無理じゃ。もう、体力も気力もない」

応じる言葉には力が籠らなかった。口にしていることは愚かな言い訳に過ぎないと、熊楠自身わかっていたからだ。繁太郎はずいと歩み寄り、互いの鼻がくっつきそうな距離まで近づいた。

「もっぺん、如来を見たないですか」

熊楠の眼前に、那智《なち》山中で目にした如来が蘇る。あのような体験は、後にも先にも那智に滞在した一時期だけであった。あの如来は、新たな世界の扉へと誘う案内人だったのかもしれない。

そう思いつつ熊楠は激しく頭を振った。

「あかん。あら幻覚じゃ。脳がおかしなっとったんじゃ」

「おかしなってもええ。どうせ近いうちに死ぬんでしょう」

繁太郎の言葉に悪意はない。

真珠色をした左右の腕が伸び、熊楠の首に回された。水気を含んで張りつめた繁太郎の唇と、枯草のように乾いた熊楠の唇が、今にも触れ合いそうだった。

「怖いことはない」

繁太郎のささやきを聞きながら、熊楠は静かに目を閉じた。温かなものが口中に侵入し、ぬるりとうごめく。熊楠の神経は融け、身体が浮き上がった。

次に目を開けると、熊楠は離れの隣にある土蔵の二階にいた。

足が動かなくなったために、この三年立ち入っていなかった。空気は濃い湿気を含み、何か発酵したような匂いがする。足元に積もった埃を払うと、床材には古い血溜まりに似た黴が生えていた。

土蔵には所狭しと長持《ながもち》が積み上げられている。熊楠は手近な長持の蓋を開けてみた。なかには石鹸や煙草の箱に収められた粘菌標本が、ぎっしりと詰まっていた。表には採取場所や日付が記されている。いくつか開けてみたが、あるものは干からび、あるものは割れていた。別の長持を覗くと、今度は藻類の標本が収められていた。一部のプレパラートには緑色の黴が生え、観察できなくなっている。

熊楠は力なく長持の蓋を閉めた。

——七十余年生きてきた証が、この有様か。

埃をかぶった膨大な数の標本を前に、立ち尽くした。

己は何のために、無我夢中で生物を集めてきたのだったか。ただ、欲しいから。ただ、知りたいから。底にあったのは、常に子どもじみた衝動だった。だが後先考えぬ欲動のままに蒐集した標本は、土蔵のなかで朽ちていこうとしている。

精魂傾けて集めてきたのは、何の役にも立たない屑だったのか。寝る間を惜しみ、妻子に苦労をかけ、弟と絶縁しながら追い求めてきたのは、黴と埃にまみれたガラクタだというのか。

——ちゃう。

頭のなかから声がした。熊楠自身の声だった。

——ここにあるんは屑やない。幾千幾万の、流転する生命の痕跡じゃ。それはお前《まん》が誰《だえ》よりわかっちゃある。

反論する声が聞こえた。

——屑は屑や。お前は松枝や文枝、雑賀君に焼却の労を取らすんか。

——焼却の要はない。この標本はすべて、次の時世の礎《いしずえ》になる。

——ほいたら何か。黴の生えた標本に益があると、こう言うか。

——そうじゃ。お前は高々、七十年やそこら生きただけ。けども、次代の人間がこの標本を受け継いだら、こっからさらに積み増せる。何代も何代も重ねちゃれば、いつかこの世のすべてに手が届く。

同じ声が静かに告げる。

——我《あが》の正体は、ここにある。

熊楠は息を呑んだ。まだ命は潰《つい》えていない。土蔵に収められた無数の生命の記録は、熊楠の人生そのものであった。ここにあるのは熊楠の学問の終着点であり、新しい学問の出発点だった。

階下から足音が聞こえる。たん、たん、たん、と二階への階段を上る音だった。顔を見せたのは文枝であった。

「お父《と》はん！」

呆然と佇む熊楠を前に、文枝は目を丸くしていた。

「物音すると思《おも》たら……どないして、ここまで来たん」

「こうっとよぉ……」

熊楠はどうやってここまで来たか、説明しようとした。だが記憶がすっぽり抜け落ちている。何も思い出せない。

確かに夢を見ていたはずだった。繁太郎と一緒に川辺にいるなど、夢でなければあり得ない。だが、目の前にいる文枝は紛れもなく本物だ。土蔵の匂いも、足元の黴も、何もかもが現実であった。

熊楠は再度、積まれた長持を見上げた。土蔵に充満する生命の気配が、全身を包み込んでいた。

南方邸に烈《はげ》しい雨が降りそそぎ、強風が庭木を揺らしている。

八月。空は濃灰色の雲に塞がれていた。台風が南紀に上陸し、屋敷は断続的な風雨に晒されている。二階の屋根が雨漏りし、昨夜は文枝や女中《およどん》が盥《たらい》を持って駆けまわった。

暗い早朝の庭先で、熊楠は雨に打たれながら庭の菌を回収していた。下駄こそ履いているが衣服はまとわず、老身をさらけ出して枯葉や枯草を集めている。

——雨に浸ったら、菌が腐る。

研究を止めてはならぬ。その一心であった。

一歩進むたび足は痛む。下腹部にも痛みがあった。夏に入ってから便秘が続いており、そうかと思えば下血することもある。目の調子も一層悪くなり、曇《くも》る視界のなかで目を凝らして、どうにか菌を見分けていた。

だが、降りしきる雨は瞬く間に体力を奪っていく。体内の熱が吸い取られる。熊楠は木の根元にしゃがみこんだまま、立ち上がれなくなった。関節の痛みもあるが、気力そのものが失われていた。

「何してんの!」

母屋から文枝の声がした。文枝はしゃがみこんだ父のもとに駆けつけ、助け起こす。

「菌が……」

「ええよ。やっとくから、そっちで休んどき」

「お前《まん》にはわからん」

熊楠は抵抗しようとしたが、身体が動かず、強引に縁側で寝かせられた。じき、二階で寝ていたはずの松枝まで下りてきた。手には傘を持っている。

「文枝、これ使い」

文枝は礼を言って傘を受け取ると、庭に飛び出し、木の幹や石の裏で育てていた菌をてきぱきと集めはじめた。どこで何を育てているか、文枝に教えた記憶はない。だが彼女は日々の研究を手伝いながら、自然と頭に入れていたらしい。あるいは、熊楠が動けなくなる日が来るのを悟っていたのだろうか。

雨は強いままだが、空は徐々に明るくなっていた。

「お湯、焚いてきます」

松枝は立ち上がり、風呂場へと去っていった。

庭の菌を一通り集めた文枝は、母屋の縁にそれらを広げた。熊楠は這うように近づき、仔細に点検する。

ずぶ濡れになった熊楠の身体を、家に上がった文枝が拭いてやった。熊楠はタオルで肌を拭かれながら、回収した菌をつまみ上げ、しげしげと観察を続けている。欠けたものは一つもなかった。はっ、と安堵の笑いが漏れる。

「助かった」

文枝は呆れ笑いを浮かべて「よかったわ」と言った。

「おお、よかった。ほんまじゃ」

自らは濡れたまま、文枝も風呂場のほうへと去っていった。いくらか力の戻った熊楠は、一糸まとわぬ姿で母屋の一部屋へ移動する。そこには書物や標本が積み上げられていた。

熊楠は先日、根城を離れから母屋に移した。理由は二つある。己が急に倒れても家族が発見できるように、というのが一つ。もう一つは、人の気配を感じていたい、という寂しさからだった。母屋の一階を熊楠の書斎とし、松枝や文枝は二階に上がった。

全裸のまま標本を漁《あさ》っていると、盛大なくしゃみが出た。真夏とはいえ、雨に打たれた直後に全裸でうろついていれば寒気がするのは当然である。熊楠は部屋の隅に脱ぎっぱなしにしていた浴衣を身につけ、父の遺品である紫紺の角帯を締めた。

水気の残った髪や顔を手巾《しゅきん》でいい加減に拭き、作業に取り掛かる。愛用の単式顕微鏡を引き寄せ、神社の裏手で採集した古い標本に視線を注いだ。粘菌は物言わぬが、その精妙な姿形は熊楠の記憶を刺激する。

——我《あが》の人生が、ここに刻まれちゃる。

繁太郎の夢は、熊楠の腹の底に火を灯した。長らく体内から消えており、存在すら忘れていた火であった。小さな火は時を置かず総身に燃え広がり、この瞬間もぱちぱちと爆ぜている。

熊楠の最後の仕事は、己の正体を見定めることだった。

生涯をかけて積み上げてきた蒐集物は、熊楠の分身である。そこには、まだ見ぬ熊楠自身が隠されているはずだった。死ぬ前に、一端でもいいからその正体に触れたかった。

土蔵の標本は、人手を借りながら少しずつ外に出している。黴や虫食いで原形を留めなくなったものもあるが、ナフタレンを入れておいた長持の中身は無事だった。熊楠は、これはと思う標本を次々に検鏡している。

とりわけ注視したのは粘菌だった。変形体と子実体を行き来することで途方もなく長い生を生きる粘菌は、生命そのものを具象したような存在だった。那智の山中で、粘菌に大日如来を幻視したのは決して偶然ではない。

観察しているうち、目の奥に鈍痛を覚え、ぎゅっと目をつむった。身体は重く、思考は霧がかかったように不明瞭である。それでも萎えかけた気力を奮い立たせ、再び書物に没頭する。

——もう、時がない。

焦りが熊楠を突き動かしていた。最期は目前に迫っている。もしかすると明日、いや、今日にも心臓が動きを止めるかもしれない。ならば拍動が尽きる寸前まで、真理に肉薄したかった。身体が熱い。裸で雨中に飛び出したせいか、あるいは学問へそそぐ熱意によるものか、判然とはしなかった。


九月に入ると長雨が続いた。頭上には常に灰色の雲がわだかまっていた。雨戸は閉めきっているが、雨が地を打つ音は室内まで聞こえてくる。

熊楠は母屋で顕微鏡を覗きながら、腹や股間を掻いていた。身体じゅう痒いのは家ダニに嚙まれたせいである。日夜痒みに苛まれるせいで眠りは浅く、作業も手につかない。それでも標本を検鏡し、書物に耽溺した。

眼下には、庭で採集したばかりの粘菌がいる。黄色の変形体で、ごくありふれた種である。ただ、珍種か否かはあまり重要ではない。熊楠にとっては、生きて動く生命を網膜に焼き付けることが肝要だった。てらてらと光る粘菌を凝視していると、次第に身体の感覚がなくなり、意識が粘菌に溶けていく。観察しながら観察されるような、奇妙な心持ちであった。

脳内の霧は日々濃くなっている。途切れがちだが、声々はいまだ聞こえていた。

――著作権の件で書状が来とるが、返事せんでええんか。

――そがなもんは捨《ほか》しとけ。熊やんにはやることがあら。

――そうじゃ。くたばる前に、我《あが》の人生が……。

その時突如、ぷつりと声が絶えた。

完全なる無音だった。いや、鼓膜は揺れている。庭の雨音や、蛙の鳴き声は聞こえる。静かになったのは熊楠の身体の内側だった。生まれてこの方、一度も経験したことのない完璧な静寂だった。

顔を上げた熊楠は、口を半分開いたまま、ふらふらと視線をさまよわせた。

「消えた」

物心ついた頃から頭のなかにこだましていた「鬩の声」が、一切絶えた。

あまりの静けさに、熊楠は我を忘れた。立ち上がり、痛みも忘れて室内を歩き回り、それから正座した。熊楠の精神が声を聞き取れなくなったのか、あるいは声の主が口をつぐんだのか。何の前触れもないため、理由の察しようもなかった。

ずっと、煩わしいと思っていた。この声が聞こえるがゆえに、常に神経を削られるような思いをし、周囲からは癇癪持ちと評された。消せるものならすぐさま消したい。そう思っていたはずだが、いざ消えてみれば、そこに広がっていたのは果てしない空虚であった。独りきりの無響の空間だった。

「待ってくれ」

正座したまま、熊楠は両手で耳を覆い、畳に突っ伏した。

「独りにせんといてくれ」

何者に縋っているのかわからない。声は常に内側から聞こえた。つまり、「閑の声」は熊楠自身のはずだった。熊楠の身の内から、何かが欠落していた。体内に満ちていたものが蒸発し、乾燥した海綿のように、穴だらけになっていた。

「誰《だえ》が独りやって？」

手のひらの向こうから聞こえたその声に、熊楠は顔を上げた。そこには、絣《かすり》を着た羽山蕃次郎が立っていた。切れ長の目が熊楠を見下ろしている。

「夢か、これは」

「熊楠さんは独りやない」

蕃次郎は問いに答えず、話を進める。

「我《あが》らがおる。家族が、朋輩《ほうばい》が、門弟がおる。数十年かけて、その手で集めてきた数多の生命がある。決して独りやない」

熊楠は「けども」と唾を飛ばした。

「我《あが》は、あの声々との対話で道を決めてきた。聞こえんままに生きるちゅうことは、道標《みちしるべ》なしで茨《いばら》の森を往くようなもんじゃ」

「道標はあります」

蕃次郎の口ぶりは断固としている。熊楠は筋張った両手を握りしめ、答えを待った。大粒の雨が地を打つ音が、耳に届く。蕃次郎は、つっと顔を近寄せて言った。

「熊楠さんにはずうっと、大日如来が見えてる」

途端、頭に血が上った。蕃次郎は何か思い違いをしている。

「馬鹿にしちゃあら。如来が見えたんは、那智におったときのみ……」

熊楠の言葉を遮り、蕃次郎は「ちゃいます」と断じた。

「別の話です。傍《はた》におったでしょう」

あっ、と声を漏らした熊楠は顔を伏せた。そういう意味だったのか。

「熊弥のこと、言うてるんか」

蕃次郎は頷いた。

「熊楠さんには、熊弥という大日如来がある。頭のなかの声が絶えても、熊弥がある限り迷うことはないでしょう」

熊楠は力なく首を振った。

「この身体では熊弥によう会わん。藤白に着く前に、道中で死んでまう」

十三年前に岩倉病院に入院して以後、熊弥とは一度も会っていない。世話役として働く野口の好意に甘え、あえて視界の外に追いやってきたのだ。それは父親としての罪の意識から、そして——己があちら側へ落ちることへの恐怖からだった。何かが一つ違えば、熊楠も精神を病んでいたかもしれない。狂気に吞まれ、我を忘れ、図譜を引き裂いていたのは己だったかもしれない。

実際、体調の問題もある。熊弥と対面することは、現実的ではなかった。

蕃次郎はたしなめるように、小さく嘆息した。

「会え、とは言うてません。熊弥は、熊楠さんの心に生きてる。今もお父《と》はんが――弥右衛門《やえもん》が生きてるように」

蕃次郎は、紫紺の角帯を一瞥して言った。

「父も母も、常楠《つねぐす》も弥兵衛《やへえ》も、みぃんな生きてるはずです。松枝も、文枝も。そして熊弥も、熊楠さんの一部となって息づいてる。頭のなかの声は絶えても、心のうちに目を向ければ、熊弥の声が聞こえてくるでしょう」

熊楠は、熊弥が発病してからの三年二か月を思い起こした。病状に一喜一憂し、振り回され、疲弊し、ついには燃え尽きた。熊楠は、息子を理解することを諦めた。

――我《あが》は、正しかったか？

心のなかにいるはずの熊弥は、貝のように沈黙している。

蕃次郎は明後日の方角に視線をやった。

「生きることは、出会い、交わり、別れる、その連続です。でも別れたから言うて、出会ったことは無駄にはならん。その人らは皆、心の土に轍《わだち》を刻んでいく。熊楠さんはその轍を辿るだけでええ」

「待て。問答やなしに、解をくれ」

「ええ頃合いじゃ」

熊楠の声が聞こえないかのように、蕃次郎はふっと微笑んだ。部屋の外からはいまだ強い雨音が聞こえる。蕃次郎は雨戸の向こう側に向かって呼びかけた。

「我《あが》らは流転している」

瞬間、その言葉を証明するように、蕃次郎の姿形がどろりと融けた。絣の着物も何もかも呑み込んで、きらめく一つの粘体となった。熊楠はとっさに捉えようとしたが、蕃次郎だったものはするりと逃れ、蒸発するように消えた。

四つん這いになったまま動けない熊楠の背後で、戸が開いた。

「呼びましたか」

話し声を聞きつけた女中《およどん》だった。熊楠は「いや」と応じ、女中を帰した。

一人きりの部屋で耳をすましてみたが、もう「鬨の声」が聞こえることはなかった。


熊楠は布団の上であぐらをかき、宙を見ていた。

つい先刻、女中に文枝を呼びに行かせたところだった。庭に面する戸は開け放たれ、十一月の晴れた空が広がっている。屋内には風が吹き込んでくるが、分厚い丹前《たんぜん》を着ているおかげかさほど寒さは感じない。

縁側にはうっすらと染みがついていた。このところ、夜分厠《かわや》に立とうとして小便を漏らすことが再々あった。そのたびに拭ってはいるが、あまりに頻繁なせいか、縁側がやや黒ずんでいる。

襖が開いて、文枝が顔を見せた。

「何かありました？」

文枝は散らかっている書物を横にどけて、畳に座った。熊楠は一つ頷き、傍らに置いてあった『今昔物語《こんじやくものがたり》』の上巻を文枝に手渡す。文枝は眉根を寄せ、しげしげと本を眺めていた。

「この本には我《あが》の署名がある。持ってたら、熊楠の子ぉやっちゅう証になる。何ぞ困ったら、助けてくれる人があるはずや」

文枝は本をめくって署名をじっと見ていたが、じきに閉じた。「なんやの」と言い、ぎこちなく目元を緩める。

「そんな、今に死ぬみたなこと言うて」

「文枝」

嗄れた熊楠の声が、一層低くなった。

「我は死ぬ」

しん、と家のなかが静まりかえる。文枝は真顔になり、熊楠の顔を正面から見た。

「命あるものは皆死ぬ。我《あが》はもう長ない。しかしお前《まん》にはこっから先、長い人生が待っとる。我はよう見届けやんが、せめて持っとけ」

「いやです」

文枝は目を見開き、唇を嚙み、『今昔物語』を畳に置いた。断固とした口ぶりであった。松枝に似て、強情なところがある。熊楠は本の上にそっと手を載せた。

「それでええ」

受け取ろうが受け取るまいが、構わない。文枝が決めることだ。熊楠は先日、藤白の熊弥にも三省堂の『日本動物図鑑』を送った。今頃、熊弥は図鑑を手に取り眺めているだろうか。

「もう一つ、頼みがある」

目を真っ赤にした文枝が、無言で熊楠を見返した。

「死んだら我《あが》の脳を摘出して、どこぞに取っといてくれるか」

「なんでです」

問われた熊楠は口角を左右に押し広げ、にいっと笑う。それは海辺で蟹を観察する少年の時分と、まったく同じ笑顔であった。熊楠は右手の人差し指で、こめかみの辺りを指さす。

「ここには、未来の学問が入っとる」

文枝は神妙な顔で耳を傾けていた。

「今はようできやんけども、いつか脳の中身を帳面みたに読めるようになる日が必ず来る。いつになるかはわからん。百年か、もっと先かもしれん。けども、我の脳はいずれ必ず役に立つ」

脳を遺すことは、前々から考えていた。己ほど生き物を蒐集し、古今東西の書物に通じている者は、人類史上他にいないと自負している。燃やして灰にしてしまうのは、我ながらあまりに惜しかった。

耐えきれなくなったように、ぷっ、と文枝が噴き出した。熊楠はきょとんとした顔で娘を見やる。

「何が可笑しい」

「いや、あんまり自信満々やから、可笑しなって……」

「可笑しいことあるか」

叱りつつ、熊楠の顔も綻んでいた。

こうして話ができる機会も、あと何度残されているか。最近は目が覚めるたび、まだ死んでいない、今日も研究ができる、と思う。当たり前だった日常が、色鮮やかに映る。

熊楠はこの歳になってようやく、純粋な学問の徒に戻れた気がした。


十二月の風が吹きすさぶ真昼、熊楠は庭に出ていた。

寒い割に、その日は足の調子がよかった。木の表面や落葉を観察しながら散歩していると、竹藪で見知らぬ黒い菌を発見した。長年住んでいても、いまだにこういうことがある。熊楠は震える手指で菌体を削り取り、母屋に持ち帰った。

絵筆を準備し、顕微鏡を覗きながら描こうとした。だが、焦点が上手く合わない。顕微鏡の調整不足かと思ったが、具合が悪いのは熊楠の目のほうだった。視界に霞がかかっていて、幾度瞬きをしても消えない。

「あかん」

熊楠は写生を諦め、仰向けに寝転がった。よくよく考えれば、今さら記録したところで自らの研究に役立てることはできない。それでも熊楠は採集し、記録することを止められなかった。

今日はましだが、体調は日に日に悪化している。夜間に起きていると、寒さのせいかたびたび卒倒した。旅立ちの日が迫っていることは疑いようがなかった。

そのまま熊楠は夕刻までまどろんだ。眠っているのか起きているのか、不確かに思うことが増えた。夢と現実の境目は、とうに溶けてなくなっている。

三人で夕食を食べている最中、松枝が口を開いた。

「ラジオ、聞きましたか」

熊楠は「いいや」と答えた。耳が遠くなってから、ラジオにはほとんど接していない。

「アメリカと戦争、はじめたそうです」

近所の噂話をするかのような、そっけない調子だった。

一瞬、頭に血が上った。ついに祖国がアメリカと戦をはじめた。何か一言、言わねばならぬ。箸を置き、拳を握りしめ、顔を赤くする。

だが、それだけだった。

主張すべきことがあるはずなのだが、その正体が一向につかめない。考えようとする端から意識が逃げていく。頭の天辺《てっぺん》まで濁った沼に浸ったようだった。がむしゃらに手足を動かしても、一切手応えがない。

ただ、一つだけ思うことがあった。味噌汁を吸ってから、熊楠はつぶやく。

「熊弥が兵隊にならんで、よかった」

熊弥は発病後、昭和二年に兵役免除を言い渡された。万が一、何かの手違いで徴兵検査に合格していたらと肝が冷える。病んだ熊弥が軍での生活に耐えられるはずがない。松枝も文枝も答えなかったが、膳の上の小鉢を見る物憂げな目つきから、熊楠と同じ意であることが窺えた。

「松枝」

「はい」

「常楠のとこにも、息子がおったな」

松枝はいささか険のある目つきで「いましたね」と答えた。熊楠の口から、常楠の名が出るのは久方ぶりのことだった。

「兵隊に取られたんか？」

応《いら》える声はなかった。誰も事実を知らぬのだから、当然の反応ではあった。熊楠は黙って膳の飯を口に運ぶ。一塊の飯粒をゆっくりと咀嚼しながら、熊楠ははるか昔に食べた握り飯の味を思い出していた。

――常楠の握り飯《にんにこ》は、うまかった。

少年時代、父の目を避けて自宅へ帰った夜、常楠はみずから握り飯を作って熊楠に届けてくれた。神隠しに遭った弟を、御坊山《ごぼうやま》から連れ帰った礼に。その後も常楠は恩返しを欠かさなかった。兄を天狗《てんぎゃん》だと信じ、支援を惜しまなかった。完全に決裂した、あの時期までは。

死ぬ前にもう一度、常楠に会いたい。

そう思いつつ、口にすることは憚られた。今更どの面を下げて弟に会えばいいのか。己が弟に会いたいと思っても、弟が己を許しているかどうかはわからない。身体の自由も利かない。

老いた熊楠にできるのは、南方酒造が戦時下を生き抜き、後世に残るのを祈ることだけだった。

その夜も、熊楠は深更《しんこう》まで起きていた。捗らないのを承知で筆を動かし、門弟への書状を書いた。電灯の下、一行書いては息をつき、また一行書いては気を失った。蛞蝓《なめくじ》の這うような遅さであっても、熊楠は書くのを止めない。

家族が寝静まった夜更け、尿意を覚えて厠に立った。少し前から一晩に三、四度は厠へ足を運んでいる。熊楠はできるだけ足音を殺し、静かに庭に下りる。丹前の隙間から寒風が差し込んだ。

庭下駄を履くと同時に、茂みから物音がした。梅檀《せんだん》の木々の方角である。野良猫だろうと当たりをつけた熊楠は、携帯電灯を手にそちらへ近づく。

「誰《だえ》じゃ」

熊楠は木の下に光を向けた。冴えた空気のなかに立っているのは、猫などよりはるかに大きい人影だった。縦縞の袷《あわせ》を着た人物と目が合った瞬間、熊楠は地面に尻餅をついた。小便が漏れ、地面に小さな水溜まりができる。

「熊弥……」

両手をだらりと下げた熊弥は、無表情で父を見ていた。若いころの姿ではない。相応に歳を重ねた、三十過ぎの熊弥であった。熊楠が最後に見た時よりも、肌がたるみ、頬がこけている。

地面に尻をつけたまま熊楠は問う。

「なんで、ここに」

藤白で暮らしている熊弥が、なぜ田辺にいるのか。熊弥の目は虚ろだった。再度問いただそうとした時、気がついた。熊弥が締めているのは見覚えのある紫紺の角帯、父弥右衛門の形見だった。よく見れば、縦縞の袷も熊楠の着物である。

「怖いですか」

熊弥の声は風を貫いて、熊楠の耳に届く。

「息子が怖いですか」

怖《こわ》ない、と言おうとするが歯の根が合わない。同時に、嘘をついても無駄だと悟った。熊弥は熊楠でもある。熊楠の感じている恐怖など見通したうえで尋ねているのだ。熊弥は見れば見るほど、熊弥の顔は熊楠と瓜二つだった。これほど似ていただろうか、と訝《いぶか》しくなるほどに。

「お父《と》はんは、我《あが》と対面することを選んだ。怖いのに、よう選んでくれた」

口だけを動かして、熊弥は語る。

「お父はんはもう、答えを持ってる」

熊弥は精巧な人形のようだった。熊弥ならざるものが、熊弥の口を借りて最後の助言を伝えているようだった。

熊楠はうつむいて土を払い、よろよろと立ち上がった。顔を上げると、先刻までそこにいた熊弥は煙のように消えていた。

冬風が、葉を落とした栴檀の枝を揺らす。小便で冷えた股座《またぐら》が、やけに冷たかった。

それから一週間もしないうち、熊楠は床《とこ》から起き上がれなくなった。

自力では食事が摂れないため、文枝に時おり水を飲ませてもらい、粥を含ませてもらった。身体は重く、関節は痛む。垢じみた顔は黄色く変じていた。

この期に及んで、熊楠はまだ諦めていなかった。夢と現《うつつ》の間をさまよいながら、傍らで待機する文枝にささやく。

「顕微鏡」

文枝は単式顕微鏡と手近な標本を用意してやった。熊楠は寝そべったまま、身体を傾《かし》げて片目で覗き込もうとする。焦点が合わないが、それでも目を凝らす。瞼を開いてみたり、目を細めてみたりと苦闘するうち疲れ果て、仰向けになった。

——何も見えやな。

だが熊楠は落胆をおくびにも出さず、静かに横たわっていた。絶望はない。「鬩の声」が沈黙したおかげか、脳内の霧は晴れていた。

年老いて声々が消えたことで、熊楠は初めて研ぎ澄まされた神経を得た。皮肉なことだとは思わない。やかましいあの声がなければ、熊楠は学問をやることもなく、平々凡々な生涯を送っていたかもしれない。

保《も》っても、今月いっぱい。それが自身の見立てだった。

何事かを言い残しておく時間は、ほとんど残されていない。熊楠にはこの数か月、ずっと迷っていたことがあった。伝えるなら今しかない。

「松枝、呼んでくれるか」

熊楠が頼むと、文枝はすぐに松枝を連れてきた。病のせいもあり痩せ細っていたが、松枝の背筋は伸び、夫を見る目にも強い光が宿っている。

「お前《まん》らに、言うとくことがある」

「伺います」

熊楠は色の薄い唇を幾度か開閉した。一抹の躊躇が、言うな、と命じている。だが、これが最後の機会だと思い定めた。唇を舌で湿し、咳払いをしてから、ようやく切り出す。

「我《あが》が死んだら、蔵のなかの物《もん》を売りぃ。あの標本は学問上の価値がある。大した額にはならんか知らんが、絶対《でったい》、どこぞに欲しがる富商か華族かがおる。お前らで見つからんなら、雑賀君を頼り。売った金の半分は生計の足しにせぇ。もう半分は、常楠に渡しちゃれ」

とうとう、口にした。

生涯をかけて蒐集してきた標本は、分身のようなものである。それを売ることに葛藤はある。だが、熊楠には他に遺せるものがなかった。売ってしまえ、と生前に伝えておかなければ、松枝や文枝は律義に保管し続けるかもしれない。そのせいで家族が苦労するのは本意ではなかった。もう一つの心残りは、常楠のことであった。今になって金を渡されたところで、先方も不要かもしれぬ。だが、熊楠にとってはこれがせめてもの誠意だった。会うことはできずとも、南方酒造の経営にその金を役立ててほしかった。

松枝はすうっと息を吸い、きっぱりと言い切った。

「いやです」

横に座る文枝も、母とそっくりの険しい表情をしていた。少し前、文枝に『今昔物語』を渡した時のことが思い出される。やはり、母も娘も強情者だ。

「松枝。最後の願いじゃ。頼む」

「たとえなんぼ積まれても、蔵のなかの物は売りません」

「もしかして、常楠に金を寄越すんが嫌なんか」

「ちゃいます。蔵にある蔵書や標本は、南方熊楠一人の物やない。我《あが》や熊弥や文枝、喜多幅先生や毛利さん、雑賀さんや小畔《こあぜ》さん、皆で作り上げてきた物です」

「しかし」

「しかも何もありません。蔵のなかの物に学問上の価値があることくらい、学のない我でもわかります。熊楠の妻を見くびらんといてください。たとえ当人の頼みであっても、手放すことはできません」

まるで予見していたかのように、夫の言葉を迷いなく拒絶する。その声には微塵も揺れがなかった。

「松枝……」

「常楠さんもそれは望まんと思います」

その一言が、とどめとなった。まだ幼かった常楠の言葉が、はっきりと耳朶《じだ》に蘇った。

──兄やんが一生懸命蒐集した物《もん》は、ちゃあんと保管せんならん思とるだけじゃ。

そうか。お前《まん》の言う通りや、常楠。

仰向けに横たわる熊楠は、見飽きた天井を見上げ、ふふ、と笑った。

松枝の言うことが正しい。熊楠は、己一人であらゆる研究を進めてきたように思っていた。だがその実、周囲にはいつも人がいた。熊楠を助け、励まし、導いてくれた人々が。ようやく、己の判断のおこがましさが身に染みた。

――かなわんな。

七十余年生きて、少しは人として成熟したつもりでいた。おおよそのことは経験したと得心していた。だが、人の成熟というものはそう容易に達成できぬらしい。傍らにいる松枝と文枝の顔からは、いつしか険が抜け落ちていた。彼女たちに金銭を遺せないのは不甲斐ない。だが、熊楠はもう悲観しなかった。

冬晴れの空を、一羽の渡り鳥が通り過ぎていった。鳥は、明日飛べるかどうか心配しない。そんなことを、かつて誰かが言っていた気がするが、熊楠には思い出すことができなかった。

翌日まで臥《ふ》すと、少しだけ体力が戻ってきた。

熊楠は再び文枝の手を借りて、顕微鏡を覗きこむ。左を下にして、右目だけを開く。

視野一杯に闇が広がっていた。じっと目を凝らすが、何も見えない。とうとう、視力まで失ったか。視界を完全に奪われれば、いよいよあがく術はない。

――ここまでか。

そう思ったのもつかの間、熊楠はかつて同じ闇に遭遇したことを思い出した。懐かしく、温かな闇だった。

——我《あが》はこの闇を知ってる。歩いたことがある。

熊楠は迷いなく、濃い闇のなかに自らを放り込んだ。

そこは音がこだませず、右も左もない暗闇だった。だが怖くはなかった。その闇の正体も、どこにつながっているかも知っていたから。

熊楠は襦袢に腰巻というういつもの格好で、草履を履いていた。刈り込んだ頭を撫でると手のひらがざらりとする。提灯も携帯電灯も持たないまま、闇のなかをまっすぐに歩きはじめた。案内人はいらない。不安はなかった。

しばらく歩くと、突然、眼前で光が閃《ひらめ》いた。

白一色に覆われた視界が元に戻ると、熊楠は夏の境内に立っていた。空は青く、入道雲が湧いている。蝉がかまびすしく鳴き、石畳には木漏れ日が落ちていた。小さな鳥居の向こうには社殿がある。その背後にそびえ立つ楠の巨樹が、熊楠を見下ろしていた。

ここは藤白の子守楠神社《こもりくすのきじんじゃ》であった。

「熊楠さん」

どこからか聞こえた声は、まぎれもなく羽山繁太郎のものだった。しかしどこにもその姿は見えない。頭上からは梢の触れ合う音が降ってくる。

「我《あが》らが見えませんか」

今度は蕃次郎の声であった。慌てて辺りを見回すが、羽山兄弟はおろか人影一つ見当たらない。

「どこじゃ。どこたいにある」

社殿の裏や石灯籠の陰を見たが、やはり誰もいない。

「楠を」

繁太郎の声がした。言われるがまま楠を見上げた熊楠は、呆然とした。

木の表面に、びっしりと粘菌が張りついていた。ぬらぬらと光る赤い変形体が、褐色の樹皮の上を網のように覆っている。あたかも、巨樹の血管が表に浮き出たようだった。生きている木に取り付く粘菌はきわめて珍しい。何より、これほど巨大な変形体を目にしたことはなかった。

熊楠はその異様さに後ずさりしかけたが、どうにか踏みとどまり、楠に歩み寄った。よく見れば、楠を覆う赤い粘菌は二体いた。

「ようやく、気ぃついてくれた」

熊楠は息を呑んだ。蕃次郎の声は、目の前の粘菌の一方から聞こえてきた。

「お前《まん》……」

「我《あが》らはいつでも、熊楠さんの傍におります」

繁太郎が言い、二体の粘菌はゆっくりと動き出す。こぼした朱液が広がるように、皺の刻まれた樹皮の隙間を、赤い粘体が埋め尽くしていく。やがて別々だった粘菌は混ざり合い、巨樹に巻き付く一枚の網となる。細い枝や青々と広がる葉までもが、繁太郎と蕃次郎に覆われていく。

「生きることは死ぬこと、死ぬことは生きること」

唱える二人の声が、次第に大きくなっていく。境内に響き渡る大音声が熊楠の鼓膜を震わせる。

いつしか、繁太郎と蕃次郎の声は一つに混ざり合っていた。

やがて、楠の巨樹はみっちりと赤い粘体で包まれた。日差しを浴び、血濡れたようにきらめいているのは、樹木の形《なり》をした新たな生命であった。熊楠は吸い寄せられるように歩み寄り、人差し指を近づけた。

「一つになろら、熊楠さん」

聞こえた声は、兄弟どちらのものかわからなかった。

赤い粘菌に指先が触れた瞬間、熱いものが熊楠の身の内に流れ込んできた。外側から無理やり血を注ぎ込まれたように、身体が膨れ上がっていく。皮膚が破れ、肉が溶け、骨は消えた。視覚も聴覚も消え去った。

じき、熊楠の意識は粘菌と同化した。熱さはもう感じない。温かな湯に浸かっているような心地よさだけがあった。

「ええ塩梅《あんばい》でしょう」

声がした。その声は鼓膜を通じてではなく、心の内側から聞こえてきた。

「ああ。悪《わる》ないわ」

「我《あが》ら、これからずうっと一緒ですね」

声が聞こえると同時に、熊楠——もとい粘菌の身体がこわばっていく。突然の変化に怯える熊楠に、声は優しくささやく。

「心配せんでええ」

アメーバ状の粘菌から、ぷつ、ぷつ、と小さなきのこ状のものが一斉に生えてきた。樹皮を覆っていた赤い粘体が、引き潮のように消えていく。代わって、細い糸でつながれた大量の子実体が生じた。

水気を含んでいた子実体は、乾燥し、ひび割れていく。その合間から胞子が噴き出てきた。数万の微細な胞子は、赤い砂煙のようにいずこかへと飛び去る。風に乗り、宙を舞いながら、熊楠は来るべき運命を悟った。

――我《あが》らは、永遠に生き続ける。

いずれ胞子は地に落ちる。そしてその場所で分裂し、増殖し、変形体となってうごめく。時が来れば、また子実体と化して胞子を撒き散らす。その繰り返しだ。終わりなき流転。延々と続く、あちら側とこちら側の往復。それこそが生きるということだった。

「生きることは死ぬこと、死ぬことは生きること」

その声は羽山兄弟のものか、あるいは熊楠自身が発しているのか、それすらも曖昧になりつつあった。

熊楠も、この赤い胞子の一粒に過ぎなかった。人であるとないとにかかわらず、すべての生命は粘菌の胞子のかけらと同じだった。

胞子となった熊楠は、やがて陸地に落ちた。そこは無数の胞子で満たされた、見渡す限りの赤い砂漠であった。胞子は一つ一つが揺れ動き、干渉しあい、衝突しあう。熊楠は、赤い砂漠のなかでもがいた。存在を誇示するごとく、執拗に、激しく動いた。

やがて砂は流れ、渦となり、勢いよく雪崩れはじめた。きらめく赤い胞子の群れが、滝のように斜面を流れていく。流沙となったすべての生命が飛び跳ね、踊っている。

熊楠という存在を覆う膜は、とうになくなっていた。この世にあるのは絶え間なく続く生命の流れであり、己という存在はその流れの一部分に過ぎない。あらゆる生命と混ざり合い、融け合い、一つになった熊楠は笑う。

——これが我の正体じゃ。

それは、一点の曇りもない確信だった。


十二月二十八日の夜。

熊楠の意識は朦朧としていた。視界は白濁し、頭のなかにはとりとめのない想念がよぎっている。具体的な記憶ではなく、甘さや苦さといった、感情の味わいだけが通り過ぎていた。

浅い眠りから覚めると、天井を紫色の花が埋め尽くしていた。重なり合った大ぶりの花弁が咲き乱れている。熊楠の視界は満開の花で満たされていた。

最初は栴檀《せんだん》の花かと思ったが、よく見れば違う。日本はおろか、アメリカでもロンドンでも見たことのない花である。図鑑でも目にした覚えがない。

この紫の花は、己のために用意された葬送の花だ。彼岸に咲く、美しい花。ようやくその時が来た。

「天井一面に、紫の花が咲いちゃある」

熊楠がつぶやくと、枕元にいた松枝や文枝が耳を寄せた。

「身体が軽なってきた。気分がええ。頼むから、医者を呼ばんといてくれ。注射を打たれたらこの花が消えてまう。我《あが》は花を消したない」

文枝が頷いた気がした。熊楠は安心して、紫の花を眺め続ける。

夜が更けても、松枝と文枝はいまだ枕元にいた。彼女たちも、別れの時が間近に迫っていることを知っているようだった。だが、熊楠には気を張っている妻子が気の毒に思えた。己が死ねば二人は悲しむ。そのうえ、もしも息絶える瞬間、苦悶に包まれた表情をしていたら。その死顔は終生彼女たちを苛むかもしれない。

死ぬ時は一人きりで死ぬ。

熊楠は、できるだけはっきりとした口調で語りかけた。

「これから我は眠る。誰《だえ》も我の身体に触れたあかん。お前《まん》らも休み。間違いなく、よう休みなさい」

松枝と文枝は、困惑したように顔を見合わせた。一向に去ろうとしない妻子に、熊楠は気力を振り絞って告げた。

「縁の下に白い小鳥が死んどる。明朝、丁重に葬ってくれるか」

文枝はきょとんとしていたが、松枝は居住まいを正して「はい」と答えた。

白い小鳥とは、縁の下のような暗く湿った場所で研究を続けてきた、熊楠自身のことだった。

己は立派な大鳥にはならなかった。だが小さい鳥であっても、汚れなき真っ白な身体のまま生きることができた。それが、学究に生涯を捧げた者としてのささやかな誇りであった。

熊楠は布団代わりにしていた丹前を顔にかけた。温かな綿入れの下で深く呼吸すると、吐息が顔にかかった。

芝居の幕を下ろすように、ゆっくりと瞼を閉じる。

じき、断続的な臓腑の痛みに襲われた。複数の箇所が痛むため、どこが痛いとも言えない。熊楠は激痛に身を晒されながら、目を閉じ、歯を食いしばった。全身汗みどろだった。しきりに、誰かが熊楠を呼ぶ声がした。

どれほどの時が経っただろうか。唐突に痛みが治まった。身体がふわりと浮き上がるような感覚があった。

熊楠は瞼を開いた。視界はまだ暗く、闇のなかにいる。

右手には数珠を握っていた。それはかつて松枝に贈った、神島《かしま》の彎珠《わんじゅ》で作った数珠だった。きっと、松枝が渡してくれたのだろう。光など欠片もないのに、なぜか数珠の形がありありと目に浮かんだ。

周囲には誰もいない。だが、独りではない。思えば常にそうだった。山野を駆けているときも、書物に耽溺しているときも。

彼方に豆粒ほどの光が生じた。歩み寄ると、徐々にそれが提灯の灯りだとわかってくる。ぼうとした光が、持ち手の顔をほのかに照らし出していた。

待っていたのは熊弥であった。

熊楠は息子の傍らで立ち止まる。熊弥は父の背に手を添えて、微笑みかけた。

「行こら」

熊楠は黙って頷いた。どこへ行くのか、と問う必要はない。行き先はすでにわかっている。

熊弥に付き添われながら、次の一歩を踏み出す。熊楠はずっと、己が息子を介抱しているのだと思っていた。だが、介抱されているのは己のほうだった。やはり熊弥は大日如来だった。その救いに気付きもしなかったことを熊楠は恥じる。人の世は常に、己の与《あずか》り知らぬところでうごめいている。

「生きることは死ぬこと、死ぬことは生きること」

ひとりでに舌が動いた。

強がりや諦めではない。熊楠の生は終わったが、生命の旅に果てはない。命は絶えず流転し、新たな命を生み出す。

突然、視界が開けた。

肉体を離れた熊楠の眼下に、夏の和歌浦《わかのうら》があった。妹背山《いもせやま》が、御坊山《ごぼうやま》があった。波立つ海が、青々とした森が、辺り一面に生気を放っている。千万の生命が、星空のように地上を明々《あかあか》と照らし出している。名もなき草が、虫が、魚が、石が、土が、ここにいると主張している。

熊楠は言葉にならぬ快哉を叫んだ。

己が生きた世界はこれほどまでにかまびすしく、これほどまでに美しい。ほんの一瞬通り過ぎただけであっても、この世界にいられたことに誇りを覚えた。
人魂《ひとだま》となった熊楠は、夏野原《なつのはら》を駆けていく。熊楠は世界であり、世界は熊楠だった。
沖の方角から、爽やかな海風がふわりと吹いた。
それは、熊楠がこの世に生を受けた日の風であった。

主要参考文献

『南方熊楠全集』全10巻、別巻2巻（平凡社）
南方熊楠著、中沢新一責任編集『南方熊楠コレクション』全5巻（河出文庫）
南方熊楠著、萩原博光解説、ワタリウム美術館編『南方熊楠菌類図譜』（新潮社）
南方熊楠、平沼大三郎著、南方熊楠顕彰会学術部編『南方熊楠・平沼大三郎往復書簡　大正十五年』（南方熊楠顕彰館）
『熊楠研究』第1号〜第17号（南方熊楠研究会）
『熊楠ワークス』創刊号〜第62号（南方熊楠顕彰会）
『ユリイカ』2008年1月号、2018年10月号（青土社）
飯倉照平『南方熊楠　梟のごとく黙坐しおる』（ミネルヴァ書房）
飯倉照平『南方熊楠の説話学』（勉誠出版）
飯倉照平、長谷川興蔵『南方熊楠百話』（八坂書房）
飯倉照平、長谷川興蔵編『南方熊楠土宜法竜往復書簡』（八坂書房）
岡本清造著、飯倉照平、原田健一編『岳父・南方熊楠』（平凡社）
小田龍哉『ニニフニ　南方熊楠と土宜法龍の複数論理思考』（左右社）
唐澤太輔『南方熊楠の見た夢　パサージュに立つ者』（勉誠出版）
神坂次郎『縛られた巨人　南方熊楠の生涯』（新潮文庫）
神坂次郎『およどん盛衰記　南方家の女たち』（中公文庫）
神坂次郎『熊野まんだら街道』（新潮文庫）
雑賀貞次郎『追憶の南方先生』（紀州政経新聞社）
志村真幸『南方熊楠のロンドン　国際学術雑誌と近代科学の進歩』（慶應義塾大学出版会）
志村真幸『熊楠と幽霊』（集英社インターナショナル）
杉山和也『南方熊楠と説話学』（平凡社）
髙嶋雅明『企業勃興と地域経済　和歌山県域の検証』（清文堂出版）
武内善信『闘う南方熊楠　「エコロジー」の先駆者』（勉誠出版）

谷村政次郎『行進曲「軍艦」百年の航跡　日本吹奏楽史に輝く「軍艦マーチ」の真実を求めて』（大村書店）
鶴見和子著、松居竜五編集協力『南方熊楠・萃点の思想　未来のパラダイム転換に向けて　新版』（藤原書店）
中沢新一『森のバロック』（講談社学術文庫）
中瀬喜陽編著『南方熊楠、独白　熊楠自身の語る年代記』（河出書房新社）
中瀬喜陽監修『南方熊楠　森羅万象に挑んだ巨人　別冊太陽』（平凡社）
中瀬喜陽編『南方熊楠書簡　盟友毛利清雅へ』（日本エディタースクール出版部）
中瀬喜陽、長谷川興蔵編『南方熊楠アルバム』（八坂書房）
野家啓一『科学の解釈学』（講談社学術文庫）
橋爪博幸『南方熊楠と「事の学」』（鳥影社・ロゴス企画部）
長谷川興蔵校訂『南方熊楠日記』全4巻（八坂書房）
長谷川興蔵、月川和雄『南方熊楠男色談義　岩田準一往復書簡』（八坂書房）
増井真那『変形菌ミクソヴァース』（集英社）
松居竜五『南方熊楠　複眼の学問構想』（慶應義塾大学出版会）
松居竜五『南方熊楠　一切智の夢』（朝日新聞社）
松居竜五、田村義也編『南方熊楠大事典』（勉誠出版）
松居竜五著、ワタリウム美術館編『クマグスの森　南方熊楠の見た宇宙』（新潮社）
水木しげる『猫楠　南方熊楠の生涯』（角川文庫）
南方文枝、南方熊楠著、谷川健一ほか編『父南方熊楠を語る』（日本エディタースクール出版部）
村瀬雅俊、村瀬智子『歴史としての生命　自己・非自己循環理論の構築　増補版』（ナカニシヤ出版）

その他、多数の書籍・雑誌・インターネット資料のほか、南方熊楠顕彰館および南方熊楠記念館所蔵の資料等を参考にしました。また、南方家とゆかりのある橋本邦子《はしもとくにこ》様には、数々の御助言をいただきました。取材・執筆にご協力いただいた皆様に、この場を借りて御礼申し上げます。

初出　「別冊文藝春秋」　二〇二三年九月号〜二四年一月号

岩井圭也（いわい・けいや）

一九八七年生まれ。大阪府出身。北海道大学大学院農学院修了。二〇一八年『永遠についての証明』で野性時代フロンティア文学賞を受賞し、デビュー。二三年『完全なる白銀』で山本周五郎賞候補、『最後の鑑定人』で日本推理作家協会賞候補。その他の著書に『水よ踊れ』『生者のポエトリー』『付き添うひと』『楽園の犬』『暗い引力』「横浜ネイバーズ」シリーズなど多数。

われは熊楠《くまぐす》

二〇二四年五月　十三日　第一刷発行
二〇二四年七月二十五日　第三刷発行

著　者　岩井圭也《いわいけいや》
発行者　花田朋子
発行所　株式会社　文藝春秋
〒一〇二―八〇〇八
東京都千代田区紀尾井町三―二三
☎〇三―三二六五―一二一一
印刷・製本　TOPPANクロレ
組　版　萩原印刷

ISBN978-4-16-391840-2